Os livros-jogos da série Fighting Fantasy:

1. O Feiticeiro da Montanha de Fogo
2. A Cidadela do Caos
3. A Masmorra da Morte
4. Criatura Selvagem
5. A Cidade dos Ladrões
6. A Cripta do Feiticeiro
7. A Mansão do Inferno
8. A Floresta da Destruição
9. As Cavernas da Bruxa da Neve
10. Desafio dos Campeões
11. Exércitos da Morte
12. Retorno à Montanha de Fogo
13. A Ilha do Rei Lagarto
14. Encontro Marcado com o M.E.D.O.
15. Nave Espacial *Traveller*
16. A Espada do Samurai
17. Guerreiro das Estradas
18. O Templo do Terror
19. Sangue de Zumbis
20. Ossos Sangrentos
21. Uivo do Lobisomem
22. O Porto do Perigo
23. O Talismã da Morte
24. A Lenda de Zagor
25. A Cripta do Vampiro
26. Algoz da Tempestade

Próximo lançamento:

27. Noite do Necromante

Visite www.jamboeditora.com.br para saber mais sobre nossos títulos e acessar conteúdo extra.

JONATHAN GREEN
ALGOZ da TEMPESTADE

Ilustrado por STEPHEN PLAYER

Traduzido por DANIEL DURAN

Copyright © 2009 por Ian Livingstone e Steve Jackson
Copyright das ilustrações © 2009 por Stephen Player

Fighting Fantasy é uma marca comercial de Steve Jackson e Ian Livingstone. Todos os direitos reservados.

Site oficial da série *Fighting Fantasy*: www.fightingfantasy.com

CRÉDITOS DA EDIÇÃO BRASILEIRA
Título Original: Stormslayer
Tradução: Daniel Duran
Revisão: Pedro Panhoca e Glauco Lessa
Diagramação: Glauco Lessa e Vinicius Mendes
Design da Capa: Samir Machado
Arte da Capa: Rafael Pen
Editor: Vinicius Mendes
Editora-Chefe: Karen Soarele

Rua Coronel Genuíno, 209 • Porto Alegre, RS
CEP 90010-350 • Tel (51) 3391-0289
contato@jamboeditora.com.br • www.jamboeditora.com.br

Todos os direitos desta edição reservados à Jambô Editora. É proibida a reprodução total ou parcial, por quaisquer meios existentes ou que venham a ser criados, sem autorização prévia, por escrito, da editora.

1ª edição: fevereiro de 2023 | ISBN: 978658863430-1

Dados Internacionais de Catalogação na Publicação

G795a Green, Jonathan
    Algoz da tempestade/ Jonathan Green; ilustrações de Stephen Player; tradução de Daniel Duran. — Porto Alegre: Jambô, 2023.
    320p. il.

    1. Literatura infanto-juvenil. I. Livingstone, Ian, II. Vinicius. III. Título.

CDU 869.0(81)-311

SUMÁRIO

COMO COMEÇAR SUA AVENTURA
7

FICHA DE AVENTURA
24

AVISO DE TEMPESTADE
27

ALGOZ DA TEMPESTADE
32

COMO COMEÇAR SUA AVENTURA

Prepare-se para uma emocionante aventura de fantasia onde você é o herói! Você decide qual caminho tomar, quais perigos enfrentar e contra quais monstros lutar. Mas esteja avisado, também é você quem vive ou morre pelas consequências das suas ações.

Preste atenção, pois o sucesso não é garantido, e é muito possível que falhe em sua missão na primeira tentativa. Mas nada tema, pois com mais experiência, habilidade e sorte, cada nova tentativa te levará mais perto do objetivo final.

Quando virar a página, uma excitante e perigosa aventura de *Fighting Fantasy* vai começar onde cada escolha é sua, uma aventura onde você é o herói!

Como gostaria de começar sua aventura?

Escolha seu Aventureiro

Aqui estão três aventureiros à sua disposição para escolher. Nas páginas seguintes estão as regras de um livro de *Fighting Fantasy* para ajudar em sua jornada. Entretanto, se quiser começar suas aventuras imediatamente, estude os personagens com atenção, coloque seus atributos em sua *ficha de aventura* e comece a jogar!

Gorrin Lâmina de Prata

Ladrão de túmulos para alguns, bravo aventureiro para outros, Gorrin Lâmina de Prata mistura a habilidade de um gatuno com a força de um guerreiro. O filho de um ferreiro de Tannapólis, com uma mente afiada e um braço forte, ambos o ajudaram no passado em várias ocasiões, especialmente quando esteve até o pescoço de problemas em algum buraco esquecido no chão.

Gorrin tem um temperamento alegre, e seu charme natural também o ajuda de vez em quando em situação delicadas. Sua perícia com a espada também é superada por poucos.

Habilidade 11   Energia 18   Sorte 9

Equipamento: Ceifadora de Dragões, lanterna e fósforos, chifre de caça, Talismã Solar.

Moedas de Ouro: 16

Provisões: 10

Dia da Semana: Dia do Mar

Aldar Corvo-lupino

Aldar Corvo-lupino cresceu um órfão nas ruas de Pollua, em Lendle, depois que seus pais, mercadores, foram mortos por hobgoblins enquanto cruzavam as Planícies Uivantes. Algum tempo depois, teve de deixar a cidade após matar um chefe de gangues locais em uma briga de bar, então viajou por todo o Velho Mundo procurando trabalho como mercenário, protegendo caravanas mercantis.

Aldar sempre foi responsável com dinheiro, um hábito que seus pais passaram para ele e que sua infância na pobreza reforçou, o que significa poder adquirir o melhor equipamento possível para se preparar para qualquer aventura. Sua constituição forte significa que é capaz de continuar lutando quando muitos já teriam aceitado a derrota.

Habilidade 9   Energia 22   Sorte 7

Equipamento: Ceifadora de Wyrms, lanterna e fósforos, Tatuagem de Dragão, Chifre de Caça

Moedas de Ouro: 23
Provisões: 10
Dia da Semana: Dia da Tempestade

Erien Filha da Tempestade

Originária das tribos nômades de caçadores de peles das montanhas gélidas que formam a Serra do Dente-da-Bruxa, Erien Filha da Tempestade deixou há muito tempo as terras de seu povo para as planícies de Femphrey em busca de ouro e aventuras. Graças a Cheelah, deusa da sorte, ela sempre foi bem-sucedida em achar um pouco de ambos.

Onde outros dependem da força bruta, Erien põe sua fé em amuletos mágicos e acredita piamente que sua divindade guardiã sempre a protegerá.

HABILIDADE 10   ENERGIA 16   SORTE 12

Equipamento: Ceifadora de Wyrms, lanterna e fósforos, Presa de Dentes-de-Sabre, Talismã Solar.

Moedas de Ouro: 19
Provisões: 10
Dia da Semana: Dia do Fogo

REGRAS E EQUIPAMENTOS
Herói de Aluguel

Antes de embarcar em sua aventura, é preciso definir suas forças e fraquezas. Use os dados para determinar seus valores de atributo. Nas páginas 18 está a *ficha de aventura*, que será usada para anotar os detalhes de sua aventura. Anote seus valores de atributo na *ficha de aventura* em lápis ou faça cópias dela para aventuras futuras. Você também pode baixar fichas novas em www.jamboeditora.com.br.

Habilidade, Energia e Sorte

Role um dado, some 6 ao resultado e anote o total no espaço HABILIDADE da *ficha de aventura*.

Role dois dados, some 12 ao resultado e anote o total no espaço ENERGIA.

Role um dado, some 6 ao resultado e anote o total no espaço SORTE.

Por motivos que serão explicados a seguir, todos seus valores mudarão durante a aventura. Mantenha um registro preciso desses valores, tenha uma borracha à mão, e nunca apague seus valores iniciais. Embora possa receber pontos adicionais de HABILIDADE, ENERGIA e SORTE, esses valores nunca ultrapassam o valor *inicial*, exceto em ocasiões em que isso seja instruído no texto.

HABILIDADE representa sua perícia em combate, sua destreza e agilidade. Seu valor de ENERGIA reflete quão saudável e fisicamente apto está. Sua SORTE indica quão afortunado seu personagem é.

Batalhas

Durante suas aventuras você encontrará criaturas que te atacarão, e será possível escolher sacar sua espada contra um inimigo. Nesse tipo de situação pode haver opções especiais permitindo que lide com o encontro de forma diferente, mas, na maioria dos casos, você terá que resolver batalhas como descrito a seguir.

Escreva os valores de HABILIDADE e ENERGIA de seu oponente na primeira Caixa de Encontros com Monstros em branco em sua *ficha de aventura*. Também anote qualquer habilidade especial ou instruções, que são únicas a esse oponente em particular. Então siga essa sequência:

1. Role dois dados para seu oponente. Some o valor de HABILIDADE dele ao resultado do dado. Esta é a força de ataque da criatura.

2. Role dois dados para você, então some seu valor atual de HABILIDADE para definir a sua força de ataque.

3. Caso sua força de ataque seja maior que a do seu oponente, você causou dano a ele: vá para o passo 4. Se a força de ataque do seu oponente superou a sua, ele te feriu: vá para o passo 5. Caso ambas forças de ataque sejam iguais, vocês evitaram ou bloquearam os ataques um do outro: comece uma nova rodada de combate do passo 1.

4. Você feriu seu oponente, subtraia 2 pontos do valor de ENERGIA dele. Você pode usar SORTE para causar 1 ponto adicional de dano (veja a seguir).

5. Seu oponente te feriu, subtraia 2 pontos do seu valor de ENERGIA. Você pode usar SORTE para reduzir a perda de ENERGIA (veja a seguir).

6. Comece a próxima rodada de combate, começando pelo passo 1. Essa sequência continua até que o seu valor de ENERGIA ou do seu oponente chegue a zero, que significa morte. Se o seu oponente morrer, você pode continuar sua aventura. Se você morrer, a aventura acaba aqui e deve começar do início com um novo personagem.

Lutando contra mais de um oponente

Em algumas situações você pode ter que enfrentar mais de um oponente em combate. Às vezes tratando-os como um único inimigo; outras poderá enfrentar um de cada vez; e, em algumas ocasiões terá de enfrentar todos inimigos ao mesmo tempo! Se forem tratados como um oponente individual, o combate acontece normalmente. Se tiver que enfrentar um de cada vez, assim que um inimigo é derrotado, o próximo avança para lutar! E quando estiver sendo atacado por mais de um oponente ao mesmo tempo, casa adversário fará um ataque contra você durante a rodada de combate, mas você poderá escolher contra qual lutar. Ataque o alvo escolhido normalmente. Contra qualquer oponente adicional, role sua força de ataque normalmente, mas se superar a do seu oponente, nesse caso, não causará dano. Já se sua força de ataque for menor que a de seu adversário, será ferido normalmente, sofrendo 2 pontos de dano. Claro que será necessário definir o resultado individualmente contra cada oponente adicional.

Sorte

Em vários momentos durante sua aventura, seja em batalhas, seja em situações em que poderia ser sortudo ou azarado, você pode usar SORTE para que o resultado seja mais favorável. Mas cuidado! Usar SORTE é algo arriscado e, se for azarado, as consequências podem ser desastrosas.

O procedimento para *testar sua Sorte* funciona assim: role dois dados; se o número rolado for igual ou menor que seu valor de SORTE atual, você foi sortudo e o resultado será favorável; se o número que rolar foi maior que sua SORTE atual, você foi azarado e será penalizado de alguma forma.

Cada vez que *testar sua Sorte*, subtraia 1 ponto do seu valor atual de SORTE, então, quanto mais depender da SORTE, mais arriscado será.

Usando Sorte em Batalhas

Certos parágrafos falarão para *testar sua Sorte*, e será possível ver as consequências de ser sortudo ou azarado. Entretanto, em lutas, sempre haverá a possibilidade de usar sua Sorte para causar dano mais sério a um oponente ou minimizar os efeitos de uma ferida que sofreu.

Se tiver acertado um oponente, você pode *testar sua Sorte* como descrito acima. Caso seja sortudo, o ferimento causado é mais severo; reduza 2 pontos extra do valor de Energia do oponente. Se for azarado, entretanto, seu golpe apenas passa de raspão; reduza o dano causado em 1 ponto.

Sempre que for acertado em um combate, é possível também *testar sua Sorte* para minimizar o dano sofrido. Se for sortudo, o golpe de seu oponente só deixa um arranhão; reduza 1 ponto do dano que sofreria. Caso seja azarado, sua ferida é especialmente séria; reduza mais 1 ponto extra da sua Energia, além dos que sofreria normalmente.

Lembre-se: subtraia 1 ponto do valor de Sorte toda vez que *testar sua Sorte*.

Habilidade

Seu valor de Habilidade pode mudar de vez em quando durante a sua aventura, mas não ultrapassa o valor *inicial* exceto se o texto especificar o contrário.

Em vários momentos você terá de *testar sua Habilidade*. O procedimento para isso é o seguinte: role dois dados; se o número rolado for igual ou menor que seu valor de Habilidade atual, seu teste foi bem-sucedido, e o resultado será positivo; já se o número rolado for maior que seu valor atual de Habilidade, você terá falhado no teste e sofrerá as consequências. Porém, diferente de *testar sua Sorte*, não subtraia 1 ponto de sua Habilidade cada vez que testá-la.

Energia

O seu valor de ENERGIA será o que mais vai mudar durante as aventuras. Cairá quando for ferido em combate, se cair em armadilhas, e depois de uma tarefa especialmente desgastante. Caso sua ENERGIA vá a zero, você morreu e deve parar de ler o livro imediatamente. Aventureiros corajosos que desejam prosseguir essa missão devem escolher um novo personagem e voltar ao início.

É possível recuperar sua ENERGIA perdida comendo Provisões. Você começa o jogo com 10 Provisões, e poderá obter mais durante a aventura. Mantenha registrado quantas ainda tem no espaço para Provisões na sua *ficha de aventura*, mas você não pode carregar mais que 10 Provisões de uma vez. Cada vez que come uma Ração, pode restaurar até 4 pontos de ENERGIA, mas lembre-se de remover 1 Ração de suas Provisões. É possível parar para comer uma Provisão a qualquer momento, exceto durante lutas.

Sorte

Aumentos no seu valor de SORTE acontecem quando você está especialmente afortunado ou criou as condições para a sorte por conta própria. Detalhes são apresentados quando for apropriado nos parágrafos durante o livro. Assim como HABILIDADE e ENERGIA, seu valor de SORTE não pode exceder o valor *inicial*, exceto se isso for especificamente dito no texto.

Equipamentos e Ouro

Sua jornada começa com alguns equipamentos simples que serão necessários para a aventura à frente, assim como alguns itens mais exóticos. Você veste uma armadura de couro e possui uma mochila para colocar suas Provisões, Ouro e quaisquer tesouros ou itens encontrados no caminho. Além disso, você tem uma lanterna e uma caixa de fósforos. Para encontrar quantas moedas de ouro possui no início de sua aventura, role dois dados e some 12 ao resultado do dado. Anote esse total no espaço para Ouro em sua *ficha de aventura*. Sua lanterna também deve estar anotada no espaço para Equipamentos, assim como qualquer item que adquira durante a missão.

Como um mercenário experiente, você também possui alguns itens únicos que conseguiu em suas aventuras anteriores. O primeiro é Ceifadora de Wyrms. Estava perdida há muito tempo, até que você a recuperou das profundezas do Lago Lúgubre, Ceifadora de Wyrms é uma espada fabulosa, digna de um herói como você. A lâmina é encantada e capaz de ferir mortos-vivos, demônios, elementais e outras criaturas mágicas. Além disso, se combater criaturas dracônicas (o que inclui dragões, dragonetes, wyrms e wyverns) e empunhá-la, pode adicionar 2 pontos à sua força de ataque e aumentar o dano causado à Energia dos inimigos em 1 ponto. Coloque a Ceifadora de Wyrms no espaço para Equipamentos em sua *ficha de aventura*.

Você também possuirá dois entre os quatro itens listados a seguir. Escolha qualquer combinação entre os quatro, mas apenas dois. Então coloque os escolhidos em sua *ficha de aventura* também.

Tatuagem de Dragão: Cobrindo a maior parte das suas costas está uma tatuagem magnífica de um poderoso Dragão Vermelho com asas abertas, algo feito por impulso durante uma parada no porto de Harabnab.

Chifre de Caça: Feito do chifre recurvado de alguma besta mítica, esse item foi ganho de um duque renegado de Gallantaria, graças à captura da fera.

Presa de Dente-de-Sabre: Longo e tão afiado quanto uma adaga, essa presa é usada em um cordão de couro em seu pescoço, uma lembrança de sua luta contra o Carnodonte nas montanhas de Mauristatia.

Talismã Solar: Esse pequeno medalhão dourado, que você achou em uma tumba arruinada encontrada por acaso na fronteira de Kakhabad, está preso a uma corrente em seu pescoço.

O Dia da Semana

Como pode imaginar, a passagem do tempo no Velho Mundo é medida em dias e semanas, e cada semana é formada por sete dias. Os dias da semana são os seguintes:

Dia da Semana

1 Dia da Tempestade

2 Dia da Lua

3 Dia do Fogo

4 Dia da Terra

5 Dia do Vento

6 Dia do Mar

7 Alto Dia

Você também encontrará esses dias listados em sua *ficha de aventura*. É de extrema importância que mantenha conta em que dia da semana está durante a sua aventura, pois o poder dos elementos e da magia é tão forte no mundo de Titan que logo você perceberá que certas magias funcionam melhor em certos dias do que em outros.

Antes de começar a aventura, determine em que dia da semana está. Role um dado; sua aventura começa no dia equivalente. Então, se rolar 1, é Dia da Tempestade, mas se rolar 2 é Dia da Lua (e por assim vai). Quando o Alto Dia passa, a semana recomeça e volta para o Dia da Tempestade novamente.

Além disso, recupere automaticamente 1 ponto de ENERGIA a cada dia que passa, sem precisar consumir nenhuma Provisão, a não ser que o texto especifique algo diferente. Para um aventureiro experiente e herói renomado, não é difícil achar algo para comer e muitas vezes as pessoas oferecem refeições gratuitas quando descobrem quem você é.

DADO ALTERNATIVO

Se não tiver um par de dados por perto, no pé de cada página você encontrará diversas rolagens de dados. Abrindo o livro rapidamente em uma página aleatória, você terá um resultado. Se precisar de apenas um dado, use apenas o da esquerda.

Ficha de Aventura

Habilidade
Inicial:

Energia
Inicial:

Sorte
Inicial:

Registro de Tempo

Códigos

Dia da Semana
- *Dia da Tempestade* ○
- *Dia da Lua* ○
- *Dia do Fogo* ○
- *Dia da Terra* ○
- *Dia do Vento* ○
- *Dia do Mar* ○
- *Alto Dia* ○

Equipamentos

Ouro

Dano

Poções

Provisões

Caixas de Encontros com Monstros

Habilidade: Energia:	Habilidade: Energia:	Habilidade: Energia:
Habilidade: Energia:	Habilidade: Energia:	Habilidade: Energia:
Habilidade: Energia:	Habilidade: Energia:	Habilidade: Energia:
Habilidade: Energia:	Habilidade: Energia:	Habilidade: Energia:

AVISO DE TEMPESTADE

"E foi assim que venci Gog Magog, o chefe da tribo dos gigantes, e resgatei a filha do duque Ervane", você diz, concluindo sua história e virando o resto de sua cerveja.

Por um momento o Descanso do Viajante fica em silêncio, até que todos os clientes ali começam a bater palmas, seus gritos e vivas fazendo seus ouvidos doerem.

"Mais uma história!", alguém grita do outro lado do bar.

"Sim, conte mais uma história!", uma das garçonetes pede, entusiasmada por estar diante de um herói de verdade.

"Muito bem", você responde e gradualmente um burburinho ansioso se forma no bar lotado mais uma vez. "Mas qual delas querem ouvir?"

Você se aventura pelo Velho Mundo há mais tempo do que consegue lembrar. Nesse tempo enfrentou incontáveis perigos e realizou várias missões. Construiu uma bela reputação para si, ganhando o título de Herói de Tannapólis após salvar a vila da Bruxa Carmesim e seu enxame vampírico.

"Conta de novo como conseguiu a lendária Ceifadora de Wyrms", um jovem de cabelos grossos encontra coragem para falar. Inconscientemente, sua mão vai para a espada mágica embainhada na sua cintura.

"Não!", outra pessoa grita mais alto. "Quero é saber como foi que capturou o Basilisco do Morro-dos-Ossos."

"O que quero ouvir é como recuperou o tesouro do Dragão Fantasma!", diz um anão de barbas grisalhas, sua voz potente se sobrepondo a de todos os outros.

"Então vai ser o tesouro do Dragão Fantasma".

Quando está para começar sua próxima história, a porta da taverna se abre violentamente e Varick Quebrador-de-

-Promessas, um velho conhecido seu, entra no Descanso do Viajante, seguido por seu grupo de bandidos. Ele faz uma careta ao te ver ali. A cicatriz roxa e pálida que divide o rosto dele em dois, a lembrancinha de um antigo ferimento causado por você, faz o lábio superior dele franzir em uma expressão feia de desprezo.

Pegando seu caneco de cerveja, que alguém fez o favor de encher novamente sem que percebesse, você faz um brinde à derrota mais recente de seu rival.

"Que azar, Varick, mas acho que você não foi rápido o suficiente... mais uma vez. Mais sorte na próxima, hein?"

"É melhor ficar de olho por onde anda", o caçador de recompensas ameaça com um grunhido. "Tem uma tempestade vindo aí. E escreva minhas palavras, ela está vindo para você!". Seu rival vira-se para o bar, os capangas dele o acompanham enquanto lançam olhares mal-encarados em sua direção que não te incomodam nem um pouco. É preciso de muito mais para intimidar o herói de Tannapólis.

Parece que, desde que começou a se aventurar, Varick estava em sua cola, tentando chegar na próxima recompensa antes de você, mas nunca conseguiu. A rivalidade é ferrenha, e nenhum dos lados sente qualquer compaixão pelo outro.

Mais recentemente você conquistou antes dele o prêmio oferecido pelo Duque Evane para quem trouxesse sua filha de volta em segurança, após seu cortejo ter sido emboscado por uma tribo de gigantes das colinas, liderados pelo temível Gog Magog. Ao fim da aventura, estava ainda mais rico, por ter encontrado um dos valores do resgate da princesa, e com mais uma história para contar naquele velho antro de aventureiros, o Descanso do Viajante, na vila de Vastarin, na fronteira sul de Femphrey.

Isso foi há alguns dias, e a maior parte do dinheiro já foi gasto, conforme comemorava o sucesso mais recente com seus amigos e se recuperava da última aventura cansativa, pedindo o melhor quarto da estalagem pela duração da sua estadia. O lugar está ainda mais cheio que de costume, apinhado de visitantes que vieram de longe para ver a Multiplicidade de Monstros viajante que está aqui por alguns dias.

"Desculpem-me", você diz, adereçando seu público cativo, "onde eu estava, antes de ser rudemente interrompido?"

"Estava para nos contar como recuperou o tesouro do Dragão Fantasma", começou a dizer a garçonete fascinada, quando suas palavras são interrompidas repentinamente por um trovão que cai bem em cima do bar.

Há um segundo estrondo se segue, que faz tudo tremer dentro do Descanso do Viajante, enquanto o brilho de um relâmpago ilumina todo o interior da taverna de forma abrupta. A garçonete grita em pânico e se esconde, junto dos outros frequentadores do estabelecimento, embaixo das mesas.

"O que, em nome de Sukh, foi isso?", Varick pragueja, tão surpreso quanto chocado.

Realmente, o que foi isso? O som da tempestade acima parece ter começado do nada. Momentos atrás o dia estava agradável e ensolarado, e agora o céu está caindo, de forma nunca vista antes no seu período como aventureiro, rompendo os céus e transformando dia em noite.

Um tilintar junta-se aos rugidos do temporal quando uma chuva de granizo, também incomparável com sua experiência, assola o telhado da taverna.

Agora, vire a página.

1

Você abre a porta da taverna e se depara com o caos que está tomando a vila de Vastarin. O céu está escuro, coberto por nuvens de tempestade ameaçadoras, e ocorre um vendaval violento acima dos telhados, arrancando o sapê de cima das casas e derrubando aldeões despreparados. Ao mesmo tempo, um raio corta os céus, dividindo-se e deixando queimaduras fumegantes onde quer que acerte, enquanto granizos do tamanho de laranjas bombardeiam os vastarianos em pânico.

Do outro lado da praça local, as charretes e carroções com jaulas da Multiplicidade de Monstros estão paradas. Os rugidos e guinchos das bestas mágicas que formam o zoológico itinerante ecoam por todo lado enquanto os raios também acertam os vagões acorrentados.

O que poderia causar um temporal bizarro assim? Onde em um momento havia um dia agradável e tranquilo, agora há ventos rugindo, relâmpagos destruidores e granizo devastador.

As pessoas precisam de ajuda, mas como é possível enfrentar os próprios elementos? Você vai:

Ficar dentro da estalagem e se proteger da tormenta?	Vá para **16**
Correr e ajudar aqueles que estão cercados por relâmpagos no meio da praça?	Vá para **37**
Ir para onde a tempestade parece estar pior, no centro da chuva de granizo?	Vá para **59**

2

Ao bater os calcanhares três vezes você parte. Cidades, vilas, florestas e campos passam por você como um borrão, cruzando rios em apenas um salto, sem nem reduzir o seu ritmo. Você chega a seu destino quase que imediatamente (remova as botas de velocidade da sua *ficha de aventura*), mas para onde estava viajando? Não esqueça de que cada lugar só pode ser visitado uma vez. Era para:

O Mar de Enguias?	Vá para **64**
A Serra do Dente-da-Bruxa?	Vá para **250**
O Monte Pira?	Vá para **189**
As Planícies Uivantes?	Vá para **83**

3

Você estaca em frente a uma das carroças com grades da Multiplicidade. É possível ouvir um rugido furioso e animalesco, e uma pata imensa tenta te acertar, pertencendo a uma coisa que possui a face de um velho, o corpanzil de um leão, enormes asas tais quais a de um morcego e o ferrão mortífero de um escorpião. Por sorte, ela não te acertou. A mantícora aterrorizada ainda está confinada em sua jaula.

De repente, o ar à sua frente explode deixando um cheiro forte de ozônio. Enquanto tenta piscar para recuperar do ofuscamento causado pelo relâmpago frontal, percebe que a tranca que mantinha a jaula fechada está derretida no chão. O metal retorcido pinga enquanto esfria, tendo absorvido a maior parte do último raio. A porta da imensa gaiola se abre, e horrorizado você percebe a mantícora saindo da cela e caminhando em sua direção.

O pavor causado pela tempestade tornou-a mais raivosa, e a fera está pronta para descontar sua ira na coisa viva mais próxima... que é você! Rapidamente sacando sua espada, a Ceifadora de Wyrms, prepare-se para se defender.

MANTÍCORA
EM CATIVEIRO   HABILIDADE 9   ENERGIA 10

A cauda da mantícora possui um ferrão mortal, mas, para sua sorte, as glândulas de veneno foram removidas pelo dono da Multiplicidade. A criatura também está enfraquecida pelos anos em cativeiro, mas nem por isso deixa de ser um oponente formidável. Se sobreviver à batalha, ainda há pessoas que precisam de sua ajuda, vá para **59**.

4

A um dia de viagem de Chalannaburgo começa a chover e não cessa. No outro dia, você entra em um vale aprazível de matas aparadas e campos de trigo ainda verdes (avance o dia da semana em 2). No fim do vale, à sombra de uma enorme represa, há uma vila que parece aconchegante. É uma surpresa que o nível do rio que passa pelos campos não esteja mais alto.

Atravessando os campos encharcados, a estrada é um lamaçal, mas logo você chega a vila de Queda de Açude. Sua chegada não demora para atrair a atenção do líder da comunidade. Seus feitos lendários são amplamente conhecidos nessa parte do reino e, com uma expressão preocupada, ele pede o prazer de sua companhia na estalagem local. Finalmente fora da chuva torrencial, e enquanto bebem um caneco de cerveja, ele conta o motivo de sua ansiedade.

"É a chuva", diz. "Está assim há uma semana e não parece que vai parar. É como se o tempo tivesse perdido o prumo". É obvio que a Máquina Climática de Balthazar Sturm teve efeitos por essas bandas do reino também. "De qualquer forma, esse excesso de chuva encheu o lago do outro lado da represa e está prestes a transbordar. A barragem mal está se aguentando".

"Mas não há comportas na represa justamente para diminuir a pressão da água?", você pergunta.

"Até tem, mas essa represa foi construída pelos anões séculos atrás, e não sobrou ninguém que saiba como abri-las. As comportas estão conectadas a uma série de válvulas, porém não temos coragem de abrir nenhuma, pois qualquer erro poderia significar alagar a vila inteira. Ouvi dizer que sua mente engenhosa já salvou o dia mais de uma vez. Será que poderia nos ajudar agora e evitar que a barragem estoure?" Se acha que pode ajudar, vá para **85**. Se não, vá para **52**.

5

Você segue o túnel da direita para dentro da escuridão úmida. Sem nem ter andado muito, a iluminação tremeluzente da sua lanterna revela outro túnel saindo da passagem principal à direita. Você deseja ir por esse novo caminho (vá para **27**), ou continuar seguindo o túnel atual (vá para **310**)?

6

Ficando na borda da rachadura, você olha para as profundezas terríveis da fenda. É quase possível ver seu fundo. A fenda abre-se tal qual um vale para outro nível de fundo do mar. Ao lado dela fica a formação rochosa, em uma ravina estreita entre duas paredes de coral antes de terminar na enorme entrada de uma caverna. Você quer descer para a Fenda do Peixe-Diabo (vá para **146**) ou seguir em direção à caverna (vá para **46**)?

7

"Resposta correta", diz a Guardiã. "Então, em que posso ajudar?" Você conta de forma resumida à figura misteriosa sobre a sua missão para deter um ensandecido mago do clima e sobrepujar os elementais conjurados.

"Ah, sim", a Guardiã dos Quatro Ventos responde, "sei bastante sobre esse Balthazar Sturm. Conquistou magicamente os elementos e tem Boreas, o vento do Norte, como seu servo. Para se igualar a essa ameaça, concedo-lhe temporariamente o comando de Zéfiro, o vento do oeste e irmão de Boreas. Para chamá-lo, é só dizer seu nome, mas só será possível fazer isso uma vez, então escolha bem o momento de fazê-lo". Escreva o nome "Zéfiro" em sua *ficha de aventura* e ganhe 1 Ponto de SORTE. "Agora, é hora de seguir sua missão". Vá para **159**.

8

Não há outra opção, exceto enfrentar o Colosso.

COLOSSO   HABILIDADE 9   ENERGIA 12

Se for Dia da Terra, adicione 1 ponto à HABILIDADE do colosso e 2 pontos à sua ENERGIA. Se usar uma arma de impacto, como o Martelo de Guerra ou a Maça, todo golpe que acertar causa mais 3 pontos de dano. Trocar a Ceifadora de Wyrms por uma arma de impacto, caso tenha, requer abrir mão de uma Rodada de Combate, durante a qual o mago transformado fará um ataque automático. Se reduzir a ENERGIA do colosso a 3 ou menos, vá para **29**.

9

Se tiver uma corda com gancho, é possível descer pelas trevas, e você toma apenas um banho frio da cachoeira antes de ver em uma grande câmara natural subterrânea (vá para **80**). Se não tiver o item, *teste sua Sorte*. Se for sortudo, ainda consegue descer em segurança (vá para **80**), mas se for azarado, você escorrega (vá para **38**).

10

Conforme os túneis exauridos da extração continuam desmoronando, você corre pela mina tão rápido quanto consegue. Finalmente, percebe que chegou aos túneis pelos quais entrou na mina. Exausto e ofegante, mas vivo. Ao cambalear para fora da escuridão e para a luz do dia, seus olhos precisam piscar várias vezes para se adaptar à claridade. Você desmaia, ainda tentando recuperar a respiração, quando uma nuvem de poeira sai da entrada da mina logo atrás; a Mina Profunda está selada de forma definitiva.

É hora de continuar sua missão. Se possuir as Botas de Velocidade e quiser usá-las, vá para **2**. Se não, para onde pretende ir em sua busca por ajuda contra os elementais conjurados por Sturm (lembrando que só é possível visitar cada locação uma vez)? Você irá:

Para o Mar de Enguias? Vá para 360
Ao Monte Pira? Vá para 343
Às Planícies Uivantes? Vá para 36

Ou, se achar que as preparações são suficientes e quiser tentar alcançar a Máquina do Clima de Balthazar Sturm, a Olho do Furacão, vá para 350.

11

Os aldeões são bem-sucedidos em afugentar o resto dos vermes de volta a seus buracos embaixo da terra. O fazendeiro te agradece pela ajuda e pergunta para onde está indo. "Nordeste", você diz.

"Como te falei, não há nada para encontrar lá além de desolação", ele responde. "Olha, nós estamos indo para o oeste, para Chalannaburgo. Queremos apresentar nosso caso às autoridades locais. Por que você não vem com a gente?". Se quiser aceitar a oferta do fazendeiro (e não tiver visitado o Mar de Enguias ainda), vá para **93**.

Se não, continue sua jornada sem companhia. O fazendeiro estava certo: essa parte do reino se tornou praticamente um deserto (você não recupera ENERGIA pelos dias que passou nesta parte de sua jornada como normalmente recuperaria). Após mais dois dias de marcha abaixo do céu alaranjado (avance o dia da semana em 2), você revê pela primeira vez as águas familiares do Lago Caldeirão. Vá para **189**.

12

Dizem que é possível ouvir as ondas quando se coloca a orelha dentro de uma concha. Se perguntado se o mesmo é verdade sobre a Concha dos Mares, você a pega e coloca em sua orelha para ouvir. É possível ouvir sussurros distantes, como o subir e descer das marés, e ondas quebrando na praia. É como se ouvisse um nome sendo dito: Oceanus. Volte para **318** e continue lendo a referência.

13

É o fim do segundo dia desde que deixou a fronteira sul de Femphrey quando você resolve parar e dormir perto de um pequeno bosque. Se tiver código Detnuh em sua *ficha de aventura*, vá para 131. Se não, e hoje for Dia da Lua, vá para 95; caso contrário, vá para 40.

14

Em queda livre, açoitado pelo vendaval, é difícil ver para onde está indo. A grande embarcação aguarda muito abaixo. Sua reação é esticar o braço para agarrar o apoio metálico da sacada em frente à escotilha de acesso ao veículo. Após se chocar contra o lado da nau, por um momento, você olha para baixo. Tudo que dá para ver é a tempestade ao redor do gigantesco peixe de latão. E então você sobe por cima do apoio metálico até a sacada. Tateando até a fechadura circular no centro da escotilha, você a gira, abrindo a porta que dá acesso ao Olho do Furacão.

A porta se fecha violentamente, e o retinir se espalha por todo o interior metálico desse navio exótico. Você segue por uma passarela gradeada, mas para quando chega à escadaria principal. A escada espiral de ferro fundido segue tanto para cima quanto para baixo, através de buracos no chão e no teto, e você tenta olhar para ambos numa querendo de saber para onde vão. Ao que tudo indica, esse local onde está é o convés inferior. Para baixo as escadas levam aos porões do navio, e é possível ouvir sons de água vindos de lá. A escada também leva a dois conveses superiores.

Uma das maneiras de frustrar os planos de Balthazar Sturm seria justamente causar o máximo de avaria ao Olho do Furacão. Enquanto estiver a bordo, você terá de registrar o quanto de destruição geral está causando na forma de um *marcador de dano*, que no momento é 0.

Se tiver os diagramas de construção dessa embarcação, e quiser consultá-los agora, triplique o número associado a ele e vá para aquele parágrafo. Se não, que lugar gostaria de explorar primeiro?

Os porões?	Vá para 302
O cais inferior (onde está agora)?	Vá para 54
O cais central?	Vá para 126
O cais superior?	Vá para 258

15

É possível ouvir pesados passos metálicos vindo em sua direção. Ao virar-se, você vê a figura enorme do autômato que deixou nos porões, forçando todo seu peso através da porta que dá para a sala de máquinas. A figura coberta de aço corre passando por você e começa a golpear a esfera de metal, seus pulsos como marretas. Você não faz ideia da vontade de quem está controlando o construto, mas, quem quer que seja, o Encouraçado parece focado em destruir o motor. É possível ouvir o som de algo rachando, seguido por um estampido muito alto, e então uma enxurrada de energia natural selvagem vaza da superfície fraturada da unidade de contensão. Em seguida, o motor explode. Lascas de metal fervente são arremessados através da sala, enterrando-se nas paredes, piso e teto. Por sorte, você não está ferido. O corpo do autômato te protegeu da explosão, mas foi destruído no processo. Adicione 3 no *marcador de dano*, recupere 1 ponto de Sorte e apague o código Notamotua de sua *ficha de aventura*. Aparentemente, com a destruição do motor, os elementais deixaram a câmara também. Com o local totalmente devastado, retorne ao patamar onde estava. Vá para **126**.

16

Batendo a porta contra a força do vento, você volta a seu assento entre seus fãs, só que dessa vez, ao invés de sorrisos enormes, todos lhe olham com ódio.

"E você se diz um aventureiro?", diz um deles, incrédulo.

"As pessoas estão em perigo lá fora e precisam da sua ajuda", diz o jovem de cabelos grossos.

A garçonete antes fascinada agora olha com desprezo para você. "E eu achando que era um herói, quando não passa de um covarde!"

O anão te encara sem respeito algum. "Imagino então que todas suas histórias sobre derrotar dragões e lutar contra gigantes eram só mentiras também".

A multidão começa a vaiar, te xingando e chamando de "mentiroso" e "covarde". Todo o respeito que tinham desaparece e ter agido de maneira tão "cuidadosa" manchou sua reputação (perca 1 ponto de SORTE). Agora terá que fazer algo.

Voltando à porta da taverna e a abrindo, é o momento para decidir suas próximas ações. Você irá:

Correr e ajudar as pessoas isoladas na praça central, cercadas por raios?	Vá para 37
Até onde a tempestade parece pior, no centro da chuva de granizo?	Vá para 59

17

A chave entra facilmente na tranca e, com um clique, a caixa-forte abre. Dentro dela há algo assustador. Em cima de uma pilha de tesouro há um crânio humanoide, usando uma magnífica coroa feita de coral vermelho brilhante (se quiser pegar a Coroa de Coral e usá-la, adicione à sua *ficha de aventura*). Mantendo em mente o valor devido à Capitã Katarina, você pega um punhado de moedas e gemas. Role um dado para descobrir o quanto consegue furtar do cofre.

ROLAGEM DO DADO	TESOURO
1-2	Um cordão de prata (no valor de 6 moedas de ouro), um saco de gemas (no valor de 12 moedas de ouro) e uma porção de moedas de ouro (role um dado e some 6 para saber quantas).
3-4	Um monte de dobrões (role dois dados e some 12 para saber quantas moedas de ouro eles valem).
5-6	Um anel de rubi (no valor de 5 moedas de ouro), um diamante enorme (no valor de 15 moedas de ouro), e uma bolsinha de moedas de ouro (role dois dados e some 6 para descobrir quantas).

Com seus bolsos cheios de tesouro, recupere 1 ponto de Sorte e vá para **163**.

18

"Não entre", Brokk traduz as runas para você. "Bem, não sei porque esse trecho foi bloqueado, mas provavelmente foi por alguma razão. Tenho certeza que o que procura não está naquele caminho. Eu deixaria para lá, se eu fosse você". Volte para **68** e decida o que fazer em seguida.

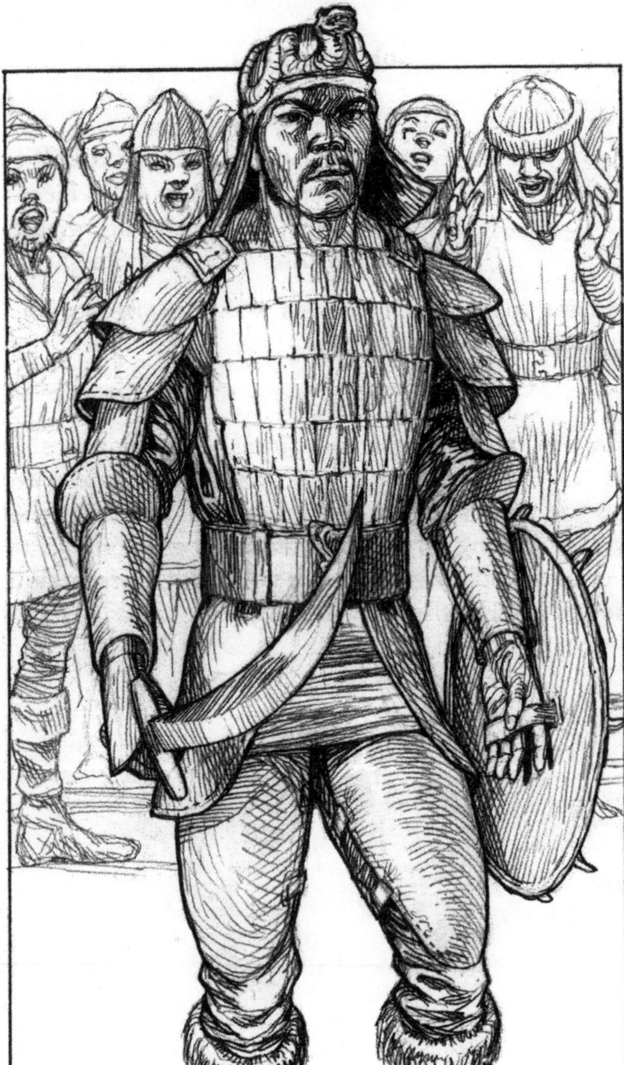

19

Sua arma é tomada, suas mãos amarradas com cordas, e então te arrastam até o guerreiro líder da tribo de saqueadores. O Khan de Guerra te recebe com visível desdém.

"Quem é você para se infiltrar no acampamento do poderoso Khaddan Khan, mestre da horda trovejante, a maior de todas as tribos de saqueadores?" Seu olhar é pétreo, enquanto mexe com seu bigode comprido. Só há uma maneira de se livrar dessa situação.

"Sou o herói de Tannapólis," você responde, "aquele que exterminou o Basilisco do Morro-de-Ossos, matador de gigantes e vitorioso sobre a Bruxa Carmesim. Eu o desafio para um combate individual".

O Khan fica em silêncio por um momento, e então começa a gargalhar. Essa não é exatamente a reação esperada.

"Perdeu o juízo? Sou o maior de todos os Khans da terra de Lendle. As outras tribos são fiéis a mim!" O Khan de Guerra para de rir e parece sério subitamente. "Entretanto, um desafio é um desafio, e o aceito. E, quando tiver terminado, vou alimentá-lo aos meus cães para que sejam corajosos como você em face à morte certa".

Logo, você está no centro de um círculo de lendlerenses, zombando-o, enquanto o Khan de Guerra deles prepara-se para demonstrar sua perícia em combate mais uma vez. Essa é uma daquelas batalhas que dará uma excelente lembrança, se você sobreviver.

KHADDAN KHAN   HABILIDADE 10   ENERGIA 12

Assim que reduzir a ENERGIA do Khan para 4 ou menos, vá para **48**.

20

"Agora, *isso* foi minha ideia", diz o velho. "Mexendo com todas essas engenhocas voadoras mais pesadas que o ar, achei que talvez precisassem de algum tipo de mecanismo de fuga caso tudo desse errado. Chamo de Vela Portátil de Autossoltura para Assistência de Queda. Belo nome, não? Tudo que precisa fazer para ativá-la é puxar a cordinha quando estiver caindo, e irá reduzir a velocidade da sua queda... ao menos na teoria. Nunca consegui testá-la apropriadamente". Volte para **335** para fazer outra pergunta ou, se tiver terminado, vá para **365**.

21

Apesar de fazer seu melhor para evitar as chamas gotejantes e a cascata de rocha derretida, elas são totalmente imprevisíveis. Role um dado e some 1, esse é o número de pontos de Energia que você perde conforme seu corpo é queimado pelas erupções flamejantes. Entretanto, se tiver a Tatuagem de Dragão, ou tiver bebido a Poção de Proteção Contra o Fogo antes de entrar nesses túneis, reduza esse dano em 1 ponto. Se tiver o Escudo Dracônico pode reduzir o dano em mais um ponto, e se estiver vestindo o Manto de Couro de Dragão, reduza em mais 2 pontos. Todas essas reduções são cumulativas, então se tiver bebido a poção, usado o escudo e o manto, reduza o dano em 4 pontos.

Se tiver sobrevivido, você vai para o outro lado da calçada, apenas para chegar num ponto sem saída (perca 1 ponto de Sorte). Não há outra opção exceto atravessar a caverna de novo e retornar pelo túnel. Role um dado novamente, mas dessa vez subtraia 1. Esse é o número de pontos de Energia que perde dessa vez. Assim como antes, a tatuagem, o escudo, o manto e a poção podem reduzir o dano sofrido. Se sobreviver à segunda passagem, vá para **245**.

22

A jornada para o leste cedo ou tarde leva até a segunda maior comunidade de Femphrey — a Cidade de Cristal (avance o dia da semana em 3). Muitos acreditam que foi construída com os cristais que o povo encontra no lago, mas isso é tão certo quanto dizer que as ruas de Chalannaburgo são pavimentadas com ouro!

Até onde você consegue perceber, o clima bizarro que vem afligindo o resto do reino não chegou aqui, e tudo está bem. Então o que há para se fazer aqui é descansar e recuperar-se da aventura exaustiva, mesmo que não possa ficar aqui por muito tempo. Talvez o melhor a fazer é visitar os movimentados mercados da cidade.

A Cidade de Cristal é uma das paradas no Pollua na rota de comércio do Lendle Real que cruza o Velho Mundo e, por causa disso, é possível encontrar uma variedade de itens interessantes à venda no centro mercantil. Você procura por equipamento de utilidade direta (vá para 41), ou itens mais exóticos (vá para 70)?

23

Por mais rápido que corra, a fenda se abrindo lhe alcança. O solo cede e você cai nas profundezas da terra, além de toneladas de rochas e terra caindo sobre você. Sua aventura acaba aqui, enterrado vivo no fundo da Mina Profunda. Sua aventura termina aqui.

24

Assim que avança em direção às colinas, é possível ouvir um assovio alto ao seu redor. Tendo conseguido ganhar alguma distância dos ginetes, os guerreiros do Khan de Guerra o atacam com seus arcos. Role um dado e some 1. Isso é o número de flechas que te acertam (perca essa quantidade de pontos de ENERGIA). Se ainda estiver vivo, vá para **65**.

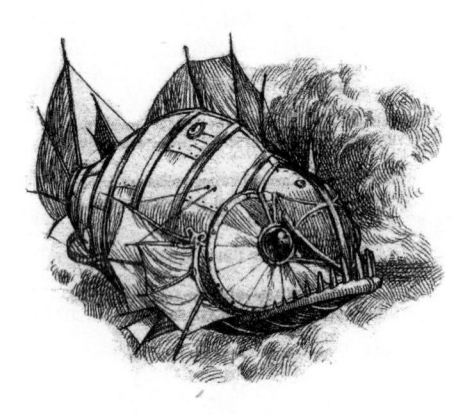

25

"Conheça a Toupeira", Brokk diz cheio de orgulho, gesticulando em direção ao dispositivo fantástico. "A mais magnífica máquina de perfuração nessas bandas da Serra do Dente-da-Bruxa. Agora, se a gente conseguir fazê-lo funcionar, poderíamos chegar rapidamente nas partes mais profundas da mina". Quer ver se Brokk consegue fazer a Toupeira funcionar e usá-la para seguir pela Mina Profunda (vá para **124**), ou prefere ir a pé (vá para **145**)?

26

"Coisinhas malvadas e cruéis, eles são! Fazem da minha vida um inferno", Inigo reclama assim que mencionam os guardiões do laboratório do raio. "Fazem o papel de mão de obra, guardas e carcereiros para Sturm. Foram as mãos deles que construíram aquela nave, junto daquele golem à vapor dele. Sabe como ele os criou? São apenas espíritos elétricos presos dentro de um traje feito de couro e latão. Agora, claro, se enfrentá-los, e provavelmente você vai atrás de Sturm, tem um truque para se livrar deles, mas é necessário ser habilidoso com uma espada. Tem uma válvula de liberação, vê? Logo atrás onde o capacete de latão se encontra com o traje na nuca. É só acertar e o espírito vai ser solto da contenção e mandado de volta para os planos elementais".

Essa informação é valiosíssima (recupere 1 ponto de Sorte)! Se em algum momento enfrentar um dos Fulgurites de Sturm novamente, para tentar acertar a válvula, deve ganhar uma rodada de combate contra os Espíritos Elétricos, e então *testar sua Habilidade*. Se for bem-sucedido, acerta o ponto necessário e, para todos os efeitos, o Fulgurite morre instantaneamente. Já se falhar, deve continuar o combate normalmente, mas pode tentar acertar a válvula novamente se vencer a rodada de combate. Para perguntar outra coisa, vá para **335**. Se não tiver mais perguntas, vá para **365**.

27

Esse túnel é bem menor do que o principal, e é necessário agachar-se em certos pontos para atravessá-lo. Gradativamente, é perceptível um som de arranhar ou de triturar, como se algo estivesse cavando seu caminho através da pedra. Repentinamente, uma parte da parede do túnel racha e desmorona no meio do caminho. Emergindo de um buraco na face da rocha, surge a cabeça enorme e encouraçada do que parece um besouro. O inseto não tem olhos, mas tem presas capazes de escavar as pedras, e muito provavelmente capazes de mastigar armaduras... e você! Com suas mandíbulas monstruosas clicando, a Larva das Rochas, perdição de mineiros por todas as partes, ataca.

LARVA
DAS ROCHAS   HABILIDADE 7   ENERGIA 10

Ao matar o enorme verme escavador de rocha, você limpa o sangue amarelo e viscoso de sua espada e pondera para onde ir. A larva das rochas cavou um túnel que oferece uma rota alternativa para dentro da terra. Você quer se manter nos túneis feitos pelos anões (vá para 75), ou prefere rastejar pelo buraco deixado pela Larva e ver onde vai parar (vá para 49)?

28

Parece que é o fim: salvar Femphrey das armações insanas de Balthazar Sturm ao custo de sua própria vida! Até que lembra da mochila. Conforme o chão vai se aproximando rapidamente, mãos desesperadas buscam a cordinha presa à bolsa e dão um puxão. A parte de cima abre e uma quantidade imensa de tecido desenrola de dentro, abrindo uma enorme vela sobre você, ainda presa à mochila por uma série de linhas trançadas. A vela vai reduzindo a velocidade da queda dramaticamente, e quando toca o solo, não há praticamente nenhuma lesão. Você nunca se sentiu tão feliz de estar em terra firme! Vá para 400.

29

A crosta rochosa de Sturm começa a sair do controle e rachar até todo seu corpo estar prestes a desmoronar. Entretanto, antes de virar poeira completamente, o que havia do elementalista dissolve, enquanto Sturm se transforma em água. Em sua forma líquida, enrosca-se ao redor da ponte de comando, banhando você e jogando-o no chão. Uma forma, humanoide da cintura para cima e uma fonte de água para baixo, levanta-se do turbilhão, com as feições de Balthazar! Se fosse possível ferver o elementalista para fora, como um calor poderoso que transforma água em vapor...

Se souber o nome do Elemental do Fogo que poderia ser chamado para ajudá-lo agora, transforme seu nome em um número usando o código A=1, B=2, C=3... até Z=26. Some os números e vá para essa referência. Se não, vá para 206.

30

"O que busca está naquela direção", Brokk aponta na direção de uma fissura com seu machado, "mas daqui para frente, estará por sua conta. Esperarei por seu retorno, mas não vou mais fundo do que isso. Esse lugar é amaldiçoado, se me permite dizer". Anote que Brokk não está mais viajando com você (significando que perde todos os benefícios que recebia por tê-lo por perto) e então volte para 80 para decidir o que fará em seguida.

31

Pisando com cuidado, você entra na carcaça do monstro marinho através de uma fenda na cavidade em seu peito. As costelas da fera são muito altas, dando a aparência da nave em algum tipo de catedral feita de ossos. As proporções dessa besta eram realmente assombrosas. De repente, algo se move do lado de dentro, remexendo a gosma nojenta que era carne e as vísceras de peixe apodrecidas que se amontoaram nas entranhas do monstro. Com uma ondulação no corpo repulsivo, uma planária imensa escorrega em sua direção, para fora da gosma, tão ansiosa para se alimentar de presa viva quanto estava em banquetear-se nos restos mortos.

VERME-DE-BALEIA   HABILIDADE 6   ENERGIA 6

Planárias costumam ser pequenas, mas o parasita que habita os intestinos de uma criatura marítima gigantesca são escalas de grandezas maiores. Se derrotar o Verme-de-Baleia, encontrará o que procurava. No meio de todo o caos da última refeição da Baleia-Touro e seu próprio corpo decomposto, está um escudo, e nele encravado a imagem de um dragão vermelho. Não é um desafio imaginar o que aconteceu com seu portador anterior. Leve-o se quiser (adicione o Escudo Dracônico à sua *ficha de aventura*). Rapidamente, você deixa a carcaça novamente e segue profundamente na fenda marinha. Vá para **179**.

32

Com os filhotes agora mortos, você limpa sua espada do líquido roxo nojento. Certo que está no covil do Dragão da Tempestade, é perceptível que a fera não está aqui. De qualquer forma, se livrou da próxima geração dessas criaturas que são responsáveis por criar descontrole climático por toda Femphrey, um favor foi feito a todo o reino (adicione o código Mortsleam à sua *ficha de aventura* e recupere 1 ponto de SORTE).

Silas e você decidem que não há nenhuma vantagem em esperar o Dragão da Tempestade em seu esconderijo. Não é possível saber quanto tempo vai levar até que retorne, e se os monstros que acabou de enfrentar são apenas os filhotes, imagine o quão terrível seus pais serão. E ainda há outra missão para terminar. Vá para **386**.

33

O túnel vai ficando mais largo e o teto mais distante, até se encontrar no fim de uma passagem estreita, cruzando um grande lago de magma. A lava borbulha e respinga, produzindo altas labaredas que cortam o ar escaldante da caverna. Você deseja se arriscar usando a passagem para atravessar a caverna (vá para 21), ou vai retornar ao entroncamento e tentar o outro caminho (vá para 245)?

34

Fazendo seu melhor para imitar os movimentos dos Fulgurites que estavam cuidando da máquina quando entrou na Sala das Máquinas, você começa a puxar alavancas aqui, fechar válvulas de pressão ali, esperando desativar o motor que alimenta as outras partes da nave. *Teste sua Sorte*. Se for sortudo, suas ações têm o efeito desejado (some 1 ao dano causado). Se for azarado, faz um disco de vidro explodir na sua cara, e os cacos de vidro cegam um de seus olhos (perca 2 pontos de ENERGIA e 1 ponto de HABILIDADE).

Se quiser causar mais dano ao Motor Elemental, terá de fazer algo mais drástico. Você vai:

Atacar o Motor Elemental com sua espada?	Vá para 47
Esmagar a esfera usando a Maça ou o Martelo de Guerra?	Vá para 82
Tentar usar a Chave de Fenda, se tiver uma?	Vá para 63
Deixar a Sala das Máquinas e explorar outro local?	Vá para 126

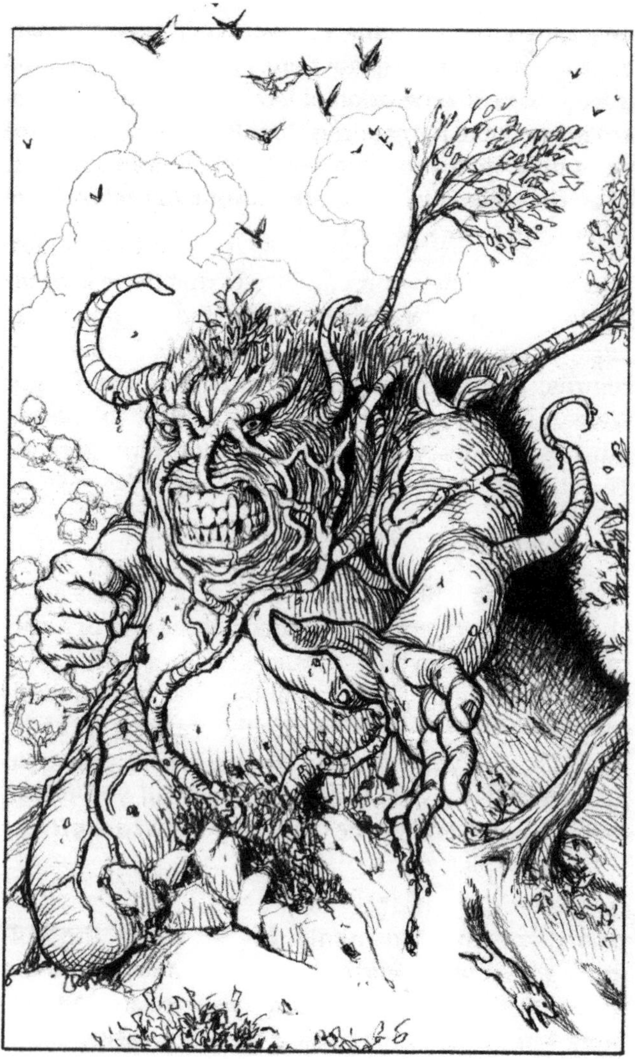

35

A forma com que escala facilmente a face rochosa do penhasco faria qualquer um pensar em um cabrito montanhês. Sem perder tempo, está quase no ponto mais alto, subindo por entre as raízes nodosas das árvores. De repente, você perde o equilíbrio e cai no chão duro de pedra, ralando ambos joelhos (perca 2 pontos de ENERGIA). Parece que o solo em si se moveu sob seus pés. Enquanto tenta se levantar, a terra à sua frente começa a crescer e uma criatura monstruosa explode para fora, pingando lama. Enorme, com o dobro de sua altura e braços que parecem mais tacapes, seu corpo é inchado e coberto de tentáculos borrachudos nojentos.

Você já ouviu falar desse tipo de coisa, mas nunca havia visto um em pessoa, até agora. O monstro é um Demônio da Terra, não um demônio de verdade, mas uma geração de criaturas que recebeu essa denominação pela forma alarmante que ataca. Com os pés ainda fincados dentro da terra, deixando trilhas de plantas e raízes, a besta move-se lentamente em sua direção, com seus braços e tentáculos esticados, prontos para esmagá-lo em um abraço mortal. Novamente, é uma luta por sua vida!

DEMÔNIO DA TERRA   HABILIDADE 10   ENERGIA 12

Se for Dia da Terra, aumente a HABILIDADE do Demônio da Terra em 1 ponto e sua ENERGIA em 2 pontos.

Você se lembra que as lendas dizem que os Demônios da Terra retiram sua força diretamente do solo. Qualquer ataque que acerte o monstro causará apenas 1 ponto de dano à ENERGIA dele. Mas, se separá-lo de sua fonte de poder, seria possível feri-lo de forma mais severa. Se quiser tentar isso após ter vencido uma rodada de combate, vá para **71**. Se conseguiu vencer a besta, vá para **51**.

36

Um dia após deixar as colinas da Serra do Dente-da-Bruxa (avance o dia da semana em 1), é possível ver Tannapólis ao longe. Só a visão do local é suficiente para te revigorar e seguir em frente, e não demora muito para entrar mais uma vez na cidade. Os moradores começam a gritar vivas e chamar seus vizinhos quando o veem, e logo uma multidão de crianças cerca você, passando de um lado para o outro. Assim que chega no centro da cidade, o prefeito está pronto para dar boas-vindas, e centenas de pessoas se acumulam do lado de fora da prefeitura, todos tentando ao menos ver o Herói de Tannapólis em pessoa. O povo não esqueceu o que foi feito por eles quando foram salvos da Bruxa Carmesim, e assim que sabem sobre sua missão, o prefeito convida a fazer uma pausa e descansar um pouco. Se quiser aproveitar essa oferta de hospitalidade, vá para **161**. Se não, despede-se de todos, e parte novamente. Outros três dias de viagem com vento, chuva, granizo e até mesmo neve, levam à desolação conhecida como Planícies Uivantes. Avance o dia da semana em 3 e vá para **83**.

37

Jogando-se no centro da tempestade, você põe seu braço na frente dos olhos para protegê-los das explosões incandescentes dos relâmpagos que caem, enquanto corre pela praça e se esquiva para não ser acertado. *Teste sua*

Habilidade, somando 2 ao resultado do dado se hoje for Dia da Tempestade. Se for bem-sucedido, vá para 3. Se falhar, vá para 74.

38

Assolado pela corrente gelada de água, seu corpo inerte é arremessado contra rochas protuberantes e antigos aparatos de mineração, hoje enferrujados, dos anões. Role um dado e some 1; esse é o número de pontos de ENERGIA perdidos. Se ainda estiver vivo, a torrente te derruba em um lago subterrâneo. Expelindo a água de seus pulmões, ainda meio afogado, você se arrasta até as areias da margem, na entrada de uma caverna natural. Entretanto, graças ao banho que tomou, metade de suas Provisões estão molhadas e não podem mais ser comidas. Remova metade das que ainda tinha, arredondando para baixo, e vá para 80.

39

Desdobrando os planos para a Máquina Climática mágica de Sturm, você as abre ali mesmo e as estuda apropriadamente pela primeira vez. De acordo com os desenhos técnicos, o local à frente está marcado como "Turbina de Vento" e a câmara seguinte a essa é "Gerador de Raios".

Para trás de onde está agora há uma cabine sem nome e depois dela está a sala assinalada como "Controles do Leme". Os porões abaixo estão marcados simplesmente assim. Entretanto, ambos conveses superiores são muito mais interessantes. No mais, acima do Olho do Furacão, há uma cabine na popa marcada como "Fazedor de Gelo" e outra na proa "Lentes Incendiárias". Porém, é na seção do meio que se encontram os locais provavelmente de maior interesse. Toda a parte frontal está intitulada de "Sala das Máquinas", enquanto a anterior está como "Sala de Comando". Agora que tem uma melhor ideia do que espera a bordo do Olho do Furacão, volte para **14** e decida por onde começar sua exploração da nau.

40

Assim que finalmente amanhece, você está mais do que pronto para seguir viagem. Indo para o nordeste mais dois dias, finalmente é possível ver as muralhas da capital no horizonte. Avance o dia da semana em 4 e vá para **50**.

41

Os seguintes itens estão à venda.

Provisões	1 Moeda de Ouro cada
Besta e 6 Virotes	12 moedas de ouro
Couraça	10 moedas de ouro
Poção de Sorte	6 moedas de ouro
Poção de Força	4 moedas de ouro
Poção de Habilidade	5 moedas de ouro

Há feira todo dia na Cidade de Cristal, mas, se hoje for Alto Dia em um local em que são adorados os deuses do comércio acima de quaisquer outros, é possível descontar 1 moeda de ouro do preço de qualquer coisa, exceto Provisões; como existem muitos vendedores na cidade, a competição é acirrada.

É possível comprar quantas Provisões quiser para colocar em sua mochila, até o máximo de 10; cada uma recupera 4 pontos de ENERGIA perdidos. A Besta pode ser usada uma vez em cada batalha antes de entrar no combate corpo a corpo (desde que ainda haja virotes para atirar); *teste sua Habilidade*, e, se bem-sucedido, um de deus disparos causa 2 pontos de dano à ENERGIA de seu oponente. A Couraça vai reduzir qualquer dano causado contra você em 1 ponto em rolagens entre 1–4. Quando bebida, a Poção da Sorte restaura seu valor de SORTE para seu número *inicial*, a Poção de Força faz o mesmo pela sua ENERGIA, e a Poção de Habilidade também retorna sua HABILIDADE ao valor *inicial*.

Assim que tiver terminado por aqui, deseja buscar por itens mais exóticos à venda (vá para **70**) ou irá deixar a Cidade de Cristal e seguir sua jornada (avance o dia da semana em 1 e vá para **189**)?

42

Sem acreditar que há qualquer forma de vencer um Elemental da Terra em combate, você foge da câmara, de volta para a mina. Logo atrás, o Elemental ruge novamente, acertando o solo com seus punhos toscos. Com a força do impacto, o chão se rompe no meio, e uma fenda que se abre no piso da câmara parece te perseguir. Role três dados. Se o total for menor ou igual ao seu valor de ENERGIA, vá para 10; já se for maior, vá para 23.

43

Caso o Elemental do Gelo te machuque, o poder de aquecer do Talismã do Sol vai garantir alguma proteção contra o toque frígido dele. Reduza todo o dano causado pelo Elemental em 1 ponto. Entretanto, caso o Elemental do Gelo use seu Hálito Congelante contra você, ignore todo o dano causado. Agora, volte para 100 e prepare-se para lutar!

44

Seu golpe conecta com a esfera novamente, mas não no mesmo local da última vez. Em vez disso, acerta o painel de vidro na frente do Motor Elemental, que então racha.

É possível ouvir o som de gás escapando e, repentinamente, uma ventania começa dentro da Sala de Máquinas, e é necessário sacar sua espada contra o elemental do ar maior enfurecido que você não intencionalmente libertou da câmara de contenção. Boreas, a manifestação elemental do Vento do Norte, não está feliz de ter sido preso nessa máquina, e não consegue distinguir entre libertador e captor. Urrando com a fúria dos elementos, ele ataca!

ELEMENTAL
DO AR MAIOR   HABILIDADE 15   ENERGIA 20

Se, de alguma forma, conseguir derrotar a própria essência dos Ventos do Norte, recupere 1 ponto de SORTE, adicione 2 ao *marcador de dano* e escreva a palavra-chave Demlaceb em sua *ficha de aventura*. Sentindo que fez tudo que poderia ter sido feito aqui, você deixa a Sala de Máquinas para explorar outros lugares. Vá para **126**.

45

Conforme avança rapidamente em direção ao chão, suas mãos desesperadas encontram a cordinha presa à mochila, puxando-a com força. A parte de cima abre e desembola uma quantidade grande de tecido enquanto continua amarrada à bolsa por uma série de cordas tensionadas. Com isso, sua velocidade diminui dramaticamente e você pousa por pouco, sem nenhum ferimento. Recupere 1 ponto de SORTE. Entretanto, não será possível usar essa habilidade inesperada da mochila novamente, já que é necessário cortar as cordas do aparato que vem se arrastando atrás de você (remova a Mochila Inusitada de sua *ficha de aventura*, apesar de ainda poder usá-la como uma bolsa comum). Decidindo que não seria uma boa ideia peticionar à Guardiã dos Quatro Ventos novamente, você retraça seus passos, de volta pelo Cânion dos Gritos, e finalmente chega até a fronteira das Planícies Uivantes. Avance o dia da semana em 1 e vá para 394.

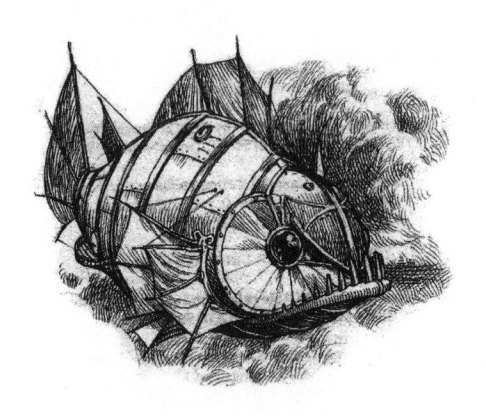

46

Conforme entra na passagem estreita, também avança pelo domínio das criaturas que fazem dos recifes sua morada — criaturas que estão sempre procurando por comida. Crustáceos de pinças enormes e enguias com dentes afiados te atacam de buracos na rocha, enquanto uma estrela do mar absurdamente grande e anêmona pica você, na intenção de se alimentar do que os outros seres deixam para trás. Lute contra os habitantes do recife como se fossem todos uma criatura única.

HABITANTES
DO RECIFE   HABILIDADE 7   ENERGIA 10

É possível escapar do combate após a terceira rodada de combate se quiser, recuando pelo caminho estreito e entrando na fissura marinha (vá para 146). Se insistir na luta, e vencer, vá para 76.

47

Batendo com toda força no exterior da esfera de aço com sua lâmina encantada, você espera fatiá-la feito uma maçã, mas, de alguma forma, os feitiços lançados sobre a sua espada mágica matadora de dragões são cancelados pela energia elemental bruta sendo gerada pelo aparato. Ao invés de causar dano ao motor, a camada metálica dele danifica sua espada, causando uma lasca em sua lâmina (perca 1 ponto de HABILIDADE e 1 ponto de SORTE). O que fará agora?

Usar a Maça ou o Martelo-de-Guerra contra a máquina, se tiver um desses?	Vá para **82**
Tentar usar a Chave de Fenda, caso tenha uma?	Vá para **63**
Desistir da Sala de Máquinas e explorar outros lugares?	Vá para **126**

48

No momento em que percebe que realmente conseguiria vencer essa luta, também entende que não conseguiria matar o Khan de Guerra... não aqui, não desse jeito. Se fizer, haveria uma dúzia ou mais de pretendentes ao título de Khan, que ficariam felizes em desafiá-lo em combate individual para ganhar a liderança da tribo para si próprios.

Então decide aproveitar a vantagem e, tendo empurrado Khaddar Khan até o limite do círculo de cavaleiros com seu último ataque, ao invés de fazer um ataque de misericórdia, você corre em direção ao guerreiro caído e o usa como apoio para lançar-se por cima da cabeça dos guerreiros ao redor, para fora do círculo. Pousando na cela de um cavalo desocupado, e com um alto "vamos!", começa a apeá-lo. Com um relincho assustado, ele parte em direção às colinas. Não demora muito até que os cavaleiros saiam em perseguição. *Teste sua Sorte*. Se for sortudo, vá para **65**. Se for azarado, vá para **24**.

49

Torcendo para que a Larva das Rochas não tenha uma dupla ainda a vagar pelo túnel escavado, você começa a rastejar para baixo, usando suas mãos e joelhos. O buraco é coberto por um resíduo grudento que te faz escorregar.

Repentinamente, o chão começa a tremer ao seu redor. Quando perde sua pegada nas paredes, escorrega pelos túneis e voltas do buraco da Larva até ser expelido no fim, em outro túnel apoiado por vigas. Vá para **68**.

50

Suas viagens acabam levando para as cercanias das muralhas da capital do reino de Femphrey — Chalannaburgo! Apesar de já ter vindo aqui várias vezes no passado, a visão das avenidas amplas e arborizadas, parques belíssimos e prédios públicos monumentais nunca deixa de te encantar. Mas não há tempo para visitar os pontos turísticos — há uma missão para cumprir. Conforme avança pelas ruas apinhadas e o burburinho da cidade, seria possível jurar que não há nada de errado. A influência da máquina do clima de Balthazar Sturm não parece ter chegado aqui ainda, e decide aproveitar essa chance para conseguir o que precisa, e vai direto para as docas. Enquanto faz isso, pensa no que será necessário agora que sua jornada te levará para o fundo do Mar de Enguias.

Será necessária alguma forma de respirar debaixo d'água, assim como uma embarcação que transporte até o mar aberto. Claro, Chalannaburgo é também o melhor lugar para se equipar. Você deseja visitar primeiro os mercados locais, antes de fazer qualquer outra coisa (vá para **91**), ou prefere ir em frente e descobrir um método de respiração submersa (vá para **121**)?

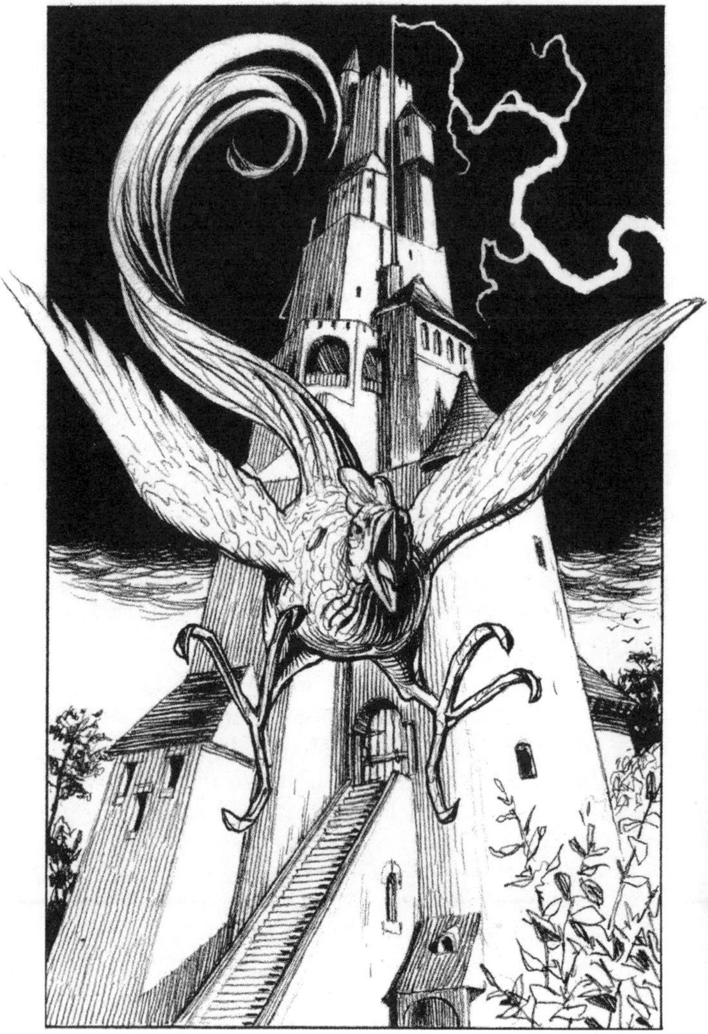

51

Você finalmente chega ao pé da torre solitária. Construída bem na beira de um penhasco, onde observa todo o vale abaixo. O prédio parece ter sido feito de modo precário, cada andar construído sobre o anterior desordenadamente. Jogando a cabeça para trás, é possível ver que a torre possui um teto achatado, com ameias expostas as intempéries. Um para-raios sobe à metade do comprimento da torre, sua ponta lembra uma lança sendo projetada alto nos céus sobre a construção. Do topo do prédio se projeta mais uma pequena torre, sobre a qual há um cata-vento de latão brilhante na forma de um grande galo. Em sua frente, nem a vinte metros, estão os portões reforçados que dão entrada à torre. Como não parece haver ninguém de guarda, você avança.

Um guincho alto lhe faz parar e olhar para cima novamente. O cata-vento, manchado de verde graças à sua exposição aos elementos, saiu de sua base e está descendo rapidamente em sua direção, usando suas asas metálicas. A ave abre seu bico de latão e solta outro berro horrendo. Desembainhando a Ceifadora de Wyrms novamente, é hora de combater o guardião da torre.

GALO-DOS-VENTOS   Habilidade 7   Energia 6

Se conseguir vencê-lo, vá para **94**.

52

Não combina nem um pouco com um herói abandonar pessoas que imploram por ajuda. Perca 1 ponto de Sorte. Os xingamentos do chefe da vila não saem da sua mente enquanto deixa Queda de Açude à própria sorte e continua sua jornada para o sudeste. A chuva para em algum momento, as nuvens vão desaparecendo e o sol começa a iluminar novamente. Dois dias depois (avance o dia da semana em 2), você chega ao limite das terras selvagens conhecidas como Planícies Uivantes. Vá para **83**.

53
Respirando fundo, você pisa na nuvem. É difícil ver qualquer coisa à sua frente, em parte porque o gás pungente faz seus olhos se encherem de lágrimas. Você segue, apesar da névoa não dar qualquer sinal de que se dissipará logo, até que não consegue mais prender sua respiração e acaba involuntariamente inalando uma grande quantidade da fumaça fétida. A tosse vem incontrolável, e cada fôlego é mais difícil que o anterior. Você cambaleia para frente, sem saber se é possível retornar por onde veio antes de perder a consciência, até que repentina e misericordiosamente, a nuvem se dissipa, e, caindo de joelhos, você começa a puxar ar puro desesperadamente. Não há nenhum efeito permanente por ter atravessado a névoa, exceto que seus olhos não param de lacrimejar. Durante sua próxima luta, reduza sua força de ataque em 1 ponto. Tendo recobrado seu fôlego, irá avançar pela esquerda (vá para **33**) ou direita (vá para **245**)?

54

Deixando o cais inferior, há duas portas de madeira, uma de cada lado da escadaria. A que fica voltada para trás das escadas não possui qualquer tipo de marcação, enquanto a que fica à frente possui uma espiral entalhada. Tendo de escolher um local que não tenha ido ainda, você irá:

Abrir a porta entalhada com uma espiral?	Vá para **86**
Abrir a porta sem marcações?	Vá para **184**
Deixar o cais inferior e explorar outros lugares?	Vá para **391**

55

Invocando o poder do Deus do Fogo, você grita: "Eu o ordeno a me ajudar, em nome de Filash, Aquele em Chamas!" O Elemental do Fogo ruge de raiva, mas não pode atacá-lo. "Diga-me, como posso controlar um Elemental do Fogo Maior?", é sua pergunta.

"É necessário saber o nome dele!", berra o elemental, contorcendo-se de sofrimento. Não há como saber qual Elemental do Fogo Balthazar Sturm fundiu a sua Máquina Climática. Mas talvez haja um outro jeito.

"Então, me diga", você pede, "qual é o seu nome?"

O elemental grita de frustração com as paredes magmáticas de sua câmara, sem conseguir resistir à compulsão de responder. "Vulcanus!", grita. "Porém você nunca terá a chance de me usar!" Vá para 114.

56

Uma explosão imensa balança toda a ponte de comando, derrubando você e explodindo as janelas que pareciam olhos de um peixe em uma chuva de lascas de cristal extremamente afiadas. No mesmo momento, Balthazar Sturm desce na plataforma à sua frente, investido de seus incríveis poderes advindos da tempestade. Você segura em um corrimão com toda sua força.

Sturm olha incrédulo conforme a plataforma inteira se parte e é sugada pela frente da nave. Os corpos inconscientes de seus servos e as peças de maquinário arcano são puxadas em seguida. A última visão que tem do insano elementalista é seu rosto em prantos enquanto cai como uma pedra através das nuvens e espiralando ao redor do Olho do Furacão, seus membros a balançar caoticamente.

Com o ranger alto do metal cedendo, os parafusos prendendo o corrimão à parede soltam-se, e seu corpo é arremessado através do olho partido do peixe metálico, da mesma forma que Sturm.

Se souber o nome de um Elemental do Ar que possa ajudar nesse momento, transforme as letras em números usando o código A=1, B=2, C=3... Z=26. Some os números de cada letra, multiplique o total adquirido por três e some 39 ao valor, e então vá para o parágrafo deste número. Se possuir o código Susagep em sua *ficha de aventura*, vá para **104**. Se tiver a Mochila Inusitada, divida o número *deste* parágrafo pelo número associado com este e então vá para o novo parágrafo. Se não tiver nenhuma dessas coisas, vá para **349**.

57

Leva metade de um dia para chegar a cervejaria de Brokk. O prédio feito de cobre e rocha posiciona-se na passagem de um vale montanhoso, onde é alimentada por um riacho de águas cristalinas, vindo do frio pico das montanhas, descendo majestosamente por uma série de cachoeiras.

A aproximação da entrada do prédio se dá por uma ponte de pedra ornada que passa por cima de uma das cascatas, até poder bater na porta. Esta é aberta por um anão de cabelos e barbas grisalhas, vestindo um avental com manchas de cerveja. "O que você quer?", o mau humor claro em seu tom. "Espero que tenha um bom motivo para perturbar o velho Brokk aqui enquanto estou fazendo uma cerveja".

Você conta que precisa de alguém que te guie pela mina anã abandonada. "A Mina Profunda, hein?", ele diz, estalando a língua enquanto olha em sua direção, agora pensativo. "É, eu costumava trabalhar naquele buraco, até que ficou amaldiçoado. E nunca mais fui lá desde então. Mas, claro, posso guiar você, mas por um preço... 10 moedas de ouro!"

O preço te força a respirar fundo. 10 moedas de ouro é muito dinheiro. Será que realmente vale a pena, sendo que um aventureiro experiente provavelmente conseguiria dar um jeito de encontrar seu próprio caminho através de túneis abandonados e equipamento de mineração? Se puder e quiser pagar as 10 moedas de ouro, e contratar o ex-mineiro, vá para **77**. Se não, vá para **98**.

58

Conforme avança através das profundezas cavernosas do labiríntico Cânion dos Gritos, alguém começa a atirar em sua direção. Role um dado e divida o número por 2, arredondando para cima. Esse é o número de flechas que te acertam, cada uma causando 2 pontos de dano à sua Energia. E então há um homem-pássaro sobre você, abandonando o arco e flecha, dando preferência a suas garras afiadas.

HOMEM PÁSSARO   Habilidade 9   Energia 8

Derrotando o inimigo, é possível retomar sua jornada, redobrando a atenção para outros como ele. Vá para **166**.

59

Você corre através da praça central para o meio da tempestade e diretamente contra o granizo. *Teste sua Sorte*. Se for sortudo, vá para **100**. Se for azarado, vá para **87**.

60

Inigo pega o frasco brilhante de suas mãos e o admira, maravilhado com o relâmpago em seu interior. "Com certeza, a maior criação dele", o engenheiro fala sobre seu captor. "Conseguiu coletar o poder da tempestade, o poder animador da própria eletricidade. É um procedimento complicado, sabe. É como criou o Golem a Vapor dele, que creio estar rondando os níveis inferiores." Volte para **335** se quiser fazer outras perguntas, ou, se tiver terminado, vá para **365**.

61

Com sua arma em mãos, é hora de enfrentar o elemental colossal de frente, todos seus sentidos atiçados pelo comento do combate (não esqueça de ajustar as características do elemental para refletir qualquer dano que já tenha sofrido).

ELEMENTAL DA TERRA   Habilidade 14   Energia 22

Se hoje for Dia da Terra, aumente a Habilidade do Elemental em 1 ponto e sua Energia em 2. Se enfrentar o elemental usando uma arma de esmagamento, como o Martelo de Guerra ou a Maça, todo golpe que acertar causará 3 pontos de dano. Trocar a Ceifadora de Wyrms por uma arma de impacto, se tiver uma, requer abrir mão de uma rodada de combate, na qual o Elemental da Terra causará 3 pontos de dano na sua ENERGIA. Se perder uma rodada de combate, role um dado e consulte a tabela abaixo para ver qual dano sofre (você pode usar SORTE para reduzir o dano causado dessa forma inesperada).

ROLAGEM DO DADO	ATAQUE E DANO
1-3	Marreta: o Elemental te acerta com seus enormes punhos rochosos. Perca 3 de ENERGIA.
4-5	Abalo Sísmico: o Elemental bate com seus pés, abrindo um buraco no chão logo abaixo de você. *Teste sua Habilidade*. Caso seja bem-sucedido, evita a queda e continua o combate. Se falhar, cai dentro da rachadura; perca 3 pontos de ENERGIA e em sua próxima rodada de combate sua Força de Ataque será 1 ponto menor, devido ao esforço para sair da fissura.
6	Arremesso: o Elemental te levanta com uma de suas mãos e joga seu corpo contra uma das paredes da caverna. Role 1 dado e perca aquele número de pontos de ENERGIA.

Caso ainda assim consiga vencer do Elemental da Terra, vá para **10**.

62

Com seu golpe final, o Elemental do Gelo racha em milhares de pedacinhos, que então são carregados pelo vento. Logo depois, o vento também estagna, os relâmpagos cessam e o granizo vai perdendo força. A tempestade passou. Olhando para os céus, vendo as nuvens seguindo para o norte, você tem a impressão de ver um brilho dourado, ou talvez acobreado, por entre elas. Lá está, novamente. Parece... não, não pode ser. Balançando sua cabeça, você olha novamente, mas o objeto desapareceu.

Por um momento você tinha certeza de que viu uma estranha nave por entre as nuvens, no formato de um imenso peixe de latão! E a impressão é de que aquele veículo bizarro tinha alguma relação com o surgimento repentino do temporal.

A população de Vastarin começa a emergir de todos os cantos em que se abrigaram, olhando maravilhados. "O que aconteceu?", uma senhora pergunta em assombro. A maior parte da vila agora não passa de uma desolação causada pelo temporal.

"Nada temam", você diz, não apenas para essa mulher, mas para todos os aldeões reunidos ali. "Vou descobrir quem está por trás desse ataque e fazê-los pagar. Juro por minha honra como o Herói de Tannapólis".

O povo grita vivas e comemora seu discurso. Voltando ao Descanso do Viajante para pegar sua mochila, você parte logo que possível, ainda com os desejos de boa sorte ecoando em sua mente. Mas para onde ir agora? De acordo com as testemunhas, a tempestade veio repentinamente do sul, e, quando partiu novamente, foi em direção a capital, Chalannaburgo.

⚃ ⚄

Tendo lidado com o Colégio dos Magos no passado, seria possível fazer essa viagem até a capital para ver se algum de seus contatos lá saberia algo sobre essas condições climáticas estranhas ou a curiosa máquina voadora em forma de peixe. Por outro lado, seria possível refazer o caminho que o temporal fez, ver de onde veio, esperando encontrar alguma resposta.

Então, para onde irá? Viajará para o norte, em direção de Chalannaburgo (vá para **286**), ou sul, seguindo o rastro de devastação deixado pela tempestade até seu ponto de origem (vá para **111**)?

63

Usando a ferramenta, você começa a girar parafusos e fechar todas as válvulas, esperando que com isso seja possível evitar que o fluxo de energia mágica que está sendo gerado pelo Motor Elemental chegue às outras partes do Olho do Furacão. E é exatamente isso que acontece (adicione 1 ponto ao valor de dano). Entretanto, se quiser causar um dano ainda mais severo, será necessário algo mais. Você irá:

Atacar o Motor Elemental
com sua espada? Vá para **47**

Bater na máquina com a Maça ou o Martelo
de Guerra, se possuir um deles? Vá para **82**

Deixar a Sala das Máquinas
e explorar outro local? Vá para **126**

64

Sem muita cerimônia, você parte para o porto de Chalannaburgo. Atravessando a agitação da cidade, não seria difícil acreditar que tudo está bem. A influência do aparato de mudança climática de Balthazar Sturm não parece ter chegado aqui ainda. Enquanto continua seu caminho, também pensa no que precisará em sua missão de alcançar o fundo do Mar de Enguias.

Primeiramente, será necessário conseguir alguma forma de respirar embaixo da água, se ainda não tiver uma. Segundo, precisará encontrar um capitão com um navio e que aceite te levar até o meio do mar. Claro, Chalannaburgo é o lugar certo para conseguir equipamentos em geral. Você quer visitar o mercado antes de qualquer coisa (vá para **91**), preferiria seguir em frente e tentar encontrar um jeito de respirar submerso (vá para **121**), ou, se não tiver que se preocupar com nenhuma dessas coisas, vai buscar por um navio (vá para **252**).

65

A vantagem que conseguiu saindo na frente significa que já há uma distância considerável dos cavaleiros que te perseguem. Assim que os despista por entre as colinas, você desmonta, mandando a montaria de volta ao acampamento com um tapa em seu flanco, e procura cobertura no fim do desfiladeiro rochoso. É possível ouvir o som do galope dos ginetes passando pela boca da ravina, porém ninguém investiga o seu local de esconderijo. No momento que tem certeza que o perigo imediato já passou, você sai do esconderijo e continua pelo caminho entre os morros. Vá para **142**.

66

Sem saber como sair desse novo perigo, e ignorando os protestos vindos do fazedor de chuva, você se aproxima do aparato e tenta colocar a Centelha no interior, esperando que dê um tranco em toda a máquina para que finalmente funcione. Após conectar o melhor que consegue, você se afasta do engenho barulhento.

Repentinamente, há o som de estalos e arcos voltaicos brancos saem do núcleo da máquina, envolvendo todos seus componentes numa luz suave. O melhor, entretanto, ainda está por vir. Enquanto você e os aldeões observam essa maravilha assustadora, diversas partes do aparato se desprendem e se reorganizam por conta própria. De pé, no meio da vila, não há mais uma máquina esquisita, porém algo que parece um golem desconjuntado. O gigante de três metros, feito de metal e madeira, solta um murmúrio dos mecanismos e parte na sua direção, focado, aparentemente, em desmembrá-lo. Enfrente agora o Golem de Entulho descontrolado.

GOLEM DE ENTULHO   Habilidade 8   Energia 10

Os camponeses correm em pânico, assim como o tal fazedor de chuva, te deixando só para encarar seu destino. Se conseguir destruir o maquinário, você começa a fugir de Quartzo imediatamente, com a certeza de que ninguém na vila vai ficar muito feliz com sua presença após o ocorrido (perca 1 ponto de Sorte). Continuando a caminhada em direção ao sudoeste por mais dois dias (avance o dia da semana em 2), até chegar nas terras desoladas conhecidas como as Planícies Uivantes. Vá para **83**.

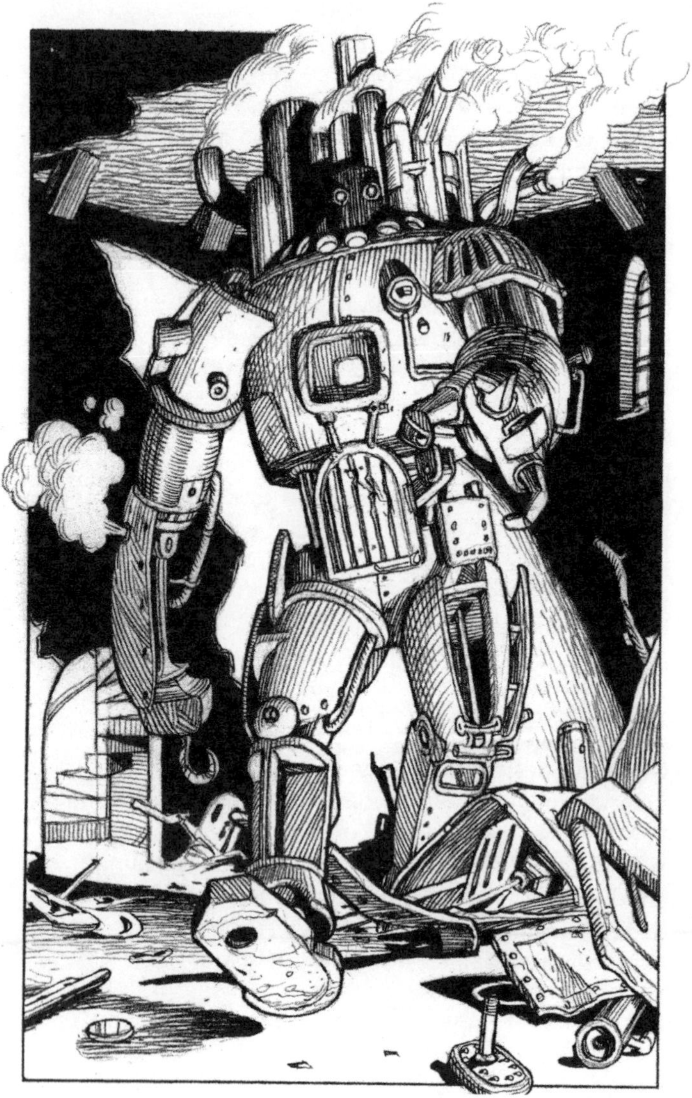

67

Com uma última torrente de vapor, a transformação finalmente está completa. Em sua frente, com sua impressionante altura de quatro metros, há uma figura humanoide metálica. Seu corpo é um motor a vapor tilintante e é possível ver o brilho incandescente da eletricidade através de uma placa de vidro chamuscada no meio de seu peito. O mesmo relâmpago faísca furiosamente nos olhos vítreos do colosso, enquanto chaminés saindo de seus ombros expelem fumaça e vapor por todo o aposento. As mãos com garras metálicas esticam-se em sua direção enquanto o Golem a vapor dá seus primeiros passos desajeitados para frente. Mais uma vez você agradece aos deuses que a Ceifadora de Wyrms é uma arma mágica que é capaz de cortar até mesmo metal como se fosse carne.

GOLEM A VAPOR   HABILIDADE 8   ENERGIA 10

Se conseguir destruir o autômato mágico colossal, anote a palavra-chave *Rennaps* em sua *ficha de aventura* e vá para **117**.

68*

O tremor cessa e você continua seu caminho, sentindo um pouco mais de ansiedade após o lembrete de que esse local tem sido um centro de atividades sísmicas ultimamente. Não muito à frente, o caminho está bloqueado por uma barricada de madeira. Pregada às tábuas que fecham essa parte do túnel há um aviso escrito em runas anãs, sinais que não lhe são familiares. Outro túnel se abre à esquerda nesse ponto, oferecendo um caminho alternativo. Você quer desmontar a barricada e seguir no túnel principal (vá para **186**) ou prefere entrar no túnel novo à esquerda (vá para **310**)?

69

Honrando seu acordo, metade do tesouro encontrado abaixo das ondas é entregue à capitã avarenta (ajuste sua *ficha de aventura* de acordo). Outro dia no mar e está de volta às docas de Chalannaburgo (avance o dia da semana em 1). Mas, enquanto se prepara para desembarcar do Tempestade e seguir sua viagem, a Capitã Katarina lhe para na amurada.

"Eu gostaria que houvesse mais que pudéssemos fazer para ajudar em sua missão", ela diz, parecendo quase envergonhada. "Se tiver algo, é só dizer".

Será que há alguma coisa? Se estiver pronto para enfrentar Sturm e sua Máquina Climática, souber o nome de um Elemental do Ar e quiser chamá-lo agora, transforme o nome dele em um número (usando o código A=1, B=2, C=3... Z=26, somando todos os números) e multiplique por 3 e some 1 ao resultado. Vá para o parágrafo com a mesma numeração do valor final.

Se não, mas se ainda quiser encarar Sturm, você se despede de Katarina e parte para a próxima parte de sua aventura (vá para 350). Caso não seja o momento, terá de escolher para onde irá em sua busca por ajuda contra o ensandecido Mago do Clima. Se possuir as Botas de Velocidade e quiser usá-las, vá para 2. Se não, e lembrando que cada lugar só pode ser visitado uma vez, você irá:

Para a Serra do Dente-de-Bruxa?	Vá para **157**
Para o Monte Pira?	Vá para **22**
Até as Planícies Uivantes?	Vá para **4**

70

Não demora muito para você encontrar diversos itens que não são exatamente comuns, mas quais seriam úteis em sua missão? Os itens são os seguintes:

Pedras de Luz	6 moedas de ouro
Maça de Cristal	15 moedas de ouro
Fadinha da Sorte	10 moedas de ouro
Manto de Couro de Dragão	12 moedas de ouro
Bacamarte	12 moedas de ouro
Bolsa de pólvora e balas	2 moedas de ouro cada
Poção de Força de Gigantes	7 moedas de ouro
Poção de Levitação	7 moedas de ouro
Elixir Curativo	7 moedas de ouro

Se for Alto Dia, quando os mercadores da Cidade de Cristal homenageiam os deuses do comércio, com o número de compradores na cidade, aumente o preço de todos itens em 1 Moeda de Ouro, exceto da bolsinha de pólvora e bala.

Pedras de luz são exatamente isso, pedras que brilham, e por isso podem ser usadas como lanternas. A maça foi esculpida de uma única peça de cristal, e é mágica. Se você acertar um oponente com a Maça de Cristal, role um dado e se rolar 4–6, dará 1 ponto de ENERGIA como dano extra. A Fadinha da Sorte foi aprisionada em um dodecaedro de cristal: as próximas três vezes em que precisar *testar sua Sorte*, você será sortudo e não gastará pontos de SORTE. Rolando 1–2, o Manto de Couro de Dragão reduzirá qualquer dano que você sofrer em 1. Pode usar o Bacamarte uma vez por luta antes de precisar entrar em combate corpo-a-corpo (caso tenha sacos suficientes de pólvora e balas), mas o disparo da arma é um tanto errático. Role um dado e se o resultado for 1–3, o Bacamarte causará 3 pontos de ENERGIA de dano em um inimigo não mágico. Você pode comprar até 6 sacos de pólvora e balas. Se beber uma Poção de Força de Gigantes antes de uma batalha, sua HABILIDADE é aumentada em 2 e o dano que causa é aumentado em 1 durante aquele combate. O Elixir Curativo restaurará até 6 pontos de ENERGIA e 2 de HABILIDADE.

Após terminar, você quer procurar por equipamento no mercado (vá para **41**) ou deixa a Cidade de Cristal e segue sua jornada (mova o dia da semana em 1 e vá para **189**)?

71
Role dois dados. Se o resultado dos dados for igual, vá para **106**. Se rolar qualquer outra coisa, mesmo com sua força impressionante, você não consegue levantar o descomunal Demônio da Terra. Volte para **35** e termine a luta.

72
Você gira o último cilindro para a posição, fecha a placa peitoral e se afasta do autômato novamente. O zumbido que vem de dentro do golem aumenta e então, com o som alto de um estouro, a criatura desmonta totalmente, braços, pernas e cabeça desconectando do tronco da máquina e afundando nas águas oleosas do porão (subtraia 1 ponto de SORTE e remova a Centelha da Vida de sua *ficha de aventura*). Desapontado, você escala de volta para o resto da embarcação. Vá para **54**.

73
Um terrível cheiro de ovos podres, vindo da passagem à frente, faz seu nariz arder e vai ficando ainda pior a cada passo. O ar à frente começa a ficar denso, formando uma névoa de fumaça grossa e amarela. O gás fétido enche toda a extensão do túnel. Se for continuar adiante, terá de passar diretamente pelo meio da névoa. Caso seja isso que deseja, vá para **53**; se não, volte à passagem principal e continue na direção do rio de lava (vá para **141**).

74
Você esquiva de um lado para o outro tentando evitar os raios vindos diretamente dos céus, mas o temporal parece ter vontade própria, e decide te tornar o foco de seus ataques. Um relâmpago de brilho atordoante te acerta e arremessa seu corpo através da praça, deixando uma trilha de fumaça e cheiro desagradável de cabelos queimados. Role 1 dado, some 1 ao resultado, e perca essa quantidade de pontos de ENERGIA. Agora, vá para 3.

75*
O túnel secundário termina em uma escotilha descendente e uma escada. Descer pela escada leva a uma caverna maior, escavada pelos anões, no meio do que parece uma das invenções mais inacreditáveis que você já viu. É feita de madeira e metal, com enormes rodas com cravos, esteiras de movimentação e uma imensa broca em sua frente. Por mais impressionante que a máquina pareça, é perceptível que o aparato também está muito enferrujado, e é incerto se essa máquina ainda funciona. Seguindo a pé e deixando a câmara, você entra em outro túnel escavado pelos anões. Vá para 145.

76
Você entra cuidadosamente na bocarra da caverna, observando as longas estalactites curvadas acima, ervas daninhas e peixinhos albinos que ali vivem. O chão da gruta é curiosamente macio, como se estivesse andando em um tapete esponjoso. Repentinamente, o solo se dobra sob seus pés, uma série de correntes aquáticas faz com que você rodopie, e então a caverna começa a se fechar... só que não é uma caverna. É, na verdade, uma boca! Girando, você bate os braços para mover seu corpo em frente,

chutando com seus pés desesperadamente, tentando não virar a próxima refeição para alguma monstruosidade imensa dos mares. Role 3 dados. Se o total for menor ou igual ao seu valor de Energia, vá para **116**. Se o total for maior, vá para **96**.

77

Remova 10 moedas de ouro de sua *ficha de aventura*. Brokk volta para o interior da cervejaria, mas retorna alguns minutos depois. O anão trocou o avental grudento por uma armadura de cota de malha e segura um machado de guerra em suas mãos abrutalhadas. Jogado sobre seu ombro há uma corda enrolada e um gancho de escalada. Além disso, está usando um capacete que possui o toco de uma vela posicionado sobre a aba. Mesmo que pergunte o que há dentro da mina, ele não vai falar muito sobre o assunto. "Você me contratou como guia, e esse é o combinado", Brokk responde.

Assim que chegam à Mina Profunda, se estiver lendo um parágrafo que tenha um asterisco (*) ao lado do número, subtraia 50 da referência e vá para o novo parágrafo e veja como o Brokk reage. Enquanto ele estiver com você, considere que possui Corda com Gancho (se já não tiver uma). O anão também te acompanhará em qualquer batalha que enfrente no subterrâneo. Quando lutar contra dois oponentes, será necessário derrotar apenas o primeiro para vencer o combate, pois o machado de guerra do anão dará um jeito no outro. Os atributos dele são Habilidade 10 e Energia 8. Se enfrentar apenas um oponente, você poderá fazer dois ataques, ambos com a capacidade de causar dano ao alvo. Ainda nesse caso, se for ferido, esse dano apenas te afetará em uma rolagem de 1-3. Fique atento para a Energia de Brokk, pois, se ele morrer aqui na mina, será necessário continuar sozinho (obviamente perdendo os benefícios de ter o anão lutando a seu lado). Agora, vá para **98**.

78

Segurando a concha acima de sua cabeça, você grita "Oceanus! Auxilie-me agora!"

Com o rugir de uma cachoeira, água desce da concha em uma torrente impossível e inunda a câmara rapidamente, fazendo os equipamentos elétricos entrarem em curto, e arrastando todos os Fulgurites para fora de suas estações. A água se junta e se eleva do chão da ponte em uma grande coluna com uma face e braços toscos.

Com o som do quebrar das ondas em uma praia rochosa, Oceanus, o espírito do mar, choca-se contra o corpo de pedra de Sturm. À sua frente, pedaços da forma imensa do que parecia argila se quebram e dissolvem em água. O Colosso urra de raiva, mas a maré de ataques do elemental da água continua desgastando o corpo da criatura.

Mas Sturm ainda não desistiu. O que sobrou de seu corpo pétreo dissolve conforme se transforma também em água. As duas criaturas líquidas se chocam e se misturam pela ponte, molhando e derrubando você. E, repentinamente, tudo parece calmo — até que outra figura de água surge do redemoinho, mas, dessa vez, com a aparência de Balthazar Sturm! Se ao menos fosse possível ferver o Elementalista, da mesma maneira que fogo transforma água em vapor.

Caso saiba o nome de um elemental do fogo que pode ser comandado a auxiliar, transforme o nome dele em um número usando o código A=1, B=2, C=3... Z=26. Some os números e vá para esse parágrafo. Se não, vá para **206**.

79

A pedra sedimentária do cânion deste lugar foi esculpida em todo tipo de formas estranhas, e, quando o vento sopra por entre elas, produz aquele som estranho que lembra o gemido que você ouviu mais cedo. Não é à toa que esse lugar se chama Cânion dos Gritos. Ainda tendo um longo caminho à frente, é possível ver uma pilha gigantesca da rocha esculpida, elevando-se ao céu muitos metros acima do topo dos paredões. A impressão é que esse monte de pedras é o local para onde deve ir, mas, por ora, o caminho à frente se divide novamente. Você seguirá a bifurcação pela esquerda (vá para **119**) ou pela direita (vá para **99**)?

80*

O local em que está é o lago de uma caverna que mais parece uma catedral. Uma cascata desce para um lago plácido à esquerda e no canto mais afastado da câmara é possível ver uma imensa fissura sombria, que leva, ao menos você suspeita, a uma rede de cavernas à frente. Pedras de luz afixadas nas paredes e tapetes de líquens fosforescentes que cobrem as paredes da caverna esculpida pela água iluminam peças de maquinário abandonado, de pilhas de madeira a máquinas de escavação experimentais. Na verdade, muitas dessas coisas parecem ter sido destruídas de propósito.

Até onde é possível perceber, a Mina Profunda acaba aqui, na entrada do sistema de cavernas naturais. Se desejar seguir em frente, não terá outra escolha exceto adentrar a fenda na parede desta caverna por conta própria. Andando cuidadosamente pelo solo irregular, seu caminho segue pela fissura para dentro das cavernas, até que a trilha se divide. Daqui, será necessário seguir à esquerda, entrando em uma galeria de teto alto cheia de estalactites (vá para **152**), ou à direita, seguindo uma outra fenda menor que segue para baixo (vá para **387**).

81

Beber a poção te faz um leve calor permear todo o seu corpo, começando em seu estômago e indo até a ponta dos dedos do pé e da mão. Todos seus nervos afloram com a sensação bruta de poder. Recupere 6 pontos de ENERGIA e, pela duração da batalha a seguir, aumente sua Força de Ataque em 2 pontos. Sentindo que poderia brigar com um gigante ou derrotar um exército inteiro por conta própria, você marcha em direção ao Elemental da Terra raivoso, pronto para enfrentá-lo em combate individual. Vá para **61**.

82

Com a arma pesada segurada firmemente, você golpeia a esfera de aço. O barulho resultante reverbera por toda a sala e pelo seu braço. Apertando mais sua pegada na arma, e usando toda sua força, você realiza outro ataque contra o Motor Elemental. Role três dados. Se o número rolado for menor ou igual a seu valor de ENERGIA, vá para **135**; e se for maior, vá para **44**.

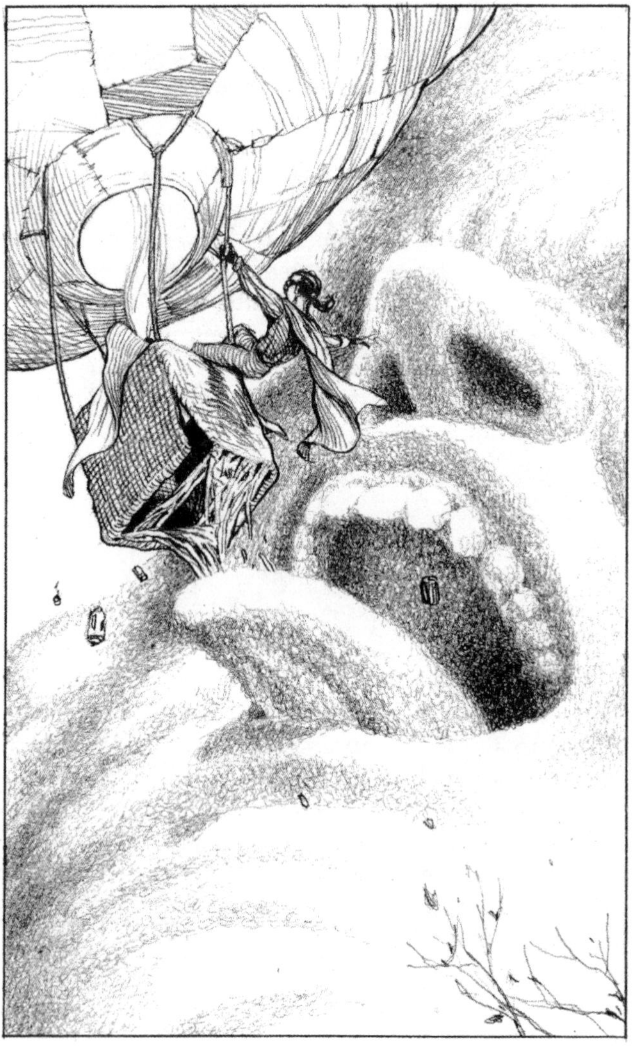

As Planícies Uivantes ficam ao sul de Femphrey, para além das expansões de terreno fértil para plantio, algo como uma terra de ninguém deserta entre este reino e as terras de Lendle. Pouco cresce aqui e na maior parte do tempo os ventos uivantes assopram através da região, trazendo tempestades de areia que desafiam caravanas mercantis tolas ou desesperadas o suficiente para enfrentar essa rota que cruza o centro deste continente.

O sol vai se pondo conforme se aproxima do limite para as planícies. À sua frente está uma terra seca e desolada, lar para animais selvagens e tribos de homens-pássaro violentos; às suas costas estão as colinas e campos verdejantes de sua terra natal. Conforme olha para o sul, ponderando o que espera nessa vastidão sem vida, você vê que o céu é de um amarelo esquálido. Uma brisa que em seu rosto logo se torna uma ventania poderosa, enquanto o firmamento cheio de poeira começa a se debruçar sobre si mesmo em uma tempestade de areia que se aproxima.

E você está totalmente exposto. Enquanto tenta calcular o tempo que tem até que chegue a você, você percebe uma silhueta balançando em frente à tempestade. O objeto está sendo assoprado em sua direção, à frente da ventania uivante. Conforme vai se aproximando rapidamente, flutuando em sua direção através de uma corrente ascendente de ar, um balão enorme se faz visível, feito de velas costuradas uma na outra, com uma cesta de vime pendurada. Os gritos desesperados vindos do baloeiro são audíveis e agora fica mais claro que está tentando escapar da nuvem que se avizinha.

Nesse momento, dá para sentir os primeiros sinais do arranhar dos grãos de areia acertando seu rosto, e então uma face maligna aparece no interior do ciclone de areia e pó, sua boca escancarada como se fosse engolir o balão e seu ocupante aterrorizado. Mas o que pode ser feito para ajudar o pobre baloeiro, ou mesmo você, frente a uma tempestade elemental? Você irá:

Tocar o seu Chifre de Caça, se tiver um?	Vá para **123**
Sacar sua espada, pronto para se defender?	Vá para **173**
Esconder-se tão bem quanto possível, na esperança que a tempestade irá apenas passar sobre você?	Vá para **203**

84

O carrinho de minérios é arremessado ao fim do trilho, e, por um momento, é possível sentir uma lufada de vento frio passando por seu rosto. E então o próximo segmento dos trilhos surge além do enorme buraco e o carro cai sobre esse novo trecho do caminho. Continuando através da mina, descendo mais e mais fundo por uma série de picos e valas no trilho, você chega abruptamente no fim da linha e bate em uma série de lombadas para desacelerar na lateral de uma grande câmara natural, muito no subterrâneo. Vá para **80**.

85

O chefe, um fazendeiro chamado Giles, lhe acompanha até o sopé da imensa represa. Ele abre um par de enormes portas duplas, ao lado de um arco ornamentado, através do qual passa a corrente que conecta o lago ao rio, e ao atravessar o portão chega-se a uma sala feita de pedra. Na parede oposta à entrada existe uma série de válvulas feitas de latão. É óbvio que devem ser giradas de uma forma específica para abrir as comportas e permitir que a água do lago seja drenada pela represa. Sem perder tempo, é o momento de tentar resolver esse problema. *Teste sua Habilidade* e *teste sua Sorte*. Se for bem-sucedido e sortudo, vá para **150**. Se falhar em qualquer um dos testes, vá para **180**.

86

Assim que abre a porta, uma brisa constante sopra. Fechando a porta logo atrás, você olha ao seu redor. O lugar em que está é uma sala grande ocupada por foles imensos e lâminas rotatórias em um moinho. Os foles assopram e enchem-se, movidos por um maquinário cheio de engrenagens, fazendo as pás do moinho girarem, o que direciona a maior parte do fluxo de ar gerado nessa direção através de um funil em uma das paredes. Do lado oposto desta sala ventilada há uma outra porta de madeira, que está marcada com o que é certamente um raio. Se fosse possível parar a rotação do ventilador, talvez desse para enfraquecer a tempestade que é gerada pela Máquina do Clima. Uma alavanca enorme fica do lado do gerador de ventos, e é empurrada para frente. Você irá:

Puxar a alavanca?	Vá para 118
Atacar o fole com sua espada?	Vá para 101
Deixar essa sala e retornar à plataforma?	Vá para 54
Abrir a porta marcada com um raio?	Vá para 133

87

Seu corpo é alvejado por pedras de granizo com o peso e a dureza de rochas. Uma acerta o topo de sua cabeça e lhe deixa desnorteado. Perca 2 pontos de ENERGIA e pela duração da próxima batalha, diminua sua Força de Ataque em 1 ponto. Vá para 100.

88

Katarina lança um olhar zombeteiro para você e diz "E se diz um aventureiro, é? Não se preocupe; não vou te jogar para fora do barco ou coisa do tipo. Voltemos à terra antes que aquele temporal nos alcance". Perca 1 ponto de SORTE.

Mais um dia no mar e estão novamente nas docas de Calannabrad finalmente e, deixando a Capitã Katarina e o Tempestade, parte da cidade com o objetivo de seguir sua missão. Avance o dia da semana em 1.

Caso possua um par de Botas de Velocidade e queira usá-

-las agora, vá para **2**. Se não, e lembrando que só pode visitar cada local apenas uma vez, você irá:

À Serra do Dente-da-Bruxa?	Vá para **157**
Ao Monte Pira?	Vá para **22**
Às Planícies Uivantes?	Vá para **4**

Ou sente que está pronto e quer fazer sua tentativa de alcançar a Máquina do Clima de Balthazar Sturm no olho da tempestade (vá para **350**)?

89

Sua estratégia funciona. Guinchando com ódio, os Asas-Gélidas viram-se para você e atacam com suas garras esticadas.

	HABILIDADE	ENERGIA
Primeiro ASA-GÉLIDA	6	7
Segundo ASA-GÉLIDA	6	7

A não ser que esteja usando o Talismã Solar, reduza sua Força de Ataque em 1 ponto enquanto estiver lutando contra os lagartos-pássaros raivosos. Se matar ambos, o Pégaso pousa no chão próximo. Ele trota pela neve em sua direção, relinchando em apreciação, e acaricia você com o focinho (adicione a palavra-chave Susagep à sua *ficha de aventura* e recupere 1 ponto de Sorte). Com um último rincho de gratidão, o Pégaso parte para os céus novamente, e a nevasca passa. O cavalo alado some, e é o momento de continuar seu próprio caminho. Avance o dia da semana em 1, e vá para **250**.

90

Você mal consegue alcançar a cobertura quando a Guardiã dos Quatro Ventos levanta seus braços e uma corrente de ventos de furacão te acertam com força o suficiente para tirar seus pés do chão e arremessar seu corpo através do arco, próximo da encosta. Se estiver usando a Mochila Inusitada, divida o número deste parágrafo pelo número associado à mochila e vá para a nova referência. Se não, você é arremessado ao pé do morro, com seu corpo se chochando contra as superfícies duras das rochas, até chegar ao fundo, com dor por todo o seu corpo. Role 1 dado e some 2 ao número rolado. Perca esse número de pontos de Energia. Se rolar 3-4, perca também 1 ponto de Habilidade, e se rolar 5-6, perca 2 pontos de Habilidade. Também perca 1 ponto de Sorte. Decidindo que seria uma péssima ideia tentar pedir ajuda à Guardiã dos Quatro Ventos, você decide retornar por sua rota, através do Cânion dos Gritos, até que finalmente chega ao limite das Planícies Uivantes. Avance o dia da semana em 1 e vá para **394**.

91

Os mercados de Chalannaburgo continuam tão movimentados quanto sempre e é possível encontrar muitas coisas que poderiam ser úteis:

Provisões	1 Moeda de Ouro cada
Corda com gancho	3 moedas de ouro
Besta com 6 virotes	12 moedas de ouro
Cota de Malha	8 moedas de ouro
Martelo de Guerra	10 moedas de ouro
Talismã Solar	6 moedas de ouro
Manto de Couro de Dragão	12 moedas de ouro
Botas de Velocidade	10 moedas de ouro
Poção da Sorte	6 moedas de ouro
Poção de Força	4 moedas de ouro
Poção de Habilidade	5 moedas de ouro

É possível comprar tantas Provisões quanto quiser para colocar em sua mochila, até um máximo de 10; cada uma restaura 4 pontos de Energia. A besta pode ser usada uma vez por combate, antes de entrar em combate corpo-a-corpo (desde que ainda tenha virotes); *teste sua Habilidade* e, se for bem-sucedido, o virote causa 2 pontos de dano à Energia do oponente. Em uma rolagem de 1–3, a Cota de Malha vai reduzir o dano causado a você em 1 ponto. O Martelo de Guerra não é mágico como sua espada, mas é uma arma de impacto; se acertar um inimigo com este, role um dado e se o resultado for 5–6, cause 1 ponto de dano extra à Energia do oponente. Em uma rolagem de 1–2, o Manto de Couro de Dragão reduz o dano causado a você em 1 ponto. Beber a Poção da Sorte recupera sua Sorte ao valor *inicial*, a Poção de Força faz o mesmo com seu valor de Energia e a Poção de Habilidade também recupera sua Habilidade ao valor *inicial*.

Quando tiver terminado as compras que deseja fazer, e puder pagar (e tiver anotado tudo em sua *ficha de aventu-*

ra), você irá procurar por algo na cidade que lhe permita respirar embaixo d'água (vá para **121**), ou, se já tiver adquirido algo assim, irá procurar um navio que o leve até o mar aberto (vá para **252**)?

92

Conforme o Elemental da Terra vai se aproximando, você pega o frasco contendo a preciosa Centelha de Vida e arremessa no caminho da criatura. O invólucro acerta algum maquinário enferrujado deixado pelos anões, e gera uma explosão ofuscante de raios. Relâmpagos azuis chiam indo de uma peça de metal corroído para outra e você fica maravilhado quando vê os pedaços se unindo. As pilhas de ferragem rapidamente tomam a forma de um humanoide semi-esquelético, todo feito do entulho espalhado ao redor da câmara, que então fica de pé. Olhos que antes eram lanternas de mineiros piscam com a eletricidade conforme o Golem criado te observa atentamente. Você aponta para o Elemental da Terra e, com o esmerilhar das juntas enferrujadas, o construto se vira e caminha na direção do elemental, pronto para o combate.

Conduza o combate entre o Elemental da Terra e seu Golem de Ferrugem, como faria normalmente. Essa será uma batalha titânica com certeza! Se for Dia da Terra, aumente a HABILIDADE do Elemental em 1 ponto e sua ENERGIA em 2 pontos.

	HABILIDADE	ENERGIA
ELEMENTAL DA TERRA	14	22
GOLEM DE FERRUGEM	10	12

Caso seu golem seja triunfante contra o Elemental da Terra, recupere 1 ponto de SORTE e vá para **10**. Se o elemental destruir o golem de ferrugem (o que é mais provável), você vai:

Beber rapidamente a Poção
de Força de Gigante,
se tiver uma?   Vá para **81**

Terminar com o elemental
da terra por sua conta?   Vá para **61**

Correr o máximo que puder
enquanto é possível?   Vá para **42**

93

A jornada para Chalannaburgo leva quatro dias (avance o dia da semana em 4). Durante esse tempo, os fazendeiros dividem o pouco que tem contigo e quando você finalmente deixa a caravana de refugiados faz vários amigos e ganha 4 Provisões a mais para colocar em sua mochila, na sua *ficha de aventura*. Recupere 1 ponto de Sorte e vá para **50**.

94

Deixando os destroços do cata-vento metálico ao pé da torre, você vai se aproximando das enormes portas reforçadas de metal. Seu corpo para por um momento enquanto estica a mão para pegar na maçaneta metálica, pensando em que outros tipos de feitiços podem estar protegendo a torre. Se quiser virar a maçaneta para abrir a porta, vá para **134**. Mas, se preferir arrebentá-la, vá para **164**.

95

Nas horas mais escuras da madrugada, um grito terrível te acorda. Você fica de pé em um instante, com sua arma em mãos, e bem a tempo. Cruzando a mata, uma criatura horrenda surge das árvores. O corpo não possui pelo algum, exceto por uma juba negra, com uma pele pálida marcada por enormes manchas negro-azuladas. A coisa caminha sobre duas pernas, mas arrasta os punhos no chão e em uma mão carrega um machado bruto de pedra lascada. A cabeça é quase equina em forma e, conforme avança, abre sua boca mal formada para ganir em direção à lua novamente. Não há outra escolha exceto se defender contra o carnívoro Bezerro-Lunar.

BEZERRO-LUNAR   Habilidade 8   Energia 9

Se matar o monstro, você descansa pelo que sobrou da noite, tendo se movido do local do ataque, mesmo assim o sono demora a vir. Vá para 40.

96

Apesar de nadar com todas suas forças, é impossível escapar da "caverna" antes do monstro marinho fechar sua boca e engolir você por completo. Sua aventura acaba aqui, como refeição para um monstro das profundezas.

97

Enquanto os corpos envoltos em couro dos Fulgurites implodem, com algumas últimas faíscas, você se aproxima da grande esfera metálica. É possível sentir a eletricidade estática no ar e em sua pele, deixando todos seus cabelos de pé. Cuidadosamente, você coloca seu rosto no painel de vidro da escotilha e observa dentro da máquina. O que vê é inacreditável.

Quatro figuras imensas estão presas dentro da esfera, cada uma feita completamente de um dos quatro elementos. Todos parecem ter uma aparência semi-humanoide, mesmo compostos de terra sólida, ventos rodopiantes, fogo bravio e águas caudalosas. Esses devem ser os Grandes Elementais dos quais você ouviu dizer que Sturm havia preso a seu Motor Elemental para animar o Olho do Furacão. Esses elementais estão presos em uma batalha constante um contra o outro, rodopiando dentro da esfera de contenção, sua própria essência e o constante conflito provendo a Máquina Climática com seu meio mágico de propulsão.

Com certeza é possível danificar o motor, e isso causará um pesado golpe à Baltazar Sturm e sua máquina. Mas como em Titan você vai fazer uma coisa dessas? Se tiver a palavra-chave Notamotua anotada em sua *ficha de aventura*, vá para **15**. Se tiver os planos da nave, pode tentar usá-los para ajudar. Se quiser fazer isso, multiplique o número associado aos planos por 30 e vá para o parágrafo de mesmo número. Se não tiver nenhuma dessas coisas, como causará dano à fonte de energia do Olho do Furacão? Você vai:

Atacar o Motor Elemental com sua espada?	Vá para **47**
Bater com uma Maça ou um Martelo de Guerra na máquina, se tiver algum deles?	Vá para **82**
Tentar usar a chave de fenda, se tiver uma?	Vá para **63**
Tentar mexer nos controles?	Vá para **34**

98

"Olha", diz o anão, conforme você se prepara para partir, "tu vai precisar aumentar sua força antes de descer naquela mina, então, por que não testa algumas das minhas bebidas 'especiais'?"

Brokk te leva para dentro da cervejaria, passando por enormes caldeirões de cobre até sua loja de bebidas. Ele aponta para alguns jarros de argila no alto de uma das estantes e diz seus benefícios. Entretanto, como tudo que o anão tem a oferecer, vai ter um preço. Olhe a lista de bebidas abaixo. Se estiver disposto a pagar, pode escolher beber tantas quanto quiser. Porém, se consumir mais de duas, para cada prova após isso, deve reduzir sua Força de Ataque em 1 ponto (e essa penalidade é cumulativa) enquanto estiver na mina, por ter ficado intoxicado pelo álcool.

BEBIDAS "ESPECIAIS" DO BROKK

Cerveja Anã 3 moedas de ouro
Beber essa cerveja clara, da cor de mel, tem o efeito de restaurar 4 pontos de ENERGIA.

Cerveja Bafo-de-Troll 4 moedas de ouro
Essa bebida marrom e densa fede como o sovaco de um troll, possuindo a mesma cor, porém, é muito saborosa, recuperando 4 pontos de ENERGIA. Ela também te deixa com o pior caso de mau-hálito que já teve! Para cada combate que tiver na mina, reduza em 1 ponto a Força de Ataque de criaturas vivas (ou seja, não Elementais, criaturas mágicas, Demônios e Mortos-Vivos), enquanto essas se afastam do fedor horrendo de seu bafo.

Aguardente do Quebra-Crânios 4 moedas de ouro
Alguns goles dessa famosa bebida anã te deixarão com uma terrível dor de cabeça (reduzindo sua Força de Ataque em 1 ponto na primeira luta que tiver nas minas), mas também te preenche com uma força inacreditável. Todo golpe que acerta um inimigo, en-

quanto estiver na mina, causa 1 ponto extra de dano na ENERGIA.

Cidra 'Velho Machado de Batalha'
de Cadwaller   *5 moedas de ouro*
Essa poderosa cidra rústica faz quem a bebe sentir-se mais corajoso do que o normal, enchendo a pessoa com espírito de lutador. Enquanto estiver na mina você pode adicionar 1 ponto a sua Força de Ataque (mas mantenha em mente que se beber demais pode perder esse benefício).

Asa de Wyvern   *5 moedas de ouro*
Brokk mesmo não sabe o que acontece com essa cerveja, se é a água de degelo que desce dos picos do Dente-da-Bruxa ou o lúpulo que ele mesmo planta, mas essa bebida funciona igual a uma Poção da Sorte. Toda vez que tiver que *Testar sua Sorte* enquanto estiver na Mina Profunda, considere que foi sortudo e não precisa remover nenhum ponto de SORTE por fazer o teste.

Bebida Brilhante do Brokk   *6 moedas de ouro*
Essa parece fogo líquido e deixa qualquer um tonto só com seu aroma (reduzindo sua Força de Ataque em 1 ponto para a primeira luta que tiver nas minas). Entretanto, também restaura sua HABILIDADE ao seu valor *inicial* e metade da sua ENERGIA *inicial*, arredondados para cima.

Quando tiver terminado de experimentar os produtos de Brokk, você segue em direção à mina. Avance o dia da semana em 1 e vá para **190**.

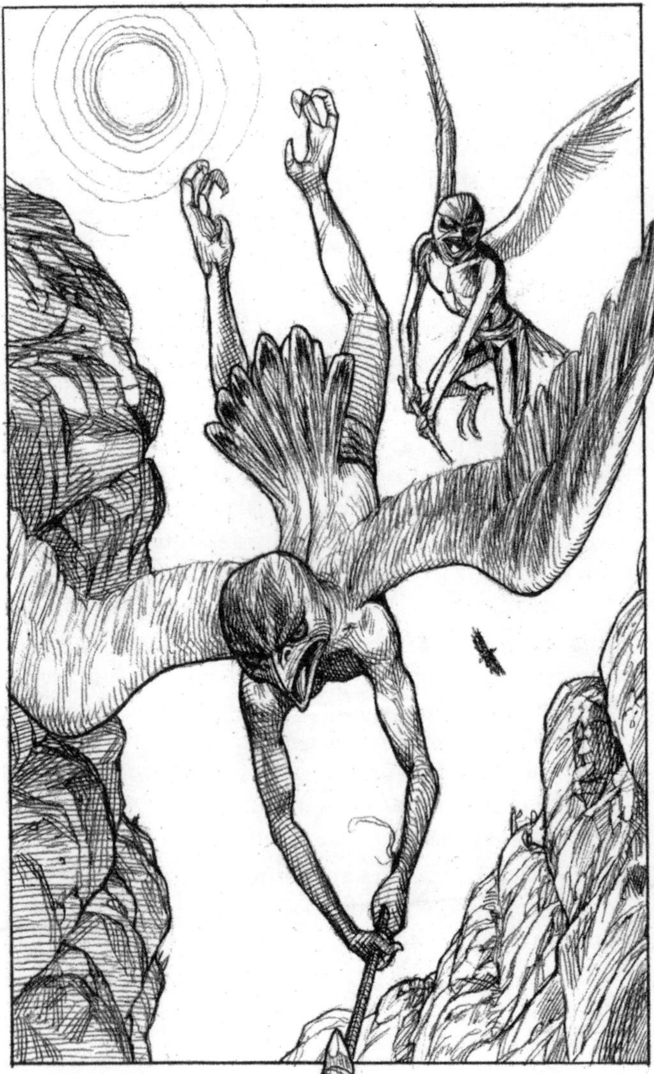

99

Tendo ouvido um grasnido barulhento, você olha para cima e vê dois humanoides com asas vindo em sua direção como se saídos do próprio sol. Seu caminho acidentalmente levou ao território de uma tribo de homens-pássaros violentos e agora você deve pagar com sangue. Lute contra ambos inimigos.

	Habilidade	Energia
Primeiro HOMEM-PÁSSARO	7	8
Segundo HOMEM-PÁSSARO	8	7

Se conseguir se defender do ataque deles, pode correr pelo resto do caminho, não desejando encontrar outros membros desse grupo perigoso. Vá para **166**.

100

Por um momento a branquidão te cerca enquanto os cristais de gelo da nevasca o cercam. Até que você chega ao olho da tempestade glacial. Ali, no centro da perturbação, está uma criatura que parece ser composta totalmente de gelo. Tendo a altura equivalente a uma pessoa e meia, o corpo dessa criatura é formado por placas de um gelo azul-branco em um formato humanoide. Um de seus braços termina em um imenso punho de água congelada, enquanto a outra mão se abre em espinhos afiados. O Elemental do Gelo abre uma bocarra recheada com presas cristalinas e ruge com o som dos ventos do inverno. Sacando Ceifadora de Wyrms, você se prepara para enfrentar o elemental. Se estiver usando o Talismã do Sol, vá para **43**.

ELEMENTAL DO GELO   HABILIDADE 8   ENERGIA 9

Se hoje for Dia do Fogo, reduza a HABILIDADE do Elemental do Gelo em 1 ponto e sua ENERGIA em 2 pontos. Se perder uma rodada de combate, role um dado e consulte a tabela abaixo para saber que dano sofre (é possível usar SORTE para reduzir o dano causado do modo padrão).

RESULTADO DO DADO	ATAQUE E DANO
1–2	Sopro de Nevasca: a criatura te acerta com uma rajada de seu hálito congelante. Perca 2 pontos de ENERGIA.
3–5	Marreta de Gelo: o elemental desce sobre você seu imenso punho direito. Perca 3 pontos de ENERGIA.
6	Ataque de Espinhos: o elemental dispara os espinhos de gelo de sua mão esquerda. Role 1 dado para ver quantos te acertam e perca esse número de pontos de ENERGIA.

Se derrotar o Elemental do Gelo, vá para **62**.

101

Você ataca o couro do enorme fole e logo abre um monte de furos em sua lateral. Ele começa a desinflar e, sem o ar que estava fornecendo, o moinho de vento para. Com isso, a Turbina de Vento de Sturm não funciona mais (some 1 ao dano causado). O que fará agora? Se quiser abrir a porta marcada com um raio, vá para **133**. Se quiser retornar ao convés inferior, vá para **54**.

102

Arrebentando os anéis de cobre ao redor da estatueta, você diz: "Arkholith! Proteja-me agora!"

A figura racha e imediatamente começa a se transformar. Ela cresce rapidamente até se tornar um gigante bruto feito de lajes de rocha. Com um rugido que soa como as placas continentais colidindo, os braços do Elemental da Terra circundam a forma rodopiante de Sturm. Ele grita enquanto o elemental o esmaga.

A ponte é então repentinamente iluminada com uma luz branca quando, com uma explosão de relâmpagos, Sturm se transforma mais uma vez. O elemental da terra é obliterado pela irrupção de raios, setas de energia pura acertando o maquinário ao redor e explodindo os corpos dos Fulgurites caídos. Você pisca para se recuperar da ofuscação, até que sua visão retorna ao seu normal. Vá para 397.

103
Após algum tempo, você chega a uma nova bifurcação; o novo túnel desvia da passagem principal em um ângulo reto, e à frente é possível ver que o túnel que estava seguindo termina no que parece ser a margem do rio de lava que você teve de atravessar mais cedo. Você quer seguir a nova passagem à esquerda (vá para 73) ou prefere continuar em direção ao fluxo de magma (vá para 141)?

104
Pego no turbilhão que acompanha a destruição do Olho do Furacão, seu corpo cadente é açoitado pelos ventos em alta velocidade, enquanto o chão vai se aproximando.

E, repentinamente, é possível ouvir o som de asas poderosas batendo contra as correntes de vento bravio, e você fica sem ar quando cai sobre o dorso do Pégaso! Relinchando alto e triunfante, o cavalo alado te leva para longe da nave que está se desintegrando, e desce para o solo. Seus cascos tocam a terra, levantando nuvens de poeira conforme pousa. Logo você desmonta dele, nunca tendo estado tão feliz de estar em terra firme. Vá para **400**.

105

O carrinho de mina corre até o final dos trilhos. Por um momento você está cruzando o ar frio, o vento em seu rosto. Então, a próxima seção do trilho aparece à sua frente, mas você já sabe que não vai chegar lá. O carro se choca contra os apoios de andaimes, te jogando no ar. Caindo através das trevas por um momento, você encontra o abraço gélido de um rio subterrâneo. Antes de ter tempo de recuperar seu fôlego, seu corpo é arrastado até a queda de uma poderosa cascata. Vá para **38**.

106

Agarrando o monstro, você consegue elevá-lo do solo, um feito de força milagroso (recupere 1 ponto de SORTE). O Demônio da Terra grunhe em agonia e várias partes de seu corpo de argila começam a se quebrar e cair ao solo. Reduza a ENERGIA da criatura em 6 pontos. Se esse ferimento o derrotar, vá para **51**. Se não, volte para **35** e termine o combate.

107

E aqui está você, no clímax de sua missão, sem nenhuma forma de alcançar a engenhoca voadora de Sturm (perca 1 ponto de SORTE). E a hora chega para Femphrey também, pois é possível sentir os ventos ficando mais fortes e, olhando para os céus, ver as densas nuvens de tempestade. E lá, entre os trovões opressores, não mais do que um pequenino ponto dourado em um firmamento escuro, está o peixe de latão novamente. O Olho do Furacão se aproxima!

A brisa vai se tornando um vendaval enquanto você tem dificuldade de se manter de pé conforme a velocidade continua aumentando. Todo tipo de detrito é levantado pelo redemoinho que se forma ao seu redor, de pedras e galhos, até uma vaca assustada! Então, repentinamente, o turbilhão te arranca do chão e você é arremessado aos céus. A tormenta também te alcançou! Seu corpo é atingido por todos os destroços arrastados pelo tornado. Role um dado, some 2 e reduza esse número de pontos da sua Energia. Se sobreviver a esse golpe, seus membros balançam incontrolavelmente, você continua subindo, em direção ao Olho do Furacão.

O furacão vai te levando mais e mais para cima até estar acima da máquina voadora. Enorme, maior do que uma baleia touro. Seus olhos de vidro são enormes janelas de observação na parte frontal do veículo; suas barbatanas e cauda, velas para movimentação e um vasto leme. Na lateral da nave é possível perceber uma escotilha de acesso redonda com uma plataforma protegida com corrimões de proteção em frente. O vento para de repente e a gravidade retorna, de forma violenta... vá para **14**.

108

"Muitos vieram buscando ajuda para sua época, trazidos pelos ventos do destino, mas poucos conquistaram o direito de recebê-la", entoa a Guardiã. "Sete soberanos procuraram minha ajuda, e cada soberano enviou sete sábios, sete vezes, cada sábio acompanhado por sete sabidos. Me diga, quantos procuraram minha ajuda?"

Se souber a resposta, some todos os dígitos do número e então vá para o parágrafo de mesmo número do total. Se o parágrafo não começar com "Resposta correta", ou você não souber a resposta, você atacará a figura encapuzada (vá para **90**) ou elegantemente admitir sua derrota (vá para **159**)?

109

Você escala mais e mais alto em direção ao cume do vulcão. O terreno vai ficando cada vez mais inóspito até que resta apenas uma paisagem com nada além de rochas enegrecidas e chaminés vulcânicas incandescentes. Vapores sulfurosos sobem dos buracos no chão, que é perceptivelmente quente sob seus pés. Muito acima está a cratera do Monte Pira, cuspindo fumaça, uma coluna de fuligem e cinzas continuamente sendo lançada aos céus.

Ao redor do pedregulho monolítico está aquilo que vem buscando: um arco irregular escavado na rocha negra, na lateral do pico vulcânico. A entrada dos Túneis do Fogo. Você tem certeza que o meio de derrotar o Elemental do Fogo Maior invocado por Sturm está lá dentro. Tendo feito os preparativos que achou necessário, após uma escalada extenuante até o topo do Monte Pira, você passa pelo arco de rocha.

Um longo túnel leva à frente, em direção ao coração do vulcão, parecendo que foi escavado pela pedra por algo como um gigantesco besouro escavador. As paredes da caverna brilham com o calor, e chamas irrompem da pedra incandescente nas laterais da passagem, iluminando o caminho à frente. O túnel é cheio de voltas até que finalmente alcança uma bifurcação, onde se encontra com outra passagem curva. Você vai seguir pela esquerda (vá para **169**) ou pela direita (vá para **219**)?

110

Abrindo a porta, você se encontra no limite de uma câmara que deve ocupar a maior parte da sessão traseira do Olho do Furacão. Cobrindo ao menos metade da sala está uma enorme esfera de metal aparafusado. O objeto tem aproximadamente quatro metros de diâmetro e possui um pequeno visor de vidro na frente. O globo visivelmente treme, como se energias lá dentro estivessem no limite de sua contenção. Saindo do enorme objeto metálico para todo outro ponto da câmara e, além, estão grossos canos e conjuntos de fios envoltos em couro. Fumaça e vapor saem de válvulas de escape e selamentos, a atmosfera é úmida e o ambiente tem a cacofonia incessante de batidas de metal e explosões, vindas de dentro da esfera. Cuidando do mecanismo estão várias criaturas esquisitas. São pequenas e largas, quase do tamanho de anões, e totalmente cobertas por um traje de couro costurado e um capacete de latão. De trás dos visores escurecidos dos elmos é possível ver faíscas elétricas. São Fulgurites: espíritos da eletricidade controlados pela vontade de

Sturm. Se não quiser enfrentá-los, é possível escapar da sala, fechando a porta atrás de si e girando a maçaneta circular para prendê-los no interior (se fizer isso, vá para **126**, mas lembre que não será possível entrar novamente na Sala de Máquinas). Se não quiser fugir, terá de enfrentar os capangas de Sturm em combate. Lute contra dois de cada vez.

	HABILIDADE	ENERGIA
Primeiro FULGURITE	6	5
Segundo FULGURITE	6	4
Terceiro FULGURITE	5	5
Quarto FULGURITE	6	5
Quinto FULGURITE	5	4
Sexto FULGURITE	6	5

Se conseguir destruir todos os Fulgurites, vá para **97**.

111

Você viaja para o sul por um dia, seguindo o rastro de destruição deixado pela estranha tempestade (avance o dia da semana em 1). Na metade do segundo dia, ao subir um morro, você consegue ver o brilho do sol sendo refletido na água. Ali, serpenteando pelas extensas planícies de grama em sua frente, está o rio Aluvião. Esse corpo d'água marca o limite entre o reino de Femphrey e seu vizinho problemático, as Terras de Lendle. Há muito tempo, o último tem sido rival do primeiro, com inveja das planícies férteis e a riqueza trazida pelo Lago Caldeirão ao leste. Mas a trilha de árvores tombadas e estradas enlameadas causadas pela tormenta cruza a fronteira e continua em direção a uma cadeia de colinas do lado de lá. Será necessário tomar cuidado se atravessar o limite e entrar em Lendle. Deseja continuar seguindo a trilha ao sul (vá para **158**) ou prefere dar meia volta e seguir para Chalannaburgo e o Colégio dos Magos (vá para **127**)?

112

Tendo seu corpo inteiro consumido por chamas, Balthazar Sturm, em sua forma de tocha humana, tenta tocar você com mãos feitas de línguas de fogo.

TOCHA HUMANA Habilidade 10 Energia 9

Se for Dia do Fogo, aumente o valor de Habilidade e Energia da Tocha Humana em 1 ponto. Se reduzir a Energia dele a 3 pontos ou menos, vá para **267**.

113

Ao gritar o nome "Vulcanus", uma bola de fogo selvagem surge no meio da ponte de comando. As chamas vão se concentrando na forma de um homem flamejante. O calor intenso causado pelo elemental faz suor descer farto de suas sobrancelhas, enquanto você tenta proteger os olhos da ofuscação causada pela luz incandescente de Vulcanus.

Sob o calor da investida feroz do elemental do fogo, o corpo aquático de Sturm começa a ferver até desaparecer (se tiver a palavra-chave Demlaceb escrita em sua *ficha de aventura*, vá imediatamente para **397**).

Por um momento é possível acreditar que Vulcanus acabou com Sturm de uma vez por todas, mas seu alívio dura pouco quando ventos uivantes açoitam tanto você quanto o elemental do fogo. Sob a força das lufadas, e com um último urro enfurecido, Vulcanus desaparece da existência.

Um sorriso cruel se projeta dentro do turbilhão tumultuoso em sua frente, e você já sabe quem é: Balthazar Sturm, tendo absorvido o poder do furacão para si mesmo. Mas o que pode resistir ao poder dos ventos, tal qual as montanhas resistem sua constante erosão?

Se possuir a Estatueta de Argila, transforme o nome encravado em um número usando o código A=1, B=2, C=3... Z=26. Some todos os números e vá para o parágrafo com o mesmo número. Se não, vá para **284**.

114

O elemental desaparece em uma explosão de chamas incandescente. O magma começa a borbulhar, cuspindo uma grande quantidade de rocha derretida. É com horror que você observa o nível do lago de lava visivelmente subindo até transbordar nas laterais do veio de lava. Com uma barulheira terrível, a escadaria à esquerda se parte e cai dentro da lava. Você sobe a da direita, dois degraus por vez.

Enquanto tenta escapar, o tempo é a questão principal. Mantenha conta de quanto tempo leva usando um *marcador de tempo*, que começa no 0.

No topo da escada de rocha, você continua correndo pelos túneis avermelhados até chegar em uma bifurcação. (adicione 1 a seu *marcador de tempo*). Você irá para a esquerda (vá para **174**) ou continua indo reto (vá para **144**)?

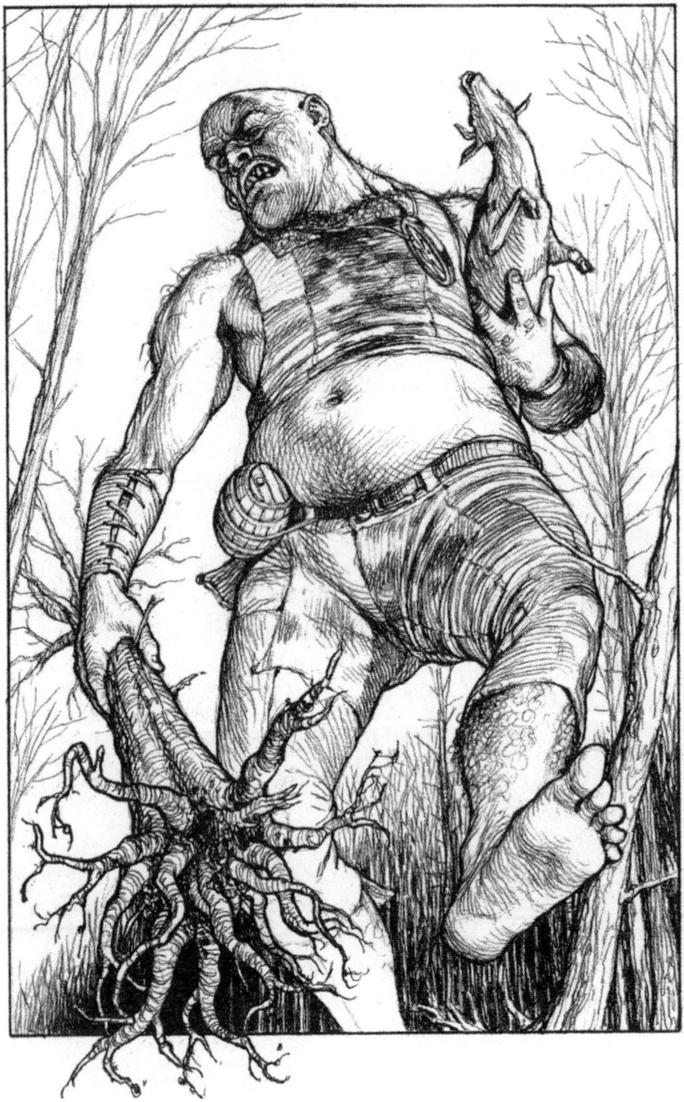

115

Você tem viajado por dois dias (avance o dia da semana em 2) e corta caminho através de uma floresta, quando ouve um barulho alto de galhos sendo quebrados, enquanto algo enorme abre caminho à sua frente. Antes que possa tentar fugir, um gigante desajeitado sai da vegetação à sua frente.

O gigante é do mesmo tamanho que as árvores e carrega uma vaca embaixo de seu braço. Na cintura dele está pendurado um barril enorme de cerveja e carrega em sua outra mão um tronco. As roupas dele são um gibão costurado de peles de animais e outros materiais, como tecidos que podem ter sido uma tenda ou pano das pás de um moinho de vento.

"Quem és tu?", a voz do gigante é retumbante.

Você confiantemente se apresenta. "Eu sou o herói de Tannapólis, matador da Bruxa Carmesim, portador da espada matadora de dragões Ceifadora de Wyrms!"

"Eu conheço tu!", diz o gigante. "Foi tu que deu uma surra no chefe Gog Magog!"

"Isso mesmo", seu tom agora mais cauteloso.

"Então te desafio pra uma luta!", o gigante gargalha.

Uma luta? Com um gigante? Quando venceu o chefe dos gigantes chamado Gog Magog, você usou um fosso com estacas e um canhão escondido. Você irá:

Atacar o gigante antes que ele possa te atacar?	Vá para **176**
Aceitar o desafio do inimigo?	Vá para **210**
Educadamente recusar o desafio?	Vá para **194**

116

Fazendo força contra a água, lutando bravamente contra a corrente de sucção, você escapa da bocarra do monstro momentos antes de se fechar completamente. É muita sorte que tenha conseguido escapar com vida. Torcendo para que o leviatã não tenha percebido realmente sua fuga, você nada em direção à segurança relativa da fenda. Adicione o código Retsnom à sua *ficha de aventura* e vá para **146**.

117

Esgueirando-se por baixo da passagem menor, você chega à escadaria espiralada, mas por qual caminho seguirá: para cima ou para baixo? Se desejar subir a escadaria, vá para **220**. Se preferir descê-las, vá para **160**.

118

No momento em que puxa a alavanca, há o barulho alto das engrenagens metálicas girando e o moinho começa a rodar no sentido oposto. Fazendo isso, o vento que vinha sendo gerado pelo mecanismo começa a ser puxado de volta para essa sala. A força do ciclone girando pela câmara agora te prende contra a parede. E não é apenas isso que a máquina trouxe para dentro da nave. Espíritos do ar zombeteiros são arrastados para o ambiente também. Estalando com eletricidade e rebatendo com suas rajadas violentas de ar, os sílfides atacam aos berros. Lute contra todos ao mesmo tempo.

	HABILIDADE	ENERGIA
Primeiro SÍLFIDE	7	4
Segundo SÍLFIDE	6	5
Terceiro SÍLFIDE	6	4

Se for Dia do Ar ou Dia da Tempestade, aumente a HABILIDADE e ENERGIA dos Sílfides em 1 ponto. Se derrotar os espíritos do ar, ainda lidando com força da ventania circulando a sala, você irá atacar os foles com sua espada (vá para **101**), abrir a porta marcada com um raio (vá para **133**), ou voltar ao patamar no cais inferior (vá para **54**)?

119

Enquanto continua seu caminho através das passagens tortuosas do cânion, os penhascos acima começam a se aproximar, e logo é como se estivesse seguindo um túnel por dentro da rocha. *Teste sua Sorte*. Se for sortudo, vá para **166**; se for azarado, vá para **136**.

120

Você arremessa o relâmpago engarrafado na criatura, apenas para esse ser jogado longe com um safanão dado por um de seus tentáculos. O frasco bate pela água em direção à barreira de coral, e quando se choca com uma das protuberâncias dele, quebra. Há um clarão ofuscante no momento que o raio capturado é liberto no fundo do oceano. O monstro solta um guincho sobrenatural e se encolhe. Assim que sua visão volta ao normal, é a oportunidade que tem para escapar em direção ao mar aberto. *Teste sua Sorte*. Se for sortudo, vá para **222**; se for azarado, vá para **282**.

121

Você lembra que existem três grupos na cidade que podem auxiliar com esse tipo de problema. Você irá visitar:

A Irmandade dos Alquimistas?	Vá para 151
A Guilda dos Artífices?	Vá para 181
A Academia dos Feiticeiros Navais?	Vá para 221

122

O carrinho chega na junção a toda velocidade e empina, com duas rodas não tocando o chão. O trilho volta a formar uma reta e as rodas suspensas batem novamente no chão, soltando um monte de faíscas. Suas mãos estão agarradas às laterais do carrinho, suas falanges brancas de tanta força que fazem, e em seu rosto uma careta de medo. Mas esse passeio de carrinho ainda não acabou. À sua frente os trilhos somem e o carro rola por cima de uma curva íngreme. A descida é quase um escorrega vertical, jogando você em uma escuridão impenetrável abaixo da terra em velocidades alarmantes. Sua lanterna é incapaz de revelar qualquer coisa do abismo tenebroso além dos trilhos mal colocados conforme o carrinho de mineração chega no ponto mais baixo apenas para ser arremessado para cima novamente. Até que você vê: uma parte de trilho partido! Uma parte da linha falta, destruída sem dúvida durante algum terremoto ou coisa do tipo. *Teste sua Sorte*. Se for sortudo, vá para **84**. Se for azarado, vá para **105**.

123

Você leva o chifre aos lábios e assopra. Uma nota grave soa por toda a planície empoeirada, intensificando-se a cada metro que cobre. Quando a onda sonora chega à tempestade de areia, a nota produzida pelo instrumento já abafa os sons da ventania. A face formada de areia se contorce, como num berro infernal, e então a tempestade se dissipa diante seus olhos. Recupere 1 ponto de SORTE e vá para **223**.

124

Brokk dá algumas pancadas na máquina usando a parte chata de seu machado e então escala até o assento do motorista da máquina escavadora. Você o acompanha, e o anão começa a puxar alavancas e bater em botões no painel metálico em sua frente. E é então, com um rugido rouco, que o motor da Toupeira começa a funcionar. "Como eu esperava!", Brokk ri de alegria. "Ainda tem alguma carga nas pedras de luz, afinal. Tudo bem", declara, enquanto puxa outra alavanca e agarra os controles de movimento com suas mãos cheias de calos e pisa em uma tábua de madeira no chão do veículo, "e lá vamos nós"!

E lá se vão, a Toupeira fazendo um monte de barulhos conforme Brokk a dirige diretamente contra uma parede de rocha. A perfuratriz chia alto enquanto pega velocidade e então, com o som da destruição, encosta na pedra. A máquina abre caminho pelas pedras e lama com facilidade. Não há nada a fazer exceto sentar-se e aproveitar a viagem enquanto seu companheiro pilota a engenhoca através da terra, indo cada vez mais fundo dentro da mina.

Finalmente, uma massa de rocha e terra em frente da máquina desmorona e, como um grito estridente, a perfuratriz chega a uma área aberta. A Toupeira escavou para dentro de uma enorme câmara natural bem abaixo da montanha. Quando a energia acaba, o anão e você descem para ver onde estão. Adicione o código Enihcam à sua *ficha de aventura* e vá para **80**.

125

Você reencontra o caminho descendo novamente, conforme o túnel segue curvando para a direita. A passagem pulsa com um brilho difuso alaranjado. Então há uma explosão de luz repentina, acompanhada por um rugido furioso. Conforme tira sua mão da frente de seus olhos, você pode ver duas figuras etéreas flutuando no meio da passagem em sua frente. Mais parecendo esqueletos humanos em chamas, seus ossos enegrecidos estão cobertos de labaredas cintilantes. Guinchando selvagemente, os Esqueletos-Flamejantes se movem em sua direção, os dedos ósseos de suas mãos ferventes esticados para agarrá-lo e arrancar sua pele. É necessário enfrentar ambos ao mesmo tempo.

	HABILIDADE	ENERGIA
Primeiro ESQUELETO-FLAMEJANTE	7	6
Segundo ESQUELETO-FLAMEJANTE	6	6

Se hoje for Dia do Fogo, aumente a ENERGIA dos esqueletos em 2 pontos cada. Se vencer esses espectros infernais, fantasmas de aventureiros que pereceram em uma morte fumegante nesses túneis, e com seu golpe final, as chamas se dissipam e seus ossos esturricados viram cinzas. O caminho está livre novamente, e você segue. Vá para **103**.

126

Você está no convés do meio da nave. Duas portas metálicas levam do patamar aonde está agora, uma para a popa e uma para proa, mas não há qualquer marca que as diferencie. Você irá:

Abrir a porta da popa (se ainda não o tiver feito)?	Vá para **110**
Abrir a porta da proa (se ainda não o tiver feito)?	Vá para **380**
Deixar o patamar e explorar outro lugar?	Vá para **391**

127

Não querendo ser responsável por um incidente diplomático entre os dois reinos, você volta. Após mais um dia de viagem a pé, você passa por uma vila de Vastarin e continua seguindo para o norte em direção à capital. Avance o dia da semana em 1 e vá para **286**.

128

Ouvindo um relincho alto, você olha para cima e vê o Pégaso que salvou (há quanto tempo mesmo?) galopando pelo ar em sua direção, as imensas asas batendo. O cavalo alado sentiu que precisava dele e veio voando para ajudar, pronto para pagar sua dívida.

Os cascos do Pégaso tocam o chão. Segurando em sua crina, você salta para a garupa dele. Com mais um relincho, sua montaria empina as patas e então, com um poderoso bater das asas emplumadas, salta aos céus.

⚀ ⚄

Você se agarra ao cavalo alado conforme o animal alça mais e mais alto com cada batida de suas asas, o vento batendo forte em seu rosto, e os cascos dele rumam pelas nuvens.

Olhando além do vento é possível ver a massa de cúmulos de tempestade carregada de trovões. E lá, no meio do tumulto, está o peixe de latão que você viu pela primeira vez tantos dias atrás, depois da devastação de Vastarin: a Máquina Climática de Balthazar Sturm! Conforme se aproxima do veículo, é possível medir o quão grande ela realmente é! Os olhos cristalinos do peixe são domos de observação; suas nadadeiras, velas para movimentação e sua cauda, um vasto leme. Na lateral da nave bizarra é possível acessar uma escotilha de acesso com um balcão com corrimões na frente.

Se tiver o código Mortsleam em sua *ficha de aventura*, vá para 363. Se não o tiver, mas hoje for Dia da Tempestade, vá também para 363.

Se não tiver nenhuma dessas condições, conforme o Pégaso voa tão perto quanto consegue da embarcação, lutando contra os ventos de furacão. Com uma oração apressada aos deuses, você se joga das costas dele... vá para 14.

129

Um grito lamurioso distante, de algum lugar atrás e acima de você, te faz virar nos calcanhares e ver duas figuras horrendas familiares com asas. Avançam em sua direção conforme você se aproxima da Torre dos Relâmpagos vindos dos céus dois Aakor, criaturas como lobos alados que você já enfrentou nas colinas a sudoeste. Eles estavam observando e esperando o momento em que suas forças estivessem drenadas e decidiram que agora é o momento perfeito para atacar!

	HABILIDADE	ENERGIA
Primeiro AAKOR	7	7
Segundo AAKOR	6	7

Se vencê-los, remova o código Detnuh de sua *ficha de aventura*. Livre-se de seus perseguidores finalmente, você continuará rumo ao sul através do Cânion dos Gritos pela ravina à esquerda (vá para **99**) ou à direita (vá para **58**)?

130

O velho engenheiro arranca os planos das suas mãos e se debruça sobre eles cheio de animação. "Ah, sim", ele diz, "esses são os esquemas mais atualizados para a nave. Isso é exatamente o que construímos!", ele anuncia, enfiando o dedo nos desenhos do projetista da nave em forma de peixe voador. "Quer saber", Inigo continua, um brilho insano em seus olhos, "com esses planos, se você conseguisse chegar abordo da embarcação, seria possível causar um belo estrago".

"Como assim?", você pergunta, intrigado.

"Bem, tem o Motor Elemental, para começo de conversa. É ele que fornece a energia para a coisa toda, mantendo-a no ar. É só destruí-lo e o Olho vai despencar. E tem as Lentes Incendiárias e o Gerador de Relâmpagos. Danificar qualquer um dos dois vai provavelmente causar um incêndio!"

Para fazer outras perguntas a Inigo, vá para **335**. Se não tiver mais nenhuma pergunta, vá para **365**.

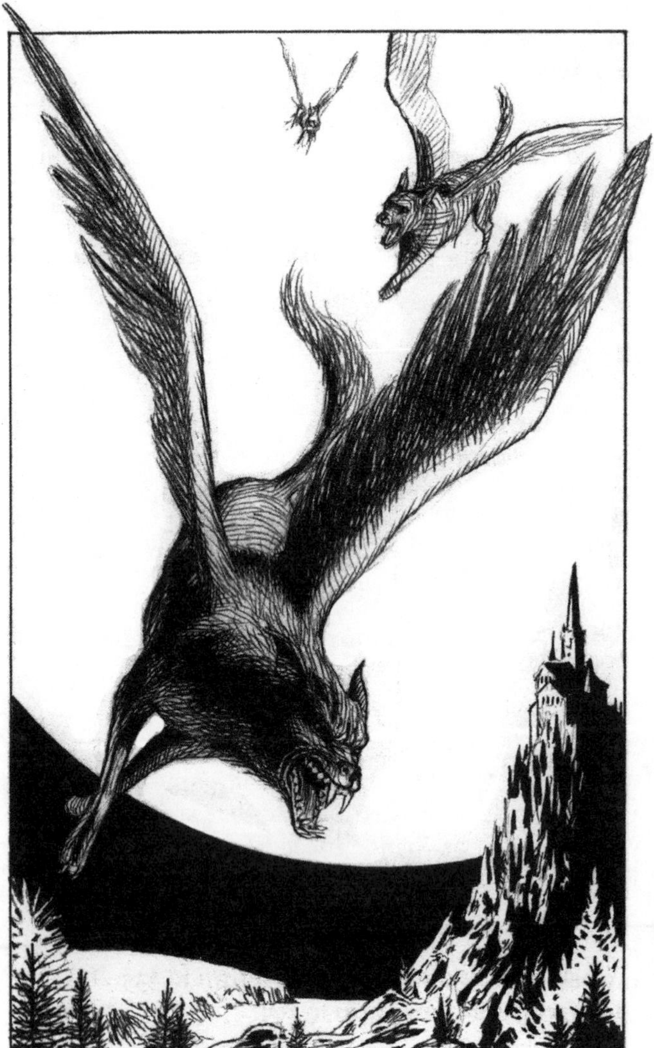

131

Você acorda ao ouvir um uivo bestial que faz seu sangue gelar. A lua é um orbe prateado bem alto no céu, enquadrada pelos galhos das árvores. E lá, como uma sombra contra a lua, três seres parecem lobos alados. A alcateia de Aakors te encontraram, e, dessa vez, trouxeram reforços. Rosnando com suas presas à mostra, os animais dão rasantes em sua direção, com suas asas de aves de rapina. Lute contra os Aakor, dois de cada vez.

	HABILIDADE	ENERGIA
Primeiro AAKOR	7	7
Segundo AAKOR	6	7
Terceiro AAKOR	6	6
Quarto AAKOR	7	6

Dessa vez os Aakor lutarão até a morte. Se conseguir derrotar todos os atacantes, remova o código Detnuh de sua *ficha de aventura* e vá para 40.

132

Suas suspeitas estavam corretas. A água é rica em minerais que possuem um milagroso efeito curativo no seu corpo cansado (role um dado e recupere aquele número de pontos de ENERGIA). Vá para 171.

133

Abrindo as portas com desenhos de raios, você entra em outra sala contendo partes de um bizarro aparato. Duas esferas de latão rodam nas lâminas de uma coluna central que gira entre dois pilares de placas metálicas. A energia gerada desta forma é alimentada, através de pesados amontoados de cabos, por uma sonda de metal que se projeta da nave por um buraco na frente de seu casco. Faíscas voam da máquina giratória, e você percebe que seus cabelos estão de pé. Essa engenhoca está obviamente gerando eletricidade bruta, e em uma escala enorme. Olhando a máquina e tentando entender um jeito de pará-la, você vê uma alavanca vertical, que pode ser puxada tanto para a direita quanto para a esquerda. Você vai:

Mover a alavanca para a direita?	Vá para **154**
Mover a alavanca para a esquerda?	Vá para **170**
Deixar o Gerador de Relâmpagos e voltar às escadarias?	Vá para **54**

134

Segurando firme na maçaneta, você a gira. Imediatamente um forte choque corre todo seu braço e então para o resto de seu corpo. A porta abre, mas você foi eletrocutado violentamente e seu braço está dormente (perca 3 pontos de Energia e 1 ponto de Habilidade). Cuidadosamente, você entra na torre, com todo o seu cabelo arrepiado. Vá para **247**.

135

Seu segundo golpe acerta exatamente no mesmo ponto que o primeiro, e a pressão faz a pele metálica da esfera fraturar. Você é atingido por uma torrente poderosa de energia elemental bruta e então, um momento depois, o Motor explode. Fragmentos extremamente quentes de metal retorcidos são disparados por toda a sala enquanto a explosão arremessa você para trás e contra a porta. Role um dado e some 2. Essa é a quantidade de dano à sua Energia que você sofre (caso sofra 6 pontos de dano ou mais, perca também 1 ponto de Habilidade).

Se ainda estiver vivo, você se levanta da pilha de detrito metálico atirado, aliviado por perceber que os elementais parecem ter deixado a câmara também. Você cambaleia para fora pelo que sobrou da porta até o patamar. Adicione 3 pontos ao medidor de dano da nave e vá para **126**.

136

O primeiro sinal de que há algo errado é um pouco de poeira e pedras caindo, que precedem o deslizamento de terra em si. No momento em que o topo dos penhascos começa a ruir em direção ao abismo, você já está correndo por sua vida, mesmo que sofra alguns ferimentos das rochas cadentes e pedregulhos. Role um dado e some 1 ao resultado; essa é o número de pontos de dano à ENERGIA que você sofre. Se ainda estiver vivo, você corre por entre as nuvens de poeira sufocante que são lançadas no ar pelo desmoronamento. Vá para **166**.

137

A porta se abre violentamente e dois mecanismos curiosos passam por ela. À primeira vista, parecem armaduras animadas, bem parecidos com o Imparável, apenas menores, mas se movem em rodas em vez de pernas e têm grandes domos de vidro onde suas cabeças deveriam estar. Um desses domos está cheio de água em movimento e o outro com uma nuvem de gás rodopiante. São mais exemplos da mistura de mágica com tecnologia de Sturm, espíritos elementais presos dentro de dispositivos para servi-lo. Nesse caso, esses foram mandados para apagar o incêndio que você começou. Vendo você como um outro "problema" a ser resolvido, os autômatos-elementais avançam em sua direção, com suas mãos de pinça esticadas. Lute contra ambos ao mesmo tempo.

	Habilidade	Energia
HIDROTÔMATO	7	7
PNEUMATÔMATO	8	6

Se hoje for Dia do Vento, some 1 para a Habilidade e Energia do Pneumatômato, e se for Dia do Mar, some 1 para a Habilidade e Energia do Hidrotômato. Se destruir as máquinas, os espíritos presos são enviados de volta para os planos elementais. Vá para 368.

138

O carrinho vem correndo e vira uma curva, viajando mais rápido do que você pensava. O andaime improvisado abaixo dos trilhos dá lugar à rocha sólida novamente e o carrinho vai desacelerando até parar em um amortecedor. Descendo da caçamba, você segue por esse novo túnel. Vá para 310.

139

Assim que você muda a posição das lentes, elas focam a luz do sol que entra nesta sala através do teto de cristal e atira um raio de luz concentrado nessa câmara. Em poucos segundos, o chão de madeira pega fogo, e das chamas saltam duas pequeninas criaturas elementais. Se quiser escapar dessa sala, terá de passar por elas primeiro. Lute contra os dois espíritos do fogo ao mesmo tempo.

	Habilidade	Energia
Primeiro ESPÍRITO DO FOGO	7	4
Segundo ESPÍRITO DO FOGO	7	4

Se hoje for Dia do Fogo, aumente a Habilidade e Energia dos espíritos em 1 ponto. Se reduzir a Energia deles a 0, as criaturas são forçadas a voltar ao plano elemental do fogo. Some 1 ponto ao medidor de dano e anote o fato de que você começou um incêndio em sua *ficha de aventura*. Abrindo a porta, você retorna ao patamar na parte superior da nave. Vá para **258**.

140

"Vou te falar por qual caminho a gente tem que ir", Brokk fala. "E é pela direita. É isso, virar à direita aqui, então mais uma vez, dentro do buraco e é lá que nós vamos achar a Toupeira. É um velho instrumento de escavação que aceleraria as coisas um pouco e é claro se, e apenas se, conseguíssemos fazê-la funcionar. Mas seria com certeza o jeito mais rápido de cruzar a mina, e provavelmente o mais seguro também". Agora volte para **190** e escolha o caminho por onde seguirá.

141

Você está de pé na margem do rio de lava em meio ao desmoronamento. Olhando para cima, é possível ver através do ar tremulante pedaços da ponte de pedra que você cruzou mais cedo. O calor vindo da correnteza gotejante de magma é tremendo, e você consegue sentir suas sobrancelhas começarem a queimar! Mas há um caminho. Várias protuberâncias de pedras negras emergem do fluxo de lava, efetivamente formando um caminho que leva ao outro lado, e então a um túnel. Se quiser se arriscar pelo rio de chamas usando as pedras como apoio, vá para 312. Se não, será necessário voltar pela passagem na parede de rocha atrás de você e procurar por outra saída do vulcão (vá para 73).

142

Assim que parte ao amanhecer do dia seguinte (avance o dia da semana em 1), é possível ver a torre pela primeira vez. A construção se destaca em um afloramento distante, um espigão sinuoso de metal e pedra, e a trilha de devastação deixada pela tempestade leva diretamente na direção dele. Mantendo-a em sua vista, você segue reto para a torre.

No começo da tarde, você chega ao fundo de um despenhadeiro rochoso no qual a curiosa torre se localiza, como um dedo acusador apontando para o vasto azul domo do céu. É possível ver três rotas diferentes para se aproximar da construção. A primeira é um rio bravio que desce por uma série de cascatas e corredeiras revoltas do pico para mais à frente ir fazendo curvas através da paisagem árida. A segunda é uma íngreme descida, uma passagem cheia de pedregulhos, na lateral do desfiladeiro. A terceira, e a mais comprida, é do outro lado da escarpa exposta. Se sair agora, seria possível chegar à torre pouco antes do anoitecer, mas qual caminho você vai seguir?

Se quiser seguir o rio, vá para **182**. Se quiser tentar a escalada íngreme na lateral do estreito, vá para **35**. Se quiser tomar o caminho mais longo, porém menos atribulado, a rota subindo a lateral da escarpa, vá para **322**.

143
A dois dias do Lago Caldeirão e tendo cruzado metade do reino, você segue oeste em direção da capital, Chalannaburgo, entrando em um bosque solitário (avance o dia da semana em 2). Felizmente, a influência de Balthazar Sturm não parece ter chegado a essa parte de Femphrey, mas isso não significa que não haja outros perigos para manter-se atento. Se tiver uma Presa de Dente-de-Sabre, vá para **329**. Se não, *teste sua Sorte*. Se for sortudo, vá para **329**; se for azarado, vá para **216**.

144
Você chega na beirada de outro lago de lava, do outro lado de uma ponte. Conforme olha, esse caminho se parte e afunda no magma que está subindo. Não será possível escapar por este caminho! Some 1 a seu *marcador de tempo* e corra de volta para a bifurcação, para seguir por outro caminho. Vá para **174**.

145
Repentinamente, o chão começa a tremer sob seus pés conforme você cambaleia, poeira e pedrinhas caem do teto desse túnel. *Teste sua Sorte*. Se for sortudo, vá para **68**. Se for azarado, vá para **167**.

146

Conforme desce na fenda, a claridade ao redor vai diminuindo ainda mais, até tudo ser visto como se estivesse na luz do poente. É difícil ver qualquer coisa que não esteja bem perto e todo o resto parece apenas formas indistintas abissais. Sem ter avançado muito, você se aproxima de uma dessas silhuetas sombrias e nota que se trata, na verdade, da enorme carcaça de uma baleia touro. Metade dela já foi devorada pela coisa que a matou e pelos comedores de carniça submarinos. Costelas recurvadas brancas, do tamanho de colunas de sustentação, projetam-se da carne apodrecida do flanco da baleia. Você ouviu lendas sobre monstros como esse engolindo navios inteiros e também sobre tesouros imensos escondidos dentro de suas barrigas. É bem possível que haja algo de valor ainda no interior dessa criatura em decomposição. Se quiser adentrar as entranhas da baleia touro, vá para **31**. Se preferir seguir sua busca pelo templo submerso de Hydana, vá para **179**.

147

Um grito vindo da gávea faz Katarina e você correrem para as amuradas. "Lá, capitã!," o vigia berra, apontando para um ponto no mar. "Rastro de enguia!" As águas além do Tempestade estão agitadas. Diante de seus olhos, três enormes cabeças cinzentas emergem da espuma do mar, erguendo seus corpos longos para fora d'água, tão grossos quanto troncos de árvores. As grandes enguias, que dão nome a esses mares, abrem bocarras lotadas de presas, prontas para abocanhar qualquer guloseima que consigam do convés do navio, e isso inclui você! Com a Ceifadora de Wyrms em suas mãos, você parte para cima das serpentes marinhas em combate, capitã Katarina a seu lado, cimitarra sacada. A capitã vai lidar com um dos monstros marinhos, enquanto você deve lutar com as outras duas.

	Habilidade	Energia
Primeira GRANDE ENGUIA	9	10
Segunda GRANDE ENGUIA	8	9

Se Próspero Encantamar estiver com você, será necessário combater apenas a primeira enguia monstruosa, já que o mago toma conta da outra com seus feitiços poderosos. Se vencer a batalha, os corpos nojentos das grandes enguias afundam nas ondas, deixando o Tempestade livre para seguir seu caminho. Vá para **359**.

148

Após algum tempo, você chega a um ponto em que várias ravinas convergem. Ainda há muito caminho à frente, mas agora é possível ver uma pilha enorme de rochas esculpidas pelo vento, subindo por muitos metros em direção ao céu acima do solo do cânion. Você tem a impressão de que esse é o lugar para onde deve ir. Dois desfiladeiros levam daqui ao sul, mas nenhum deles parece ir diretamente ao pilar. Caso tenha o código Detnuh em sua *ficha de aventura*, vá para **129** imediatamente. Se não, qual caminho você seguirá agora? Esquerda (vá para **99**) ou direita (vá para **58**)?

149

Ouvindo um grito acima, você olha na direção e não consegue evitar um sorriso quando vê o balão de ar quente de Corbo Rundum navegando acima. "Parece que você está precisando de uma carona!" O baloeiro chama da cesta, e um momento depois a ponta de uma corda desce do seu lado. "Foi mal, sem tempo para pousar! Agarra aí e se segura!" Não precisando ouvir duas vezes, você segura a corda enquanto Corbo berra "Para cima e avante!"

O balão vai subindo constantemente pelo ar, carregando você cada vez mais alto sobre campos, cidades e rios que vão rapidamente se tornando minúsculos. Alçando alturas ainda maiores, viajando sobre as paisagens devastadas pela tempestade, o vento vai levando o balão em direção ao centro do reino.

"Lá está ela!", Corbo grita do nada, por sobre o vendaval. "Aquela que escapou!"

À frente do balão é possível ver a massa tumultuosa de nuvens carregadas. E lá, entre os raios, o peixe de latão que você avistou há tantos dias, após a destruição de Vastarin: a nave alteradora do clima de Balthazar Sturm. Ela parece enorme de perto, maior que um galeão arantiano! Os olhos cristalinos e brilhantes do peixe são domos de observação na frente do veículo, enquanto suas barbatanas são velas de orientação e sua cauda, um vasto leme. Na lateral da nave é possível ver uma escotilha arredondada sobre uma sacada com corrimões metálicos.

Caso tenha o código Mortsleam escrito em sua *ficha de aventura*, vá para 363. Se não o tiver, mas hoje for Dia da Tempestade, ainda assim vá para 363.

Mas se nenhuma dessas condições for cumprida, conforme o balão de Corbo navega por cima do Olho do Furacão, com uma rápida oração aos deuses, você larga a corda... vá para 14.

150

Você abre as válvulas das comportas para que possam escoar as águas mantidas na represa através do canal de saída de forma rápida e segura. Com o rugido das águas, o fluxo transforma o rio em uma torrente bravia, mas não estoura o limite do lado do lago constantemente diminuindo. Liberar a pressão da represa salvou a vila. Recupere 2 pontos de SORTE.

Giles e o resto da vila estão extremamente gratos pelo que você fez. Eles insistem em te recompensar dando a você um pouco dos parcos recursos que conseguem juntar. Quando deixar para seguir sua missão, será com 4 Provisões a mais, um jarro de cidra (que, quando bebido, recupera 3 pontos de ENERGIA e soma 1 à sua força de ataque na próxima batalha que lutar) e 10 moedas de ouro.

Dois dias depois (avance o dia da semana em 2), a chuva constante para, e você chega à fronteira da imensidão conhecida como as Planícies Uivantes. Vá para **83**.

151

Depois de perguntar por aí, você encontra o estabelecimento de um homem chamado Mendelev Mercúrio. O pseudo-cientista, que possui um olhar insano, que tem seus robes chamuscados e seu rosto coberto de fuligem, diz ter exatamente o que você precisa: uma poção de respirar em água, mas pelo preço de 7 moedas de ouro. Se concordar (e puder) paga por isso, adicione a poção de respirar em água à sua *ficha de aventura* e vá para **252**. Se não, terá de visitar a Guida dos Artífices (vá para **181**) ou então a Academia de Feiticeiros Navais (vá para **221**).

152

A batida de seus passos ecoa por toda a galeria, e a acústica da câmara tem a capacidade de amplificar as vibrações. Antes que perceba, as estalactites estão ressoando com uma harmonia similar, mas produzindo sua própria nota aguda. Ouvindo um som de rachadura, você se joga para o outro lado da câmara, com a determinação de chegar no extremo oposto tão rápido quanto possível. Role um dado e some 1; esse é o número de lanças de pedra que se soltam do teto e te acertam (perca esse número de pontos de ENERGIA). Se sobreviver, vá para **171**.

153

Fazendo uma série de gestos peculiares enquanto murmura sílabas incompreensíveis baixinho, Matteus lança seu feitiço. Você meio que espera sentir algo diferente de alguma forma, ou que suas botas mostrem algum sinal de terem sido encantadas, mas nada parece diferente. Entretanto, Matteus garante que a magia funciona. "Para ativar o encantamento, apenas bata seus calcanhares junto três vezes", o mago explica, "e perceberá que uma jornada que levaria vários dias vai durar apenas minutos". O texto dirá quando é possível ativar o efeito mágico, mas por ora adicione as Botas de Velocidade à sua *ficha de aventura*. Você quer usar as botas agora mesmo? Se sim, vá para **2**. E caso não, vá para **193**.

154

Você empurra a alavanca e esta trava na posição, impedindo movê-la de volta. Você observa, levemente preocupado, as bolas de latão começarem a girar mais e mais rápido. A máquina está gerando uma quantidade ainda maior de eletricidade estática agora, a ponto de faíscas tocarem nas pontas de seus dedos.

Com um estalo repentino como um raio, e uma bola de energia brilhante surge dentro desta câmara. Grandes arcos de eletricidade saem do halo externo. Sentindo o feitiço vindo de sua arma mágica, um Buscador flutua em sua direção, com o intuito de drenar os poderes mágicos de sua espada. É necessário enfrentar essa criatura elétrica curiosa.

BUSCADOR   HABILIDADE 11   ENERGIA 6

Se estiver lutando contra a esfera cintilante de energia usando Ceifadora de Wyrms e vencer uma rodada de combate, tanto você quanto o Buscador sofrem 2 pontos de dano conforme a criatura entra em curto! Se tiver outra arma para lutar contra o monstro (como um martelo de guerra ou uma maça) esse dano não ocorre, porém, trocar de armas leva uma rodada de combate, durante a qual o Buscador acerta automaticamente um golpe em você.

Se vencer a luta, o Buscador desaparece em um brilho ofuscante. Sem ter como fazer mais nada para danificar o Gerador de Relâmpagos, não há outra escolha a não ser deixar esta sala e voltar à escadaria. Vá para **54**.

155

Não muito mais à frente, o túnel chega ao fim em uma caverna espetacular que está cheia de enormes cristais, em uma miríade de cores translúcidas. Um deles se destaca de todos os outros, brilhando com uma luz interna suave. Olhando mais de perto, é possível notar que há uma chama dentro dele aparentemente na forma da letra I. Se quiser pegá-lo, adicione Cristal do Fogo e a letra dele à sua *ficha de aventura*. Voltando da caverna sem saída, você retorna à bifurcação e segue o outro caminho. Vá para **125**.

156

Atravessando os detritos do autômato abatido, você pega na maçaneta da porta à sua frente. Se tiver começado um incêndio, some 2 ao *marcador de dano*. Se o *marcador de dano* for 12 ou mais, vá para **137**. Se ainda for menos que 12, vá para **368**.

157

Por três dias você segue para nordeste, sob um céu permanentemente coberto de nuvens. Avance o dia da semana em 3. Gradualmente, os campos verdes dão lugar a um terreno árido, que então se torna um lamaçal fétido que cerca as margens do Lago Lúgubre e a cidade que tem o nome derivado desse pântano sinistro.

A pequena cidade fica embaixo de uma nuvem escura, uma massa tempestuosa tão densa acima escurecendo o céu que seria possível jurar que está anoitecendo. Há um ar de ansiedade constante dentro de Lugubridade, já que a tensão constante da tempestade está afetando a população local também. Ao chegar na praça do mercado, você cruza o caminho de um grupo de caçadores. Chegando perto de um homem esquálido com um cão de caça preso em uma correia, você pergunta o que os traz à cidade.

"Você não soube?", pergunta o caçador sussurrando para não atrair atenção. "O que dizem por aí é que o Dragão da Tempestade despertou e está à solta".

O Dragão da Tempestade... Você ouviu falar desse monstro também. A lenda diz que quando ele voar, tormentas apocalípticas assolarão todo o mundo, deixando um rastro de destruição em seu caminho. Será que uma criatura dessas realmente existe? Sua teoria era de que esse tempo terrível tinha a ver com a Máquina Climática de Balthazar Sturm.

"Então todos estão aqui planejando rastreá-lo até o covil e dar um fim a tudo isso?", é sua próxima pergunta.

"Isso mesmo. E acabar com esse tempo horroroso", diz um dos caçadores. "Só que ninguém aqui está trabalhando junto. O prefeito está oferecendo uma recompensa para quem trouxer provas de que o monstro está morto. Cá entre nós, você parece que sabe se virar bem com essa espada aí. Que tal se nós fôssemos atrás desse monstro juntos? Dividindo a recompensa, meio a meio. O que me diz?".

Deseja se juntar à caçada e ir atrás do dragão? Se sim, vá para **313**. Se não, não há motivo para continuar na cidade triste de Lugubridade, sendo que já esteve aqui antes e este é um lugar sombrio e nada convidativo, então você parte novamente. Mais dois dias e você chega ao sopé das Montanhas do Dente-da-Bruxa. Avance o dia da semana em 2 e vá para **250**.

158

Tendo cruzado o rio Aluvião, e não querendo chamar a atenção indesejada dos pálidos lendlerenses, você fica agradecido quando a trilha deixada pela tempestade te leva para longe da estrada principal e em direção a uma pequena sequência de colinas ao sul.

De cima de uma dessas colinas você fica surpreso em ver o que parece um exército marchando no vale lá embaixo. As terras de Lendle são conhecidas pela qualidade de seus cavalos, mas a maioria é usada pelas tribos de cavaleiros nômades, e é o acampamento de um desses grupos que você vê. Mas por que um exército de cavaleiros está se juntando tão perto da fronteira de Femphrey em um momento como esse? Será que pode ter algo a ver com a tormenta que devastou Vastarin?

Você deseja tentar se infiltrar no acampamento nômade usando sua furtividade para tentar descobrir o que está acontecendo (vá para **307**) ou prefere manter sua distância e seguir seu caminho pelas colinas (vá para **175**)?

159

A Guardiã levanta um braço e aponta em sua direção. Um vórtice de ar espiralando acerta e te levanta, carregando-o para trás, através do arco natural. Por um momento você acha que vai ser jogado lá de cima sobre a pilha, mas, felizmente, os ventos te levam gentilmente até o solo arenoso do cânion. Sua audiência com a misteriosa Guardiã dos Quatro Ventos está concluída, e é hora de seguir novamente, voltando pelo Cânion dos Gritos, eventualmente chegando na fronteira das Planícies Uivantes. Avance o dia da semana em 1 em vá para **394**.

160

A escadaria espiralada te leva ainda mais profundamente nas camadas do desfiladeiro rochoso abaixo da torre. Não há iluminação nela, mas, conforme a luz do dia vai desaparecendo, uma claridade fraca aparece no fim da escada. Você chega a uma portinha de aço com um cadeado pesado. Pelo jeito, quem quer que seja o dono da torre não quer que a coisa aí dentro saia. Porém, você também nota que há uma grande chave metálica pendurada em um gancho na parede ao lado da porta. Você irá:

Destrancar a porta e abri-la?	Vá para **335**
Ouvir a porta antes de decidir entre abri-la ou não?	Vá para **285**
Continuar descendo a escada?	Vá para **188**

161

Você é tratado como um rei pelo resto do dia. Curandeiros tratam suas feridas, enquanto médicos te dão diversos elixires restauradores, o ferreiro local repara sua armadura, e à noite você é o convidado de honra de um enorme banquete. Na manhã seguinte, tendo passado a noite na cama mais confortável que já dormiu na vida, na melhor hospedagem de toda a cidade, você parte novamente em direção às Planícies Uivantes. Recupere tanto seus valores de HABILIDADE quanto de ENERGIA ao valor *inicial* e recupere 2 pontos de SORTE. Três dias depois você chega ao matagal seco que vai se transformando na desolação poeirenta das Planícies Uivantes. Avance o dia da semana em 4 e vá para **83**.

162

Girando as lentes em 90 graus, você espera para ver o que acontece. Em segundos, a lupa imensa concentrou a luz solar entrando pelo domo de cristal no teto, projetando um raio de sol concentrado em um ponto do solo, muito abaixo da Máquina Climática. Curioso para ver o resultado por si mesmo, você olha por um telescópio e se assusta ao ver que as Lentes Incendiárias atearam fogo ao telhado de piaçava de um moinho lá embaixo (perca 1 ponto de SORTE). O que fará agora?

Quebra as lentes?	Vá para **192**
Gira as lentes para que a parte côncava vire para dentro da sala?	Vá para **139**
Deixa a sala do sol antes de causar mais sofrimento?	Vá para **258**

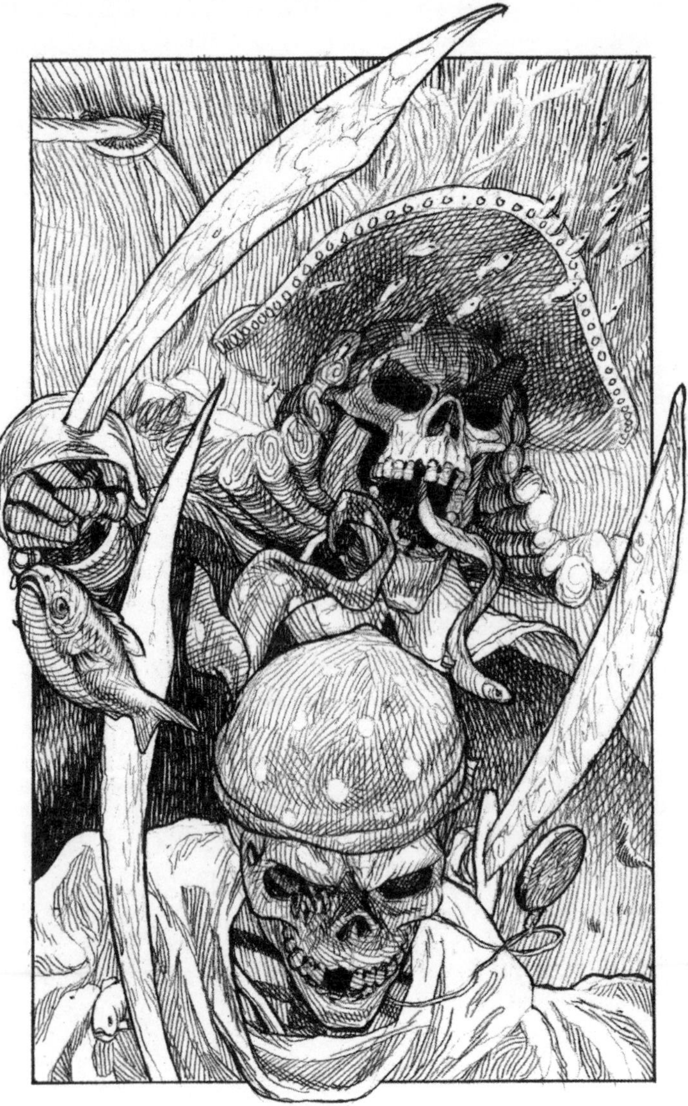

163

Quando já está meio caminho através do porão do navio, a tripulação de esqueletos começa a se mexer. Você invadiu o galeão deles e deve pagar o preço. Conforme os ossos ganham vida, você tenta fugir com dedos esqueléticos agarrando à sua roupa e seu corpo.

TRIPULAÇÃO
DE ESQUELETOS   HABILIDADE 6   ENERGIA 12

Lute contra os marujos mortos-vivos como se fossem apenas uma criatura, enquanto passa pelo corredor de garras e crânios mordedores. Se reduzir a ENERGIA da tripulação a zero, significa que conseguiu atravessar o porão, escapando através do buraco na lateral do navio. Felizmente os marinheiros esqueléticos não tentam te seguir para fora do navio, e você acha melhor desistir de explorar os destroços, seguindo seu caminho de volta à fissura no leito marinho. Vá para **6**.

164

Pegando um pouco de impulso, você se lança contra a porta e seu ombro se choca diretamente contra as tábuas reforçadas com metal. Role três dados. Se o total rolado for inferior ou igual à sua ENERGIA, a porta é arrombada diante da força da sua investida (vá para **247**). Se o número rolado for maior que seu valor de ENERGIA, a porta resiste aos seus melhores esforços para arrebentá-la, e você machuca gravemente o seu ombro (subtraia 1 ponto de HABILIDADE e 2 de ENERGIA). Não há outra opção senão tentar um meio mais convencional para abrir a porta (vá para **134**).

165

Você encontra um dono de barcaça chamado Koll que, junto de sua esposa e filho adolescente, estão rumando para o leste, levando especiarias para vender nas cidades mercantes de Bathoria (remova 6 moedas de ouro de sua *ficha de aventura*). Viajar de barco pelo rio de fogo é um jeito agradável de passar o dia (avance o dia da semana em 1 e recupere 1 ponto de ENERGIA além do que normalmente recuperaria).

Durante a jornada, Koll te conta que ouviu falar de ouro balseiro atracado no Cais das Lascas, que o reino a sudoeste está sofrendo terríveis inundações no momento, e que até dizem que o mitológico Dragão da Tempestade estaria voando por aqueles céus novamente.

Quando finalmente se despede do balseiro e de sua família, você segue novamente a pé e logo começa a subir a encosta escura e vulcânica do Monte Pira. Vá para **109**.

166

Você emerge dos precipícios sinuosos do Cânion dos Gritos na base de uma pilha imensa de pedras erodidas pelo vento e pela areia. É uma subida a partir do solo do vale, uma coluna com poucos apoios, saliências traiçoeiras e trechos de rocha sem apoio algum, mas você sabe, bem dentro do seu coração, que o auxílio místico que necessita e que te fez viajar todo este caminho está no topo dessa pilha. Se tiver uma corda com arpéu ou uma Poção de Levitação (e gostaria de usá-los agora), vá para **256**. Se não, vá para **196**.

167

O tremor continua até que começa a ficar pior. A mina deve estar sofrendo um novo terremoto. Você corre em frente no momento que um suporte da mina cai logo atrás, trazendo metade do teto consigo. E então mais um, solto pelos abalos sísmicos, cai sobre você (perca 3 pontos de ENERGIA). Esgueirando-se de baixo da viga caída, com um galo do tamanho de um ovo de fênix em sua cabeça, você vai cambaleando conforme o barulho do tremor vai diminuindo. Vá para **68**.

168

"Zéfiro!", você clama. "Zéfiro, preciso de ti!" De repente, os ventos começam a ficar mais fortes, soprando do oeste.

Vindo em sua direção, trazido pelos ventos, há uma figura etérea. A parte superior de seu corpo é um gigante musculoso, mas, da cintura para baixo, é um turbilhão de vento. Na verdade, ele é o vento!

"Vós chamastes e aqui estou", diz o elemental do ar, sua voz formada pelos sons de um vendaval. "Ordene e eu obedecerei!".

"Leve-me até o Olho do Furacão!", você ordena, gritando o máximo que pode para ser ouvido através da ventania (remova o nome de Zéfiro de sua *ficha de aventura*, não sendo possível pedir sua ajuda novamente).

A manifestação elemental do vento oeste te levanta alto nos céus. Campos, cidades e rios estão lá embaixo, conforme Zéfiro te leva cada vez mais alto sobre o reino de Femphrey, assolado pela tempestade, muito abaixo.

E então, você vê! Zéfiro vai te levando diretamente a uma massa de nuvens escuras, e lá, no meio delas e dos raios, está o peixe de latão que você avistou tantos dias atrás, após a destruição de Vastarin: a abominável Máquina Climática de Balthazar Sturm. E parece enorme, maior ainda do que uma baleia touro! Seus olhos de cristal brilhante são cúpulas de observação na parte posterior da nave, suas barbatanas e cauda — na verdade, velas de orientação e um vasto leme. Na lateral do veículo é possível ver uma sacada com corrimões e uma escotilha de acesso.

Se tiver o código Mortsleam em sua *ficha de aventura*, vá para 363. Se não o tiver, mas hoje for Dia da Tempestade, vá também para 363.

Caso nenhuma dessas condições se aplique, com uma final lufada de vento, Zéfiro te joga na direção do veículo que está dentro do próprio olho da tempestade (vá para 14).

169

O túnel sobe em uma espiral decrescente, até emergir na face interior da cratera vulcânica. Fumaça e os vapores fétidos sobem da lava que é visível a muitos, muitos metros abaixo, te fazendo engasgar e lacrimejar. O caminho que tem seguido continua como uma borda curva até chegar no que parece um ninho de alguma coisa feito aparentemente de galhos carbonizados em um penhasco na rocha. Mas que tipo de criatura faria seu ninho na parte interior de um vulcão?

Sua pergunta é respondida quando você ouve um guincho ensurdecedor e olha para cima. Através do ar que tremula devido ao calor, é possível ver uma criatura monstruosa, com asas de morcego, voando em sua direção. Ele tem as características de um humanoide monstruoso, as asas no lugar de braços, e suas pernas finas terminam em garras afiadíssimas. Berrando, o asa-borbulhante ataca!

ASA-BORBULHANTE   Habilidade 6   Energia 6

Durante essa batalha, reduza sua força de ataque em 1, devido à fumaça e aos vapores tóxicos sendo expelidos pelo vulcão. Se derrotar essa criatura horrenda, você deseja escalar o sobressalto para vasculhar o ninho (vá para **199**) ou vai voltar por onde veio, retornando à bifurcação para continuar pelo túnel para o outro lado (vá para **219**)?

170

Empurrar a alavanca para a esquerda parece cortar a alimentação de energia para o condutor de relâmpagos, mas as esferas continuam girando e a eletricidade continua sendo gerada. Pequenas faíscas saltam da coluna estática, acertando pontos aleatórios da câmara. Uma delas toca em sua espada e te dá um choque (perca 2 pontos de Energia). Outra encontra um pano velho com óleo, que então entra em chamas (adicione 1 a seu *marcador de dano* e anote em sua *ficha de aventura* que você começou um incêndio). Saindo rapidamente do aposento enquanto o fogo se espalha, você volta ao patamar. Vá para **54**.

171

Deixando a caverna para trás, você entra em um novo túnel que dá várias voltas até emergir em uma outra grande câmara natural, bem abaixo das montanhas. O arco natural de uma ponte de pedra se estende por todo centro da caverna, o solo que está longe lá embaixo é coberto com diversas pontas de estalagmites ancestrais. O único jeito de seguir em frente é pela ponte. Quando está na metade do caminho, você é atordoado pelo som de cliques de alta frequência e velocidade, conforme dois morcegos gigantes descem de sua morada entre as estalactites no teto da caverna e atacam.

	HABILIDADE	ENERGIA
Primeiro MORCEGO GIGANTE	5	7
Segundo MORCEGO GIGANTE	5	6

Se perder duas rodadas de combate em sequência, vá para **201**. É possível fugir dos morcegos correndo através da ponte, mas é necessário abrir mão de uma rodada de combate no processo (também é possível beber uma Poção da Levitação antes dessa luta se desejar, o que significa que pode ignorar a regra das duas rodadas, mas também não é possível escapar do combate). Se conseguir sair desta caverna com sua vida, vá para **273**.

172

No momento que coloca o último cilindro na posição certa, o Imparável para imediatamente. O vapor chia das juntas dos membros de metal, acompanhada por um som metálico descendente, conforme os mecanismos imbuídos em mágica vão perdendo as forças. Você conseguiu deter um objeto imparável! Recupere 1 ponto de Sorte e vá para **156**.

A Ceifadora de Wyrms começa a brilhar com sua própria energia mística. Respondendo a ela, é possível ver outras características surgindo dentro do ciclone de areia e poeira, como braços e mãos prontas para pegá-lo e arremessá-lo para longe, tudo composto do mesmo material arenoso! A tempestade de areia não vai abrir mão do baloeiro sem luta.

TEMPESTADE DE AREIA Habilidade 8   Energia 10

Se hoje for Dia do Vento, some 1 ao valor de Habilidade e 2 pontos à Energia da Tempestade de Areia. Se perder uma rodada de combate contra o elemental, role um dado e consulte a tabela abaixo para ver qual dano sofre (é possível usar Sorte para reduzir o dano causado normalmente).

RESULTADO DO DADO	ATAQUE E DANO
1-2	Lufada de Areia: O elemental se arremessa sobre você, bombardeando seu corpo com sedimentos abrasivos. Perca 3 pontos de Energia.
3-5	Punhos da Fúria: Os punhos do elemental te acertam. Perca 2 pontos de Energia.
6	Arremesso: A tempestade te levanta no ar com uma coluna rodopiante de vento, para então te deixar cair no chão novamente. Role 1 dado e perca essa quantidade de pontos de Energia.

Se conseguir derrotar o elemental de areia, vá para **223**.

174

Você está correndo por dentro de uma nuvem de gás sulfúrico, mas continua em frente mesmo assim. Pouco depois, emerge do outro lado, encarando mais uma bifurcação (some 1 a seu *marcador de tempo*) Você vai pela esquerda (vá para 204) ou direita (vá para 224)?

175

Sabendo agora que o exército nômade está se reunindo no vale próximo, você começa a se sentir inquieto. Mesmo sendo um herói renomado, um aventureiro sozinho não teria a menor chance contra a força de todo um exército montado!

Você é trazido de volta à realidade pelo som de cascos de cavalo em uma trilha de pedra à frente, e logo depois consegue ver dois cavaleiros de Lendle vindo na sua direção. Pelo jeito você acabou acidentalmente encontrando uma patrulha do acampamento no vale. Você irá:

Tentar se esconder dos cavaleiros?	Vá para 235
Se preparar para lutar contra eles?	Vá para 264
Sair correndo?	Vá para 205

176

Com um grito de guerra, você avança para cima do gigante com sua arma erguida acima de sua cabeça. O inimigo também solta um urro e se prepara para interceptar seu golpe com o enorme tacape de tronco de árvore.

GIGANTE HABILIDADE 9 ENERGIA 11

RESULTADO DO DADO	EFEITO
1-2	O tacape te acerta de raspão. Perca 2 pontos de ENERGIA.
3-4	O gigante te acerta um ataque poderoso. Perca 3 de ENERGIA.
5	Você é derrubado. Perca 2 pontos de ENERGIA e reduza sua força de ataque em 1 ponto na próxima rodada de combate enquanto está se levantando.
6	Um golpe te arremessa longe. Perca 3 pontos de ENERGIA e reduza sua força de ataque em 1 ponto na próxima rodada de combate, enquanto tenta ficar em pé novamente.

Se derrotar o gigante, você consegue voltar a seu caminho. Sua viagem leva dois dias sem encontrar qualquer outro problema. Avance o dia da semana em 2 e vá para **250**.

177

Pegando impulso em uma das vigas de carvalho, você se lança contra a porta. As placas avariadas pelo mar se partem quando seu corpo colide com elas e abre caminho para a sala segura do navio, como suspeitou que seria. Lá, no meio de sacos de riquezas desgastados e caixas infestadas de caranguejos, está um baú de tesouro inteiramente feito de um material bem mais resistente: ferro. Apesar da superfície estar vermelha devido à ferrugem, não é possível abrir essa caixa forte. A única maneira de abri-la é se tiver a chave dourada que encaixa na tranca do mesmo metal. Se a tiver, vá para o parágrafo com o mesmo número de "dentes" que a chave. Caso não tenha, não há outra escolha exceto deixar a câmara do tesouro submersa (vá para **163**).

178

Você vaga por entre os enormes penhascos, sob o olhar impiedoso da Deusa do Sol e suor pingando do seu corpo. Sua atenção então é atraída por um objeto brilhando na direção do sol. Protegendo seus olhos da iluminação é possível ver um homem-pássaro, e bem a tempo, pois a luz está refletindo na ponta da lança rústica que ele carrega em suas garras.

HOMEM-PÁSSARO   HABILIDADE 8   ENERGIA 8

Com o inimigo eliminado, você pode retornar a sua jornada. Vá para **79**.

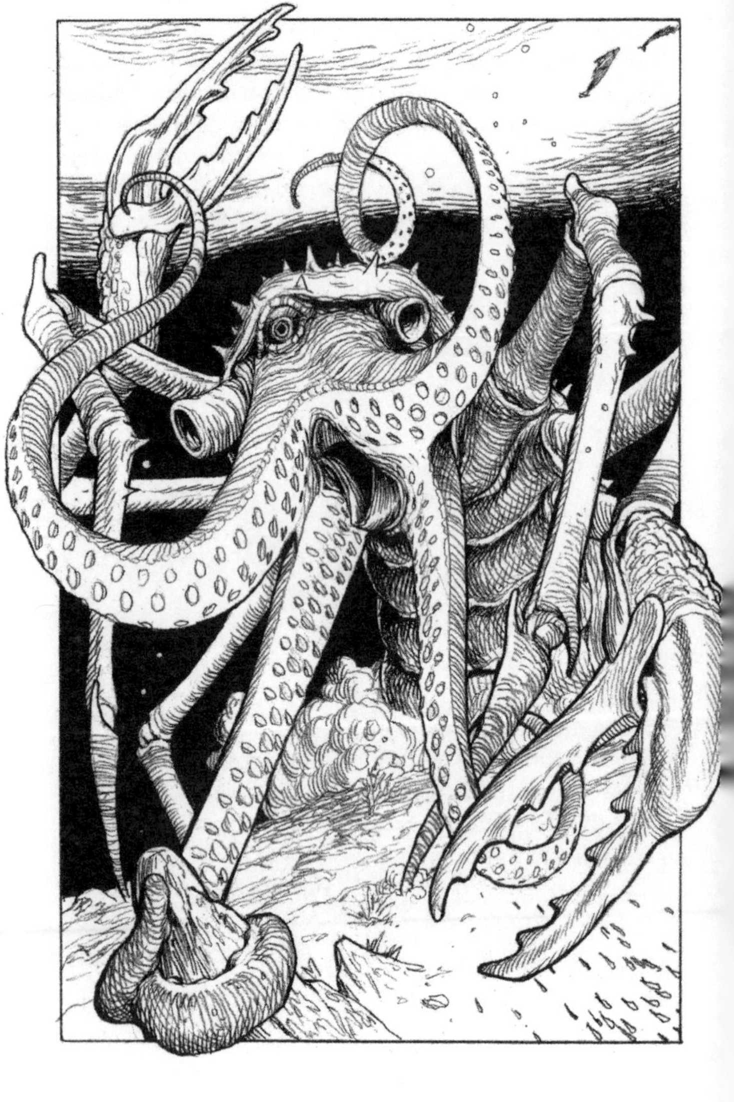

179

Conforme progride cada vez mais para dentro da fissura, também aumenta a escuridão. Com o mar aberto em sua frente, você se encontra na borda de mais um precipício submarino. Cuidadosamente olhando para baixo, é possível ver a fenda colossal que desce até um abismo escuro sem nenhum sinal de terminar. O pensamento do que pode viver lá te assusta. Olhando para a direita não há nada, mas então você olha para a esquerda. Seria aquilo uma coluna caída? Será possível que você finalmente chegou ao Templo Submerso do Deus dos Mares?

E no momento que pensa que nada poderia ser fácil assim, você sente um tremor abaixo de você, a água ao seu redor se agita, e então algo aparece. Emergindo das profundezas abissais do oceano está algum tipo de criatura demoníaca saída de pesadelos. Parecida com a mistura de um monstruoso crustáceo com um polvo gigante... e é imensa! O monstro se arrasta para a borda da fenda com seus tentáculos espirais e começa a se mover em sua direção, duas enormes pinças abrindo e fechando de forma ameaçadora. Da massa de carne que forma seu corpo, bem acima de você, é possível ver um olho leitoso observando com interesse. A impressão é que a besta tem o objetivo de devorá-lo, mas como se defender de uma criatura como essa?

Se tiver a Centelha da Vida e quiser usá-la, multiplique o número associado a ela por 20 e vá para esse parágrafo. Se não, você vai ter que sacar a sua espada (vá para **242**), ou tentar fugir (vá para **282**).

180

Perplexo com o problema das comportas, por mais que quisesse ajudar Giles e a população de Queda de Açude, você não faz ideia do que está fazendo e corre o risco de piorar as coisas para eles.

É apenas quando está fora da sala das comportas que percebe o que um erro como esse pode causar. Um barulho de pressão terrível vem da represa e pequenas gotas de água escorrem por entre os suportes de madeira e canos de cobre que formam a estrutura são visíveis. O tempo está acabando para a população de Queda de Açude, mas não há mais nada que possa ser feito... ou será que há?

Se tiver o código Naromroc em sua *ficha de aventura*, vá imediatamente para 355. Se não, vá para 372.

181

Tendo explicado do que precisa, você é acompanhado até a guilda e levado até um homem alto de óculos usando um avental de couro e um cinto de ferramentas muito impressionante. Quando entra na oficina, ele está ocupado colocando os toques finais em uma engenhoca esférica e enorme, toda feita de latão, vidro e madeira, grande o suficiente para suportar uma pessoa. "É uma Carruagem de Transporte Submarino", explica, respondendo a expressão de confusão no seu rosto. "Deixe-me apresentar. Eu sou Mario Salgado, mas a maioria me chama de Mar...

Mar Salgado. Sacou? Bem, de qualquer forma, sou meio que um especialista quando o assunto é coisas submersíveis e assuntos submarinos". Mar parece muito animado quando você diz o que precisa. "Ah, com isso posso te ajudar", declara com orgulho. "Tenho trabalhado no meu patenteado Elmo de Respiração por algum tempo, e só preciso agora que alguém o teste para mim". Ele te entrega um pesado capacete de latão com um visor de vidro na frente, ligado a dois cilindros do mesmo metal. "O elmo vai em sua cabeça e os cilindros, que vão presos nas suas costas, fornecem uma quantidade controlada de ar, permitindo a respiração subaquática. Como ainda é um protótipo, eu não vou cobrar se você testá-lo no mar aberto para mim. Só o traga de volta inteiro". Se quiser aceitar a oferta generosa, mesmo que preocupante, de Mar, adicione o Elmo de Respiração à sua *ficha de aventura* e vá para 252. Se preferir não arriscar sua vida com um dispositivo ainda não testado, você vai visitar a Irmandade dos Alquimistas (vá para 151) ou então a Academia de Magos Navais (vá para 221)?

182

Escalando as pedras cheias de musgo e passando por caminhos enlameados que acompanham o rio bravio, você avança bem rápido e logo consegue ver a torre mais claramente acima, e que o curso da água faz curvas ao redor do pico onde a torre está. Logo depois da curva do rio você vê que a trilha que estava seguindo chega a um fim abrupto em frente a um paredão de rocha. A única maneira de seguir em frente é atravessar o rio no trecho em que a correnteza fica mais forte, entre as pedras lisas pelo desgaste da água e uma série de corredeiras. Com cuidado, você começa a cruzar o caminho precário formado pelos pedregulhos.

Na metade do caminho, o fluxo da água fica ainda mais rápido e ondas começam a bater nas rochas em que está se equilibrando. De repente, uma tromba d'água se forma mais atrás no rio, parecendo que vai quebrar justamente sobre você, mas então para. É possível ver um rosto aparecer na crista dela, enquanto dois fluxos se separam nas laterais para te açoitar. Você está sendo atacado por uma Ondina, um maligno espírito das águas, que pretende te derrubar das rochas esperando te afogar no rio.

ONDINA   Habilidade 7   Energia 7

Se hoje for Dia do Mar, aumente os valores de Habilidade e Energia da ondina em 1 ponto. Entretanto, se for Dia do Fogo, reduza ambos valores em 1 ponto. Sendo feita das águas desse rio, a ondina te acerta com jatos de água que causam apenas 1 ponto se a elemental. Porém, toda vez que ela vencer uma rodada de combate, role um dado; num resultado de 6, vá imediatamente para 212. Se derrotar o espírito das águas, é possível continuar seu caminho ao topo da montanha (vá para 51).

183

Um rosnado selvagem corta o ar turbulento, tão frio e afiado quanto as garras que te agarram no meio da tempestade de neve. Elas pegam em seu ombro (perca 3 pontos de ENERGIA, a não ser que esteja usando o Talismã Solar, nesse caso perca apenas 2). Vá para **261**.

184

Abrindo a porta você chega a uma cabine entulhada de coisas. Ela está cheia com todo tipo de parafernália curiosa. Existem estantes lotadas de livros, uma mesa de mapas, e deve até ter uma cama aqui em algum lugar. Talvez embaixo de todos esses mapas e esquemas que cobrem praticamente todas as superfícies. Dentre os papéis forrando a mesa, você encontra um mapa enorme do reino de Femphrey, um diário com capa de couro que parece ser o livro de ocorrências da nave, e planos para o que parece ser um estranho aparato. Do outro lado da cabine há mais uma porta de madeira comum. Você irá:

Examinar o mapa?	Vá para **198**
Dar uma olhada no Livro de Ocorrências?	Vá para **215**
Estudar os planos?	Vá para **229**
Abrir a outra porta de madeira?	Vá para **259**
Voltar ao patamar?	Vá para **54**

185

Você entra no túnel além do arco e o segue por várias voltas, até que chega a mais uma bifurcação. Você prefere virar à esquerda (vá para **155**) ou para a direita (vá para **125**)?

186

Você arranca as tábuas de madeira e avança cuidadosamente pela passagem. Sua lanterna lança sombras sinistra pelas paredes apertadas, fazendo que se assuste de vez em quando com assombrações imaginárias. Há o som alto de uma bolha estourando quando algo cede embaixo do seu pé. Você imediatamente dá um passo para trás, mas ouve um novo estouro quando esmaga algo com seu calcanhar. Uma nuvem de esporos verde acinzentados irrompe para o ar ao seu redor de um punhado de cogumelos cobrindo o chão desse túnel. Então é por isso que essa sessão estava fechada: o lugar está infestado de fungos venenosos! Você começa a tossir incontrolavelmente conforme seu corpo reage às toxinas dos esporos (perca 4 pontos de ENERGIA e 1 ponto de HABILIDADE por ficar tonto e desorientado). Cambaleando para fora, puxando todo ar limpo e úmido possível, e entre crises de tosse, você segue para o outro túnel. Vá para **310**.

187

Enfraquecido sob seu ataque incessante, o corpo aquoso de Sturm evapora e desaparece. Será que você o derrotou finalmente? Se tiver o código Demlaceb escrita em sua *ficha de aventura*, vá diretamente para **397**.

A calmaria dura pouco quando um vendaval começa na ponte de comando. Você é empurrado para trás pela força dos ventos ferozes. Um sorriso cruel surge dentro do turbilhão em sua frente, e a face ao redor dele já é horrivelmente familiar: é Balthazar Sturm! Mas o que pode resistir ao incrível poder de um furacão, tal qual as montanhas resistem às ventanias incessantes?

Caso possua a Estatueta de Argila, transforme o nome encravado nela em um número usando o código A=1, B=2, C=3... Z=26. Some os números de cada letra e vá ao parágrafo com o mesmo número. Se não, vá para **284**.

188

A luz vai ficando ainda mais forte a cada virada da escadaria, até que você finalmente chega ao fundo. Um forte vento passa por seu corpo, e você se encontra na beirada de uma plataforma de pedra que fica diretamente acima de uma queda imensa para o vale do rio abaixo. Você passou exatamente pelas faces do desfiladeiro! Logo você também começa a perceber os seus arredores. Na parede atrás de você está o que parece ser algumas mochilas. Uma corrente pesada, presa à plataforma por um anel metálico enorme, se estica para além da borda da plataforma. Você irá:

Investigar as mochilas mais de perto?	Vá para 202
Puxar a corrente?	Vá para 255
Voltar a porta de ferro trancada?	Vá para 285
Subir a escadaria e explorar os níveis superiores dessa torre estranha (caso não tenha ainda)?	Vá para 220
Subir as escadas e deixar a torre?	Vá para 398

189

E finalmente você consegue ver o Lago Caldeirão. Também conhecido como Lago Cristalino, por causa dos minerais na água trazidos do vulcânico Monte Pira através do Rio do Fogo, o lago reage com as águas termais do rio formando cristais. Leva a maior parte de um dia para cruzá-lo, mas ao anoitecer é possível ver as luzes do Porto das Lascas à sua frente.

Esse entreposto comercial se desenvolveu no ponto onde o Rio do Fogo deságua no lago Caldeirão. O monte Pira fica nas terras altas da Mauristatia, localizada no coração do Velho Mundo, e ainda restam alguns dias de viagem para o leste. Muitos barcos navegam o rio escaldante negociando mercadorias entre Femphrey e os principados de Mauristatia. A travessia do rio acima custa 6 moedas de ouro. Se quiser comprar passagem em uma dessas embarcações para acelerar sua jornada (e tiver o dinheiro para isso), vá para **165**. Se não, terá de continuar a pé através do terreno montanhoso que segue o fluxo da água fervente (vá para **232**).

190*

"Mina Profunda" está escrito na placa desgastada sobre a boca do túnel escuro perfurado ao pé da montanha. Quando os anões abandonaram esse lugar, deixaram todos equipamentos para trás. Sistemas de manivelas foram abandonados e estão acumulando ferrugem aonde foram largados, assim como os trilhos onde os carrinhos passavam. Você se aproxima da entrada bloqueada por tábuas e arranca algumas para poder entrar. Acendendo sua lamparina, você adentra a escuridão gotejante à frente.

Água pinga constantemente do teto do túnel, se acumulando em poças formadas entre as tábuas traiçoeiras do trilho, e você é forçado a lembrar que essa era uma mina anã quando tem que se recurvar quase agachando para passar em certos trechos. Por sorte, você chega a uma bifurcação, onde é capaz de ficar ereto novamente. A via férrea de carrinhos continua até desaparecer na escuridão do túnel do lado esquerdo, enquanto à direita há uma ou-

tra passagem construída para mineiro seguindo esse a pé.
Você quer seguir o túnel à direita (vá para **5**) ou prefere continuar acompanhando os trilhos de carrinho de mina (vá para **290**)?

191

Enquanto se prepara para enfrentar a besta de magma que está se solidificando, outra se ergue da lava densa e alaranjada, e lentamente se move em sua direção. Comece lutando apenas com a primeira criatura. Após três rodadas de combate o segundo monstro magmático te alcança e entra na briga.

	HABILIDADE	ENERGIA
Primeira BESTA DE MAGMA	8	9
Segunda BESTA DE MAGMA	7	8

Se hoje for Dia do Fogo, some 2 pontos ao valor de ENERGIA dos monstros. Se perder quatro rodadas de combate consecutivas, os golpes incessantes das bestas de magma te empurram da rocha em que você está diretamente ao fluxo de lava, e não tem como sobreviver a isso! Se derrotar ambas feras sem ser condenado a um túmulo ardente, vá para **251**.

192

Apenas uma maça ou martelo de guerra pode destruir as lentes. Se não tiver nenhum dos dois, volte para **213** e escolha outra opção. Se tiver, você golpeia violentamente com a arma nas lentes, que se espatifam sob o impacto, arremessando cacos de vidro por todo lado. Role um dado e divida o resultado por dois, arredondando para cima, e perca esse valor de pontos de ENERGIA. Se sobreviver, adicione 1 ao *marcador de dano*, e vá para **258**.

193

"Acho que já é o momento de você partir", Matteus Charmweaver te informa. "Peticionarei que o Conselho use toda a mágica a seu dispor para diminuir os efeitos dos ataques climáticos de Sturm, mas isso não será o suficiente para impedir a ele ou a sua nave, isso é sua responsabilidade! Que os deuses sorriam em todos seus empreendimentos".

E com isso, você parte do Colégio dos Magos. Mas para onde viajará primeiro em sua busca por um meio de derrotar os elementais invocados por Balthazar Sturm?

O Mar de Enguias?	Vá para **64**
A Serra do Dente-da-Bruxa?	Vá para **157**
Monte Pira?	Vá para **22**
As Planícies Uivantes?	Vá para **4**

194

"Eu achei que tu fosse um herói", o gigante zomba, "mas tu não é mais que um covarde". E com isso ele levanta o tacape feito com um tronco de árvore com as mãos enormes e acerta você em cheio, te jogando longe. Seu voo através da clareira acaba abruptamente em um enorme carvalho (perca 4 pontos de ENERGIA). O gigante anda de onde estava até onde seu corpo caiu, para ver se você continua vivo. "Agora, você vai disputar uma luta livre comigo ou não?". Você vai aceitar o desafio do bruto (vá para **210**), ou sacar sua espada e partir para o ataque (vá para **176**)?

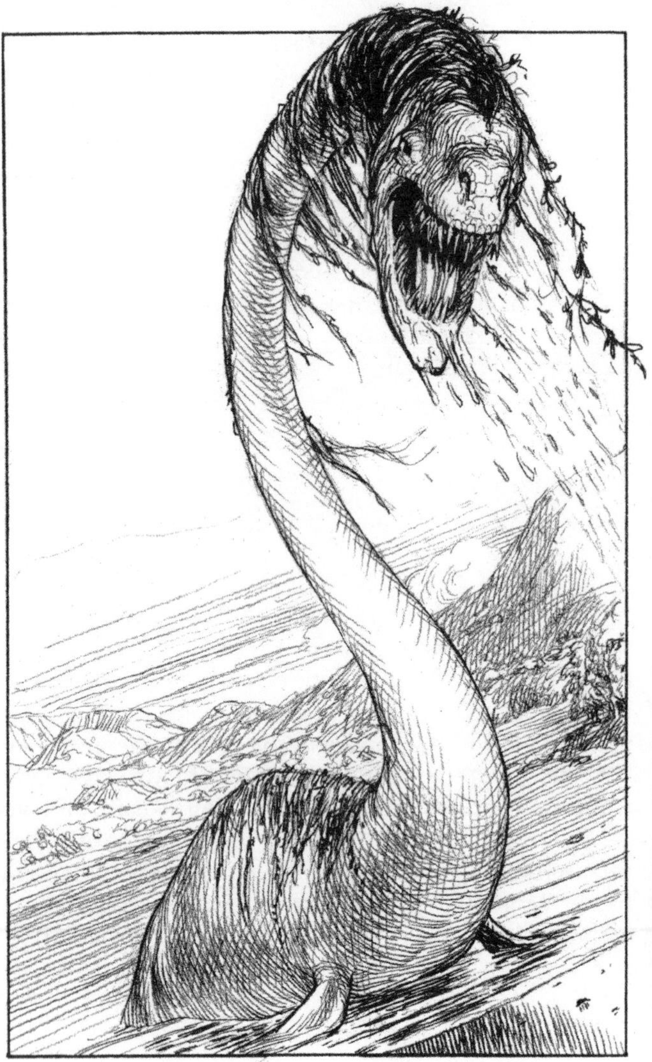

195

As suas andanças te levaram às margens do Lago Lúgubre. O único som que perturba o silêncio antinatural aqui é o pio lamurioso do maçarico, até que algo mexe na água, a vários metros da borda. O cão de caça começa a latir ferozmente, puxando sua coleira. Repentinamente, algo escuro e monstruoso emerge do lago espirrando água escura que encharca você, Sylas e o cão, abafando os sons do animal. "Pelos deuses!" é tudo que Sylas consegue dizer antes da cabeça reptiliana grotesca se lançar para frente, na ponta de um longo pescoço, e o caçador cair ferido no chão. Enquanto se prepara mais uma vez, você percebe que está lutando contra outra criatura lendária: o Monstro de Lugubridade. Com um coaxar lamurioso, a fera aquática ataca novamente.

| MONSTRO DE LUGUBRIDADE | Habilidade 9 | Energia 12 |

Se matar o monstro, seu corpo inerte afunda de volta para as profundezas turvas do lago, sem dúvida se tornando refeição para outra coisa, provavelmente tão terrível quanto. Vá para 386.

196

Usando suas mãos e pés para ajudar, você começa a sua subida. *Teste sua Habilidade* e depois *teste sua Sorte*. Se falhar no teste de Habilidade ou for azarado, vá para 226. Se passar no teste e for sortudo, vá para 256.

197

Os vergalhões de metal e vigas continuam se reorganizando em uma figura imensa enquanto você corre a toda pela câmara cheia de detrito espalhado, desesperadamente tentando chegar ao arco pequeno do outro lado. *Teste sua Sorte*. Se for sortudo, você escapa ileso (vá para 117). Se for azarado, um braço feito de canos enferrujados acerta você, te arremessando do outro lado do aposento. Perca 4 pontos de ENERGIA e vá para 67.

198

O mapa está coberto de setas rabiscadas e notas manuscritas. O sudeste de Femphrey está marcado como "lentes incendiárias bem-sucedidas" enquanto o nordeste tem as palavras "criomotor foi usado aqui". O sudoeste tem escrito "observadas enchentes causadas pelo acréscimo de chuvas". Um pouco ao sul da fronteira com as Terras de Lendle há a ilustração de uma torre, e, acima dela, de volta a Femphrey, a vila de Vastarin com as palavras "teste final". Por mais interessante que sejam essas informações, elas não ajudaram a deter os planos de conquista de Sturm. Você quer:

Olhar alguma outra coisa na escrivaninha?	Vá para 243
Abrir a outra porta de madeira?	Vá para 259
Voltar ao patamar?	Vá para 54

199

Arriscando sua vida, você escala até o ninho do asa-borbulhante, e encontra com a ninhada da criatura. Enquanto vasculha, um dos filhotes do monstro morde sua mão e braços (perca 3 pontos de ENERGIA). Você não encontra nada de valor dentro do emaranhado de galhos escurecidos. Cuidadosamente, você desce do lugar em que estava antes. Entrando novamente no túnel, você volta até a bifurcação e segue por ela. Vá para **219**.

200

A criatura se aproxima de você, mas também há outro habitante das profundezas: dessa vez, o monstro marinho que tentou te engolir completamente! Tendo perdido um lanche saboroso, ele o persegue desde então. Só que, agora que te encontrou, também encontrou o Horror Abissal, que daria uma refeição muito mais satisfatória! O Leviatã se aproxima do monstro, sua mandíbula de peixe-pescador se abrindo enquanto o horror se prepara para se defender o melhor possível com seus tentáculos constritores e suas pinças afiadas. Enquanto os dois monstros se preparam para uma briga de proporções titânicas, você corre em direção ao Templo Afundado. Recupere 1 ponto de SORTE, e remova a palavra Retsnom da sua *ficha de aventura*, e vá para **222**.

201

Seja por pura sorte, seja conscientemente coordenando seus ataques, os morcegos descem sobre você em conjunto e te fustigam com suas asas. *Teste sua Habilidade*. Se for bem-sucedido, seus pés chegam ao limite da ponte, mas você consegue ajustar seu equilíbrio a tempo (volte para **171** e continue seu combate contra os morcegos). Se falhar, você se desequilibra e cai da ponte, seu corpo é perfurado pelas estalagmites abaixo. Caso isso aconteça, é o fim de sua aventura.

202

Pegando uma das mochilas dos ganchos na parede e a abrindo, você descobre que esta é formada por dois compartimentos. O fundo é um espaço vazio que poderia ser usado da mesma forma que a bolsa que já possui. Entretanto, a parte superior está preenchida por um tipo de tecido empacotado de forma justa com um tipo de cordinha saindo dele, permitindo que seja aberto rapidamente. Se quiser trocar esta mochila pela sua atual, você rapidamente esvazia os conteúdos da antiga e os coloca na nova (e adicione a Mochila Inusitada à sua *ficha de aventura*, anotando que este possui dois compartimentos separados). Agora, *teste sua Sorte*. Se for sortudo, vá para **233**. Se for azarado, vá para **255**.

203

Você se agacha até o chão, tentando fazer-se tão pequeno quanto possível. Logo depois, a tempestade de areia chega. Os grãos ásperos e quentes arranham seu corpo, deixando toda a pele exposta em carne viva. Perca 4 pontos de ENERGIA. Se hoje for Dia do Fogo, deve aumentar esse dano em 1 ponto, mas se tiver a Tatuagem de Dragão, reduza o dano total em 1 ponto.

Você ouve um grito apavorado enquanto o balão é engolido pela tempestade, e, assim que esta passa, ao olhar para os céus é impossível encontrar qualquer sinal do baloeiro ou de seu veículo. Perca 1 ponto de SORTE e vá para **263**.

204

O caminho acaba na borda do rio de lava que cruzou anteriormente. Esse não tem como ser o caminho certo para fugir do Monte Pira. Sem hesitar, você dá meia volta e corre de volta para a bifurcação, pegando o outro caminho. Adicione 1 ao seu *marcador de tempo* e vá para **224**.

205

Que chance você achou que teria contra guerreiros treinados montando cavalos? Os lendlerenses te perseguem por pouco tempo, um deles te derrubando com um chute (perca 2 pontos de Energia e 1 ponto de Sorte). Você é pego e arrastado para o acampamento dos nômades como seu prisioneiro. Vá para **19**.

206

Lutando novamente pela sua vida, o Dilúvio tenta submergir você.

DILÚVIO   Habilidade 11   Energia 11

Se hoje for Dia do Mar, aumente a Habilidade do Dilúvio em 1 ponto e sua Energia em 2. Por ter sido derrubado pela onda criada, você terá de lutar a primeira rodada de combate com sua força de ataque reduzida em 1 ponto, enquanto tenta se levantar. Se reduzir a Energia do Dilúvio para 3 pontos ou menos, vá para **187**.

207

Você bebe a poção e seu efeito é imediato. Entretanto, a poção de levitação só te permite ascender, não voar, e a Máquina Climática de Sturm não está à vista. Porém, o chão vai se afastando quando os ventos te carregam e levam para longe.

Olhando para cima, é possível ver as nuvens de tempestade se juntando no firmamento, e lá, por entre os trovões, não mais do que um pontinho brilhante contra o céu escurecido, está o peixe de latão que você avistou após a devastação de Vastarin. O Olho do Furacão se aproxima!

A brisa torna-se uma ventania, e seu corpo vai sendo levado em direção à máquina climática pelo ciclone que se forma. Mas o turbilhão também arrastou outras coisas, como peixes de um lago, galhos inteiros arrancados de árvores na floresta, e até mesmo pedregulhos! Seu corpo é açoitado por todo esse entulho. Role um dado e perca esse número de pontos de ENERGIA. Se ainda estiver vivo, você continua girando, seus membros balançando.

O furacão te leva cada vez mais para o alto até que está sobre o estranho veículo. É imenso, muito maior que uma baleia touro. Seus enormes olhos brilhantes são janelas de observação na parte frontal da nave; suas barbatanas e cauda, velas para pilotagem e um comprido leme. E na lateral da embarcação energizada pelos elementos está uma escotilha de acesso arredondada, uma plataforma com corrimãos em sua frente. Seu corpo então começa a cair, os efeitos da poção tendo finalmente terminado... vá para **14**.

208

Depois de algum tempo, você chega a mais uma ramificação no caminho cruzando os cânions. Da rota à sua esquerda, vem um lamúrio desconcertante. À distância, no final do caminho à direita, é possível ver o que parecem ser, com os ventos termais vindos das ravinas aquecidas pelo sol. Se quiser seguir pela esquerda, vá para **79**. Se preferir tomar a passagem pela direita, vá para **148**.

209
Você abre a porta para o torreão e entra no que é obviamente a habitação de quem quer que seja o dono dessa torre, mesmo não havendo ninguém nesse local no momento. O diminuto aposento está lotado de móveis, incluindo uma cama e uma grande escrivaninha, mas duas coisas em particular chamam sua atenção imediatamente. A primeira é o fato de que praticamente todas as superfícies, da escrivaninha às paredes, até mesmo a cama, estão cobertas com folhas enormes de pergaminhos que são planos para o que parece ser a mais incrível das máquinas. A segunda é um enorme telescópio que está em um determinado ângulo apontando para o lado de fora de uma janela aberta. Você deseja investigar mais atentamente os planos (vá para **289**) ou o telescópio (vá para **239**)?

210
Tendo removido sua armadura e deixado suas armas, você e o gigante ficam frente a frente na clareira prontos para se engalfinhar. Se tiver uma poção de força de gigante e quiser bebê-la antes de brigarem, vá para **291**. Então, role quatro dados. Se o total rolado for menor ou igual ao seu valor de ENERGIA, vá para **291**; se for maior, vá para **305**.

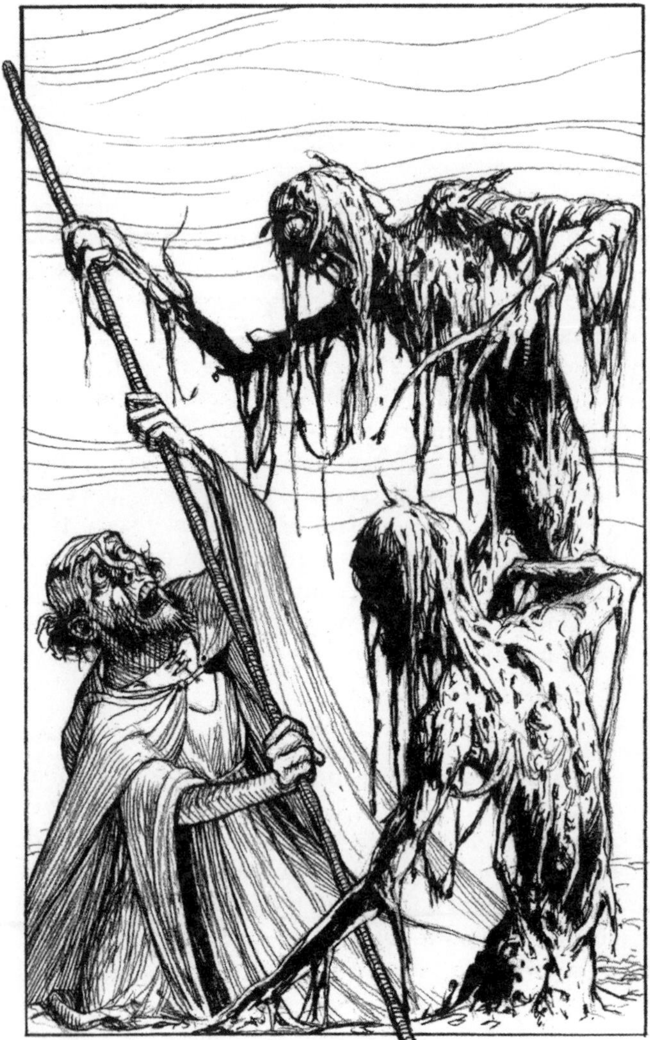

211

"Volte, estranho. Volte!", uma pessoa vestindo robes diz assim que vê você. Ela remove o capuz revelando-se um homem, seu cabelo em tonsura, seus olhos selvagens e esbugalhados. "Apenas perdição aguarda por este caminho. Volte, te digo!"

Você diz que está determinado a seguir e quando é perguntado o porquê, não há motivo para não contar sobre sua missão e quem você é.

"O herói de Tannapólis, hein?" ele diz, assim que termina de te ouvir. "Foi sorte contra aquele basilisco, não foi? Ah, você não acha que nada daquilo foi definido pelo acaso? Bem, então acho que você sabe o que está fazendo, mas, na minha opinião... você está condenado".

Você decide perguntar ao monge pessimista quem ele é.

"Muldwych", ele responde, "porém alguns me chamam de 'o monge louco'". Dá para entender o porquê.

De repente, você percebe uma movimentação nas poças cheias de juncos dos dois lados da passagem e mal sua mão toca no cabo de sua arma quando duas criaturas monstruosas saem do brejo. Coberto de lama e lodo, os monstros soltam um horrendo gemido. Na verdade, seu formato vagamente humano é totalmente feito do material pantanoso! E então você reconhece o que são: Espectros do Charco, criaturas elementais primitivas dos pântanos. Esses seres são extremamente territoriais e tanto o monge louco quanto você invadiram o domínio deles. Enquanto Muldwych faz um esforço desajeitado para se defender com seu bastão, você terá, para todos os efeitos, que lutar contra ambos os monstros sozinho.

	Habilidade	Energia
Primeiro ESPECTRO DO PÂNTANO	7	5
Segundo ESPECTRO DO PÂNTANO	7	5

Devido à natureza fluida do corpo lodoso dos espectros, acertos causam apenas 1 ponto de dano à Energia das criaturas. Se derrotar os dois monstros, eles afundam novamente no lamaçal e não causam mais problemas. Vá para 369.

212

A força do golpe da Ondina desequilibra você. Aproveitando-se da oportunidade da melhor forma possível, o espírito das águas se joga sobre seu corpo como uma onda, jogando-o para dentro do rio. Você é incapaz de enfrentar a força da corrente que te carrega rio abaixo, descendo por quedas d'água e corredeiras. Tudo que pode fazer é tentar manter sua cabeça para fora da água, enquanto é arremessado contra rochas e raízes nodosas. Finalmente sua mão agarra com todas as forças em uma delas e você consegue sair do fluxo bravio (role um dado, some 1, e perca essa quantidade de pontos de Energia). Seu mergulho também arruinou parte das suas provisões (remova metade das suas Provisões, arredondando para baixo). Se ainda estiver vivo, após algum tempo consegue recuperar as forças para ficar de pé e seguir seu rumo colina acima novamente, mas qual rota vai seguir dessa vez? A íngreme passagem rochosa (vá para 35) ou o caminho mais longo e gentil, que segue pela encosta visível de uma escarpa (vá para 322)?

213

A primeira coisa que percebe quando entra na sala do sol é o calor. O teto da câmara é quase que completamente feito de vidro e, no lado mais extremo da sala o que parece uma enorme lupa, com três metros de diâmetro, dentro de uma armação semicircular. Do lado dele há um telescópio em uma base com um tripé, apontando para fora de um dos domos de cristal que ficam na frente da nave. É visível que um lado das lentes gigantes é côncavo e o outro é convexo. No momento, as lentes estão em um ângulo de 90 graus do eixo, com seu lado côncavo virado para cima. Você quer:

Quebrar as lentes?	Vá para **192**
Girar as lentes para que o lado côncavo esteja virado para o lado de fora da nave?	Vá para **162**
Mover as lentes para que o lado côncavo aponte para dentro da sala?	Vá para **139**
Apenas deixar a sala do sol?	Vá para **258**

214

O elemental do fogo ruge em sua direção, seu corpo como uma esfera de chamas incandescentes. Novamente, será necessário depender de sua lâmina encantada para se defender.

ELEMENTAL DO FOGO   Habilidade 12   Energia 16

Se de alguma forma conseguir derrotar o poder elemental que habita no núcleo do Monte Pira, vá para **114**.

215

O livro praticamente cai aberto na página com o rascunho à pena e tinta de um humano artificial construído de ferro. Escrito em uma coluna ao lado dele estão as informações a seguir:

Ativar ~ 270 / Desativar ~ 072

Como suspeitava, o resto do livro são apenas registros de vários lugares pelos quais o Olho do Furacão já passou durante a destruição vingativa de Sturm por todo o reino. Intrigado por essa descoberta, você considera as opções do que fazer a seguir. Você irá:

Olhar alguma outra coisa na escrivaninha?	Vá para 243
Abrir a porta de madeira?	Vá para 259
Voltar ao patamar?	Vá para 54

216

A primeira indicação que você tem da emboscada é o zumbido de uma flecha cortando o ar em sua direção. Role um dado e some 1; esse é o número de flechas que te acertam (é possível reduzir esse número para 1 caso tenha um escudo dracônico, uma couraça, uma cota de malha ou um manto de couro de dragão. Esses itens são cumulativos, então, se estiver usando o manto e portando o escudo, reduza o número de flechas que te acertaram em 2). Cada flecha que te acertar fere causando 2 pontos de dano à sua ENERGIA. Se sobreviver à saraivada de flechas, é possível ouvir a corda do arco sendo tensionada mais uma vez. Vá para **329**.

217

Nos conveses inferiores, a embarcação parece uma sepultura em massa. Aonde quer que olhe há esqueletos da tripulação morta, mantidos eternamente nas posições que estavam quando o galeão foi clamado pelos mares. Alguns repousam em redes de dormir, outros estão sob os restos enferrujados dos canhões da nau, e ainda existem aqueles que estão jogados nos cantos escuros, sorrisos sinistros para sempre estampados em suas faces sem carne. Atravessando esse cemitério macabro, você chega finalmente a uma porta que parece pesada. Ao tentar abri-la, logo descobre que está trancada. Essa é a parte certa de uma embarcação para uma entrada à sala forte. Você tenta procurar uma chave dentro dos restos apodrecidos do convés, mas sem sucesso. Você vai tentar quebrar a porta (vá para **177**) ou prefere deixar o porão do navio de uma vez por todas (vá para **163**)?

218

O chão treme novamente e dessa vez se racha bem embaixo de você. Caindo dentro da fissura, você rala seus braços e pernas nas rochas enterradas no solo. Perca 2 pontos de ENERGIA e, na próxima batalha, reduza sua força de ataque durante as duas primeiras rodadas de combate por 1 ponto enquanto tenta se libertar. Vá para **346**.

219

O túnel começa a descer de formam íngreme, mas gradual, sempre se curvando para a esquerda. Não demora muito até chegar em uma nova bifurcação; há uma nova passagem que leva para a direita. Se quiser seguir esse novo túnel, vá para 319. Se preferir continuar seu curso atual, vá para 249.

220

Subindo pela escadaria de pedra você chega ao primeiro andar. Aqui está em uma outra câmara circular, menor que a anterior, com grandes janelas em arcos que estão abertas para o mundo exterior. No meio dessa câmara, sob um pedestal esculpido em mármore, há um objeto impressionante. É uma cúpula de vidro grande, dentro da qual está uma miríade de borboletas azuis e prateadas bem intensas. Qual poderia ser o motivo para mantê-las dessa forma? Se quiser entrar no aposento e libertar os insetos, vá para 253. Se não, continue subindo as escadas (vá para 281).

221

Afiliados ao Colégio dos Magos, existem muitos feiticeiros na Academia que ficariam felizes em ajudá-lo com seu problema — por um preço, claro! Você barganha para que um mago te acompanhe, seu nome é Próspero Encantamar. Ele viajará com você pelo Mar de Enguias e conjurará um feitiço apropriado quando tiver que descer abaixo das ondas. Feiticeiros navais qualificados também não são algo barato! Se puder pagar a taxa e quiser contratar o mago, remova 10 moedas de ouro, adicione o nome Próspero Encantamar em sua *ficha de aventura* e vá para **252**. Se não puder pagar por isso, ou não quiser gastar tanto dinheiro contratando um mago, será necessário visitar a Irmandade dos Alquimistas (vá para **151**) ou então a Guilda dos Artífices (vá para **181**).

222

O Templo Submerso é uma construção magnífica que não ficaria deslocada entre os prédios sagrados que formam a Rua do Divino em Chalannaburgo. Possui uma entrada de pilares grandiosos que apoiam um frontão com as imagens encravadas de tritões montando cavalos marinhos enquanto combatem horrores cheios de tentáculos. Um grande domo se projeta do teto. Não desejando ficar em mar aberto por muito mais tempo, você entra no Grande Templo de Hydana, deusa dos mares.

Lá, no coração do templo, abaixo da cúpula dourada com um mosaico de joias cravejadas, está uma estátua imponente da deusa do mar em pessoa. Parece que foi esculpida em jade e representa Hydana como uma mulher-peixe de quatro metros de altura, com uma cauda, escamas, o torso e braços de um homem e a face híbrida, enquanto segura um tridente dourado. Em um pedestal em frente à estátua, está uma concha do mar que parece mundana. Algo te diz que um desses tesouros do templo é o artefato que você precisa para assumir controle sobre o elemental da água invocado por Sturm, mas qual será? Você vai tentar pegar o tridente dourado (vá para 301) ou a concha (vá para 321)?

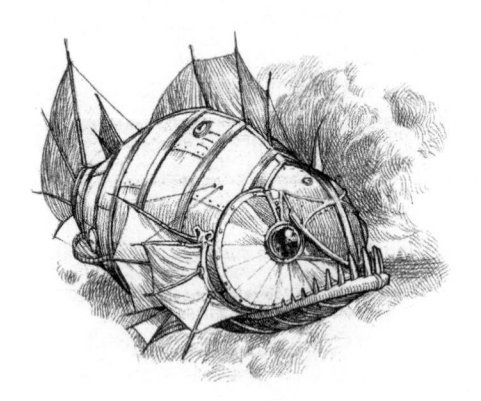

223

A areia e a poeira vão se dissipando no vento até o ponto em que não há nada mais sugerindo que havia uma tempestade de areia ali. Pouco depois, o balão pousa ali perto. Você corre até o cesto para ver se o piloto está bem. O homem de pele bronzeada move os óculos de proteção para sua testa e começa a bater a areia para fora de seus robes volumosos.

"Mas muito obrigado!", ele fala. "Eu estava com um problema ali. Aliás, eu diria até que você salvou a vida de Corbo Rundum! De que forma eu poderia devolver o favor?".

Você diz ao homem que ele não lhe deve nada, pois salvar pessoas é parte de um dia normal de trabalho para um herói! Você pede, entretanto, que ele conte o que fez com que fosse perseguido pelo elemental de areia.

"Sou um inventor da vila de Quartzo, a leste daqui. Uma seca terrível tem afetado as fazendas lá e se não receberem um pouco de chuva logo, a colheita vai estar perdida. Alguns fazendeiros disseram ter visto um curioso peixe de latão nos céus, atraindo nuvens de chuva para perto de si. No começo todo mundo achou que haviam bebido cidra demais, isto é, até a seca se instaurar. Relatos sugerem que a estranha nave veio do sul, então parti com meu balão para ver o que poderia descobrir por conta própria. Estava a meio caminho das Planícies Uivantes quando uma tempestade de areia maligna começou a soprar e me perseguiu até aqui".

Você então pergunta a Corbo quais os planos dele agora.

"Voltar à Quartzo, acho, ou talvez seguir até Chalannaburgo, peticionar ao Colégio de Magos para que ajudem. Juro que há algo sobrenatural tanto na seca quanto nessa tempestade de areia. Mas e você?"

E então você conta que sua jornada continua em direção ao sul, através das Planícies Uivantes.

"Bem, se não há nada que possa fazer para te dissuadir, cuidado com os homens-pássaro. Vi alguns a sul daqui, sobre o Cânion dos Gritos."

Agradecendo Corbo por essa informação e deixando-o para reparar o balão, sua jornada ao sul recomeça. Anote o código Noollab em sua *ficha de aventura* e vá para **263**.

224

O túnel treme e faz barulho ao seu redor, e é possível sentir a temperatura subir. Você corre por uma inclinação íngreme, esbaforido e tentando respirar no calor insuportável, imaginando a sensação das chamas criadas pela lava se aproximando e queimando seus calcanhares. Até que chega a mais uma bifurcação (adicione 1 a seu *marcador de tempo*). Desta vez, vai virar à esquerda (vá para **254**) ou continuar seguindo em frente (vá para **304**)?

225

Sua mão passa muito perto da borda da ponte quebrada acima e começa a cair com tudo deste lado da ravina flamejante. Durante a queda, você rala seus braços, canela e costas enquanto vai ao chão, e chegando lá, cheio de ferimentos e machucados, você fica em contato direto com as rochas escaldantes no limite do rio de magma. Role um dado e some 2 a seu resultado, então perca essa quantidade de pontos de ENERGIA. Se sofrer 6 ou mais pontos de dano à ENERGIA, perde também 1 ponto de HABILIDADE e 1 de SORTE. Caso esteja vivo, vá para **141**.

226

Quando está na metade do caminho, a borda saliente em que está desmorona com seu peso e, mesmo se esticando para pegar no próximo apoio de escalada, sua mão não alcança por muito pouco. Você então cai, despencando na lateral da pilha, batendo em pedras sólidas, ferindo os seus membros inferiores e superiores assim como suas costas nas superfícies impiedosas de pedra. Você cai de mau jeito no solo, e sentindo muita dor. Role um dado e consulte a tabela abaixo para ver qual seu estado quando chega lá embaixo.

ROLAGEM	DANO SOFRIDO
1	Seu pulso e tornozelo estão torcidos. Perca 4 pontos de ENERGIA e 2 de HABILIDADE.
2	Seus joelhos estão esfolados e suas costas machucadas. Perca 4 pontos de ENERGIA.
3–4	Role um dado e some 2 ao resultado. Perca essa quantidade de pontos de ENERGIA.
5	Seu ombro foi deslocado e você sofreu um golpe na cabeça. Perca 3 pontos de ENERGIA e 1 de HABILIDADE.
6	Role mais 2 vezes para ver qual o dano de acordo com esta tabela. Se rolar 6 novamente, role apenas mais 1 vez.

Caso sobreviva e queira tentar escalar a pilha novamente, vá para **196** e faça os mesmos dois testes. Se decidir que essa tomada de decisão é perigosa demais e desejar desistir dessa busca para encontrar algo que derrote o elemental maior do ar de Sturm, você parte novamente, retornando preocupado pelo Cânion dos Gritos, e depois de algum tempo chega à fronteira das Planícies Uivantes. Avance o dia da semana em 1 e vá para **394**.

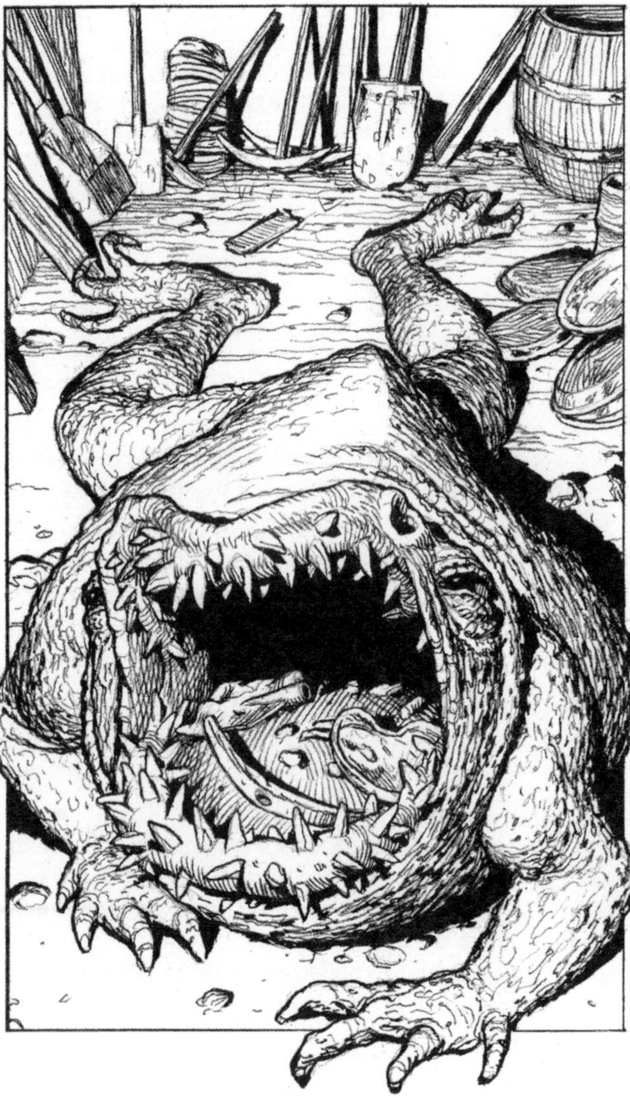

227

O túnel termina em uma enorme câmara quadrada. Ela está cheia de restos enferrujados de equipamentos de mineração, e tem de tudo um pouco: de picaretas até bateias para mineração de ouro. Agachado no centro de toda essa bagunça está uma enorme criatura que parece um sapo de cor e textura de metal enferrujado. O aposento ecoa com o som de metal sendo destroçado entre dentes de diamante. O monstro para no meio da mastigação e se balança em sua direção sobre suas patas com garras para te atacar. Ele pausa, farejando o ar. Então abre sua bocarra, emitindo um coaxado estranho, e então você vê fileiras e mais fileiras de dentes como os de um tubarão. Você tem diversos objetos metálicos, e o Devorador de Ferro consegue sentir o cheiro. Movendo-se com uma velocidade surpreendente, a criatura se lança em sua direção, determinado a devorar os itens metálicos carregados por você.

DEVORADOR
DE FERRO   HABILIDADE 7   ENERGIA 9

Se derrotar a besta, você deixa essa câmara, voltando por onde veio, já que tudo que poderia ter sido útil já foi consumido, e (escolhendo um caminho ainda não escolhido) vá para a direita no cruzamento, seguindo o túnel que pinga um líquido viscoso (vá para **327**) ou em frente, por uma passagem úmida (vá para **399**).

228

Tendo lidado com os abutres, você recupera a mochila do aventureiro e a vasculha. Além de algumas provisões apodrecidas, é possível encontrar algumas moedas de ouro (role um dado e some 2 para saber quantas) e também uma corda com gancho. Tendo pegado o que queria, você leva também um momento para cobrir os restos mortais do homem com pedras, o melhor que pode, para evitar que seus restos continuem sendo devorados por carniceiros. Vá para **148**.

229

Esses projetos são para os mecanismos auxiliares operando dentro do Olho do Furacão. Você Encontra um deles marcadps como "gerador de relâmpagos" que possui o aviso "Não coloque a alavanca na posição para a esquerda". Em outra, que tem a figura do que parece ser algum tipo de enorme lupa, tem a seguinte anotação subscrita: "Para operar com segurança, as lentes côncavas devem estar viradas para fora". Isso pode ser útil quando for o momento de desativar a máquina climática. Deixando isso de lado, você vai:

Olhar mais alguma coisa na escrivaninha?	Vá para **243**
Abrir a porta de madeira?	Vá para **259**
Voltar ao patamar?	Vá para **54**

"Zéfiro!", você grita. "Zéfiro, ouça meu chamado!"

A ponte então é repentinamente açoitada por ventos furiosos. O vento uiva por toda a câmara, levantando os capangas de Sturm, e então se solidifica entre a tocha humana e você. O elemental do ar parece um furacão raivoso, com a parte superior de um gigante musculoso formado pelo ar atormentado.

"Tu chamaste, e aqui estou!", declara o espírito elemental dos ventos oeste. Virando-se para o mago do clima, diz: "E agora, deixe-me apagar essas chamas!"

Zéfiro gira ao redor do flamejante Sturm, mais e mais rápido, encerrando a tocha humana dentro de um ciclone de forças incomparáveis. Através do turbilhão é possível ver as chamas de Sturm começando a enfraquecer até que a última língua de fogo é extinguida, deixando o feiticeiro como cinzas escurecidas.

Mas então o mago começa a se transformar novamente — o corpo endurece e cresce até que à sua frente está uma figura monstruosa de três metros de altura, feito de terra e rochas. Contra o homem-montanha, Zéfiro não pode fazer nada, e desaparece com o último dos ventos de furacão.

Com um rugido que soa como um desmoronamento, o colosso marcha em sua direção. Mas como derrotar algo feito de terra sólida? Talvez se conseguisse erodir toda essa rocha, da mesma forma que os mares vão devorando a terra...

Se tiver a Concha dos Mares e conhecer um elemental da água que possa te auxiliar, transforme esse nome em um número usando o código A=1, B=2, C=3... Z=26. Some todos os números e vá para o parágrafo de mesmo número. Se não, vá para **8**.

231

Você salta para a próxima pedra no momento que a besta de magma tenta te agarrar. O monstro falha em te alcançar por muito pouco, porém, uma nova besta sai do fluxo vagaroso de lava, se colocando entre você e a próxima pedra. Com ambos os monstros atacando pelos dois lados, será necessário lutar contra eles ao mesmo tempo.

	Habilidade	Energia
Primeira BESTA DE MAGMA	8	9
Segunda BESTA DE MAGMA	7	8

Se hoje for Dia do Fogo, some 2 pontos ao valor de Energia dos monstros. Se derrotar as duas feras, vá para **251**.

232

Você tem viajado há um dia pelos ermos desolados do território goblinoide, como é chamada esta região, quando encontra com um bando de hobgoblins. Logo você percebe os sinais de aviso de uma emboscada tendo sido armada há pelo menos uns duzentos e cinquenta metros, e então dá a volta para pegá-los por trás, surpreendendo os inimigos antes de entrar em combate contra eles. Por causa disso, pode lutar as primeiras duas rodadas de combate contra o chefe antes que o resto do grupo de assaltantes possa entrar na briga e defender o líder.

	HABILIDADE	ENERGIA
CHEFE HOBGOBLIN	7	7
Primeiro BANDIDO HOBGOBLIN	6	6
Segundo BANDIDO HOBGOBLIN	6	6
Terceiro BANDIDO HOBGOBLIN	7	6

Se matar todos eles, seus bolsos revelam que planejavam emboscá-lo justamente por não terem nada de valor. Seu caminho continua através das paisagens irregulares no sopé do vulcão e, após mais um dia, está você escala os desfiladeiros íngremes do próprio Monte Pira. Avance o dia da semana em 2 e vá para **109**.

233

O que deseja fazer agora? Vai puxar a corrente (vá para **255**), retornar à porta de ferro trancada (vá para **285**), subir as escadarias e explorar os níveis superiores da torre, se ainda não tiver (vá para **220**) ou abandonar a torre de uma vez (vá para **398**)?

234

Segurando a concha acima de sua cabeça, você grita "Oceanus, auxilie-me nesse momento, e convoque as águas vindas de cima!".

Com a multidão observando em suspense, seus olhos não desviam do domo cerúleo do céu. E então, começa. À princípio, são apenas pequenas linhas de nuvens, mas elas começam a se juntar, mudando de cor para o cinza, e então para o negro. Ao vento empoeirado que assopra por Quartzo se junta um barulho distante, como o ronco de Sukh, o deus da tempestade em pessoa.

Com um trovão estrondoso acima, começa a chover. Não uma garoa, ou mesmo uma chuva pesada, mas um dilúvio torrencial. As águas que caem encharcam a paisagem até o horizonte, para alegria dos camponeses e a irritação do fazedor de chuva descontente. É possível ouvir vivas e gritos de alegria dos observadores reunidos aqui, e alguns deles começam a dançar, pulando nas poças de lama que não existiam ali até um momento atrás.

Enquanto os aldeões expulsam o fazedor de chuva fraudulento de Quartzo, também celebram sua conquista (recupere 1 ponto de Sorte) e te presenteiam com dinheiro (uma quantia de 8 moedas de ouro) e comida (adicione 3 Provisões ao seu total).

Conforme deixa a vila, você percebe que o charlatão, em sua pressa de fugir, deixou para trás uma grande chave de fenda. Se quiser pegá-la, adicione à sua *ficha de aventura*. Também deve remover a Concha dos Mares de sua *ficha de aventura*; não será possível invocar a assistência do elemental da água novamente.

Você continua caminhando para sudoeste, e, depois de dois dias, chega à fronteira ardente das Planícies Uivantes. Avance o dia da semana em 2 e vá para **83**.

235

Você se joga no chão, atrás de um arbusto diminuto e reza para que os guerreiros não te encontrem. *Teste sua Sorte*. Se for sortudo, a patrulha trota por onde está escondido sem que os Lendlerenseste vejam (vá para **142**). Se for azarado, os cavaleiros têm olhos atentos e encontram seu esconderijo, preparando para pisoteá-lo; não há mais outra chance exceto sacar sua espada para se defender (vá para **264**).

236

Ao entrar nessa enorme câmara que ocupa toda a sessão traseira do convés superior, a primeira coisa que sente é frio. Esse lugar está congelante! E a segunda coisa é o gelo. Tudo aqui está coberto de gelo, enquanto estalactites se formaram no teto. O que estará causando toda essa temperatura?

No centro da sala há uma grande esfera de vidro, colocada dentro de um suporte de latão, contendo o que parece ser uma terrível nevasca. O poder da tempestade de neve é canalizado para fora do globo através de um cabo conectado ao teto do veículo. Você sabe o que precisa fazer para danificar o mecanismo, mas está extremamente frio aqui. Então você vê dois autômatos do tamanho de gorilas, que foram deixados para guardar o delicado dispositivo. "Macacos me mordam", você fala, dando uma risada, enquanto as máquinas avançam em sua direção.

	HABILIDADE	ENERGIA
Primeiro MACACO MECÂNICO	7	8
Segundo MACACO MECÂNICO	7	8

Enquanto estiver combatendo os guardiões da tempestade de neve, reduza sua força de ataque em 1 ponto porque o piso está escorregadio como um lago congelado. E também reduza mais um ponto da força de ataque se não tiver o Talismã Solar, graças ao frio abaixo de zero desse aposento.

Se derrotar os macacos mecânicos, pode arrancar o membro mecânico de um deles e arremessar no globo de vidro que se estilhaça com o impacto. A força soberba da nevasca invade a sala enquanto você escapa rapidamente, batendo a porta para essa câmara. Adicione 1 ponto ao *marcador de dano* e vá para **258**.

237

Você está bem preparado para o confronto final com o megalomaníaco Balthazar Sturm, mas o tempo que precisou para estar pronto também dará a ele mais tempo de se preparar para sua conquista final (some 1 ponto de SORTE, mesmo que isso leve seu valor acima do nível *inicial* e adicione o código Mortsleam à sua *ficha de aventura*). Entretanto, ainda é necessário alcançar a máquina climática de Sturm; como pretende realizar esse feito?

Se quiser usar a Poção de Levitação, vá para **207**. Se souber o nome de um elemental do ar e quiser invocá-lo para ajudar agora, transforme seu nome em um número (usando o código A=1, B=2, C=3... Z=26 e somando todos os números), dobre o resultado e some 10 ao valor, e vá para o parágrafo do número resultante. Se tiver o código Susagep escrito em sua *ficha de aventura*, vá para **128**. Se não, mas tiver o código Noollab, vá para **149**. Se não tiver nenhum desses, vá para **107**.

238

"Zéfiro! Zéfiro, ouça meu chamado!", você grita para os ventos na proa do Tempestade. A brisa vinda do mar imediatamente começa a ficar mais forte, as velas se abrem e as ondas ao redor começam a formar cristas brancas.

Aproximando-se da embarcação está uma figura etérea, cuja parte superior do corpo é de um enorme gigante musculoso, mas, da cintura para baixo, é um turbilhão rodopiante de ar. Zéfiro, a manifestação elemental do vento oeste, ouviu seu chamado por ajuda, e está aqui para auxilar (remova o nome "Zéfiro" de sua *ficha de aventura* pois não será possível pedir sua ajuda novamente)!

As velas agora estão sendo assopradas com força, e, antes de conseguir entender o que realmente está acontecendo, o Tempestade é removido da água. Enquanto o elemental do ar carrega o navio, a capitã Katarina, sua tripulação e você em direção aos céus. Sem conseguir registrar tudo o que está acontecendo, o Tempestade está navegando no furacão que se move raivoso pelo firmamento.

"Tu chamaste e aqui estou", diz o elemental, com a voz uivante da ventania em si. "Ordene e obedecerei!".

"Encontre a máquina climática de Balthazar Sturm!", é necessário gritar para que o comando chegue ao elemental. "Leve-nos para o centro do temporal!".

Alçando alturas cada vez maiores, a paisagem desaparece abaixo até que lembra mais um mapa finamente detalhado. O barco navega em frente pelo céu, a capitã Katarina se agarrando aos cordames, curtindo a sensação do vento assoprando seus cabelos. Tudo que a tripulação consegue fazer é garantir que a vela não se arrebente do mastro em reação à ventania.

E então, você vê! Zéfiro está carregando Tempestade, e todos a bordo, diretamente para dentro da tormenta massiva do tufão diretamente acima. Lá, por dentre nuvens negras está o peixe de latão que avistou há tantos dias, após a devastação de Vastarin. A máquina climática de Balthazar Sturm é enorme de perto! Os olhos de cristal são cúpulas de observação, suas barbatanas e cauda, velas para movimentação e um vasto leme. Na lateral do veículo energizado pelos elementos, há uma escotilha de acesso sobre uma plataforma cercada de corrimões. Vá para 363.

239

Colocando o seu olho na sessão ocular do telescópio, você solta um suspiro de admiração pelo modo que os objetos à distância, que seriam invisíveis a olho nu, são perfeitamente visíveis. Não leva muito tempo para perceber que este telescópio está apontado para a fronteira das terras de Lendle e em direção ao reino de Femphrey. Com apenas alguns ajustes, consegue focar na vila devastada de Vastarin, enquanto seus habitantes trabalham duro para tentar reparar todo o dano causado pelo temporal. Mas então você vê algo, muitos quilômetros ao norte de vila, algo que brilha como ouro por entre a massa de nuvens pesadas. Cuidadosamente ajustando o anel metálico, você tenta ajustar o foco no objeto... e mal consegue acreditar nos seus próprios olhos.

Lá, no centro da tempestade, está um gigantesco peixe, feito de madeira, latão e tecido. A cauda enorme é um leme, e as barbatanas são imensas asas, seus olhos brilhantes de cristal são bolhas de observação. Você não estava vendo coisas absurdas após a sua batalha contra o elemental do gelo lá em Vastarin. Realmente havia uma enorme máquina voadora em forma de peixe (recupere 1 ponto de SORTE)! Mas como poderia algo feito de madeira e metal voar dessa maneira? Deve haver alguma forma de feitiçaria envolvida. E então, o estranho veículo some, engolfado pelas nuvens. Depois de experimentar uma revelação tão inacreditável, você vai:

Olhar mais atentamente para os projetos?	Vá para 289
Descer aos níveis inferiores da torre e explorar o subsolo (caso ainda não o tenha feito)?	Vá para 160
Deixar a torre de uma vez, tendo visto o suficiente?	Vá para 398

240

"Se estiver pensando em viajar num desses carrinhos de mina, então é mais burro do que eu já achava que tu era, e vai ter que seguir por conta própria daqui para frente!", Brokk bufa. Agora retorne a 290 e faça sua escolha, mas, se escolher seguir pelo carrinho de mina, remova Brokk de sua *ficha de aventura* e não será possível continuar consultando o anão conforme continua explorando a mina.

241

Agachando-se por baixo da guarda do gigante, você dá uma pancada em sua placa peitoral que se abre e revela um conjunto de três cilindros metálicos, cada um contendo todos números de 0 a 9. Você tem apenas uma chance de girá-los para a configuração correta. Se souber o código, some 100 ao número e vá para o parágrafo correspondente. Se não souber de código algum, o Imparável te derruba com uma de suas pancadas de marreta, usando seus punhos de ferro. Perca 3 pontos de Energia, volte para **262** e termine a luta contra o gigante de aço.

242

A besta monstruosa se joga em sua direção, toda sua massa enorme cheia de tentáculos e pinças crustáceas. Agora você tem uma suspeita do que isso se trata... tão raros são de serem vistos que adquiriram a posição de criaturas míticas. São seres apavorantes, inteligentes e com dezenas de patas que não podem ser encontrados em outro lugar de Titan. Alguns os chamam de Decapi, outros chamam de Antigos, mas para os poucos infelizes que realmente encontram com eles, é suficiente dizer que são horrores do abismo!

Mais uma vez é necessário lutar por sua vida. Se sobreviver a esse encontro, esta será uma luta lembrada pelo resto de sua vida.

HORROR ABISSAL   Habilidade 10   Energia 12

Se perder uma rodada de combate, role um dado e consulte a tabela abaixo para ver que dano sofre (é possível usar sua SORTE para reduzir qualquer dano sofrido de forma normal).

ROLAGEM	DANO SOFRIDO
1-2	Garras destruidoras: a criatura acerta você com uma de suas pinças terríveis. Perca 2 pontos de ENERGIA.
3-5	Tentáculos esmagadores: o monstro te agarra com um de seus tentáculos borrachudos. O ataque causa apenas 1 ponto de dano à ENERGIA, mas pela próxima rodada de combate você deve reduzir sua força de ataque em 1 ponto, já que está tentando livrar-se do agarrão.
6	Bico esmagador: se o monstro já estiver agarrando você, ele o leva até o bico e dá uma mordida terrível; role um dado e perca aquela quantidade de pontos de ENERGIA. Entretanto, se o monstro não tiver te agarrado ainda, role novamente na tabela para dano; se rolar 6 novamente, a criatura te morde conforme a descrição.

Se conseguir derrotar esse pesadelo, você enfim consegue chegar ao Templo Submerso. Vá para **222**.

Enquanto vasculha os livros e papéis na mesa-mapa, você ouve o estranho som de engrenagens girando e o chiado de pistões. Uma criatura de aparência horrenda emerge de trás dos livros em uma das estantes na frente do seu rosto. É uma mistura confusa de metal e pele que parece argila. Sua aparência lembra a de um pequeno diabrete com chifres e asas, porém metade da cabeça é metal exposto, uma das asas é uma construção dobrável feita de couro e latão, e uma perna e braço são completamente metálicos. Sua presença demorada na cabine de Balthazar Sturm atraiu a atenção de uma de suas curiosas criações tecnomânticas. Será necessário enfrentar o Tecno-Homúnculo.

TECNO-HOMÚNCULO Habilidade 9   Energia 6

Se destruir o construto parte mecânico, parte mágico, o golpe final o faz desintegrar em uma explosão dramática de raios — muitos acertam os papéis pela câmara, que então entram em combustão. O caminho para a outra porta de madeira agora está bloqueado pelas chamas crescentes (adicione 1 ponto ao seu *marcador de dano* e anote que começou um incêndio em sua *ficha de aventura*). Correndo para fora da cabine pessoal de Sturm, decida para onde deseja ir a seguir. Vá para **54**.

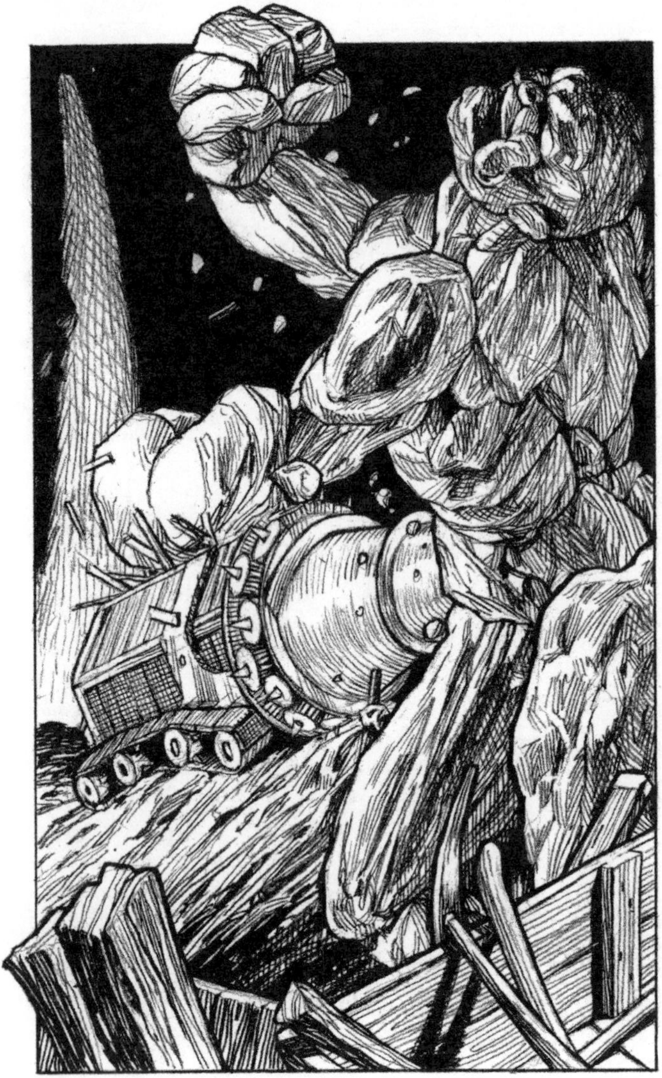

244

Ouvindo o ronco profundo de um motor, você gira em seus calcanhares para ver a Toupeira vindo em sua direção com tudo — Brokk, o anão, nos controles. Sua expressão está contorcida em concentração intensa conforme dirige a máquina de perfuração em direção ao elemental da terra, a perfuratriz chiando alto enquanto pega velocidade. E então os dois colossos colidem, um gigante de pedra e rocha e uma engenhoca de latão e madeira.

Enquanto você assiste, a ponta da Toupeira abre um enorme buraco no flanco do elemental. Rugindo de raiva, o gigante agarra a máquina de escavação e a arremessa contra uma parede da câmara. O aparato explode em uma nuvem de farpas da madeira e componentes metálicos, e Brokk cai inconsciente no chão. Se lutar contra o elemental da terra no futuro próximo, reduza o valor de HABILIDADE dele em 3 pontos e o de ENERGIA em 8 pontos. Recupere 1 ponto de SORTE e retorne a 316 para decidir suas próximas ações.

245

O túnel que você está seguindo acaba levando a uma série de degraus talhados na rocha e que levam para baixo em direção ao próprio núcleo do vulcão. A escada leva a uma câmara. Abaixo há um lago enorme de magma borbulhante. Você usa toda sua força para não sucumbir ao calor exaustivo do aposento. A escadaria cortada na própria rocha chega ao fim com uma intrusão de rochas negras que simplesmente se projeta do lago fervente. Mais alguns degraus abaixo, idênticos aos que já desceu, levam a uma outra intrusão do lado oposto da câmara natural, que parece quente sob seus pés. Aproximando-se da rocha negra que parece um altar, logo no fim da incursão, é possível ver seis buracos com formas curiosas encavados no topo dela.

De repente, o magma se remexe violentamente e uma coluna de fogo sobe vinte metros no ar escaldante da câmara. Você se encolhe instintivamente, usando seus braços para se proteger das chamas poderosas. O pouco que consegue ver através da luz ofuscante é que a torre incandescente vai alargando e tomando uma forma mais ou menos humanoide, como um gênio feito de brasas. Uma voz, como o rugido de uma fogueira trepidante, ecoa por toda a câmara magmática. "Quem ousa profanar este santuário ao Deus do Fogo?", o elemental vocifera, fazendo você sentir um hálito insuportavelmente quente em seu rosto.

Falando com segurança, você se apresenta ao elemental, tendo de gritar para ser ouvido por entre as chamas e o magma borbulhante, e então explica o porquê de estar enfrentando os perigos do Monte Pira para alcançar o altar do Deus do Fogo.

"Tu ousas demandar o auxílio de um verdadeiro servo do Ardente?", ruge o elemental do fogo. "Então pagará por sua audácia com sua vida imprestável!"

Será necessário agir rapidamente se quiser evitar ser carbonizado vivo pela entidade furiosa. Se tiver seis cristais do fogo, transforme as letras associadas a cada um deles em números usando o código A=1, B=2, C=3...

Z=26. Some os números e vá então para o parágrafo cujo número for o mesmo do total dessa soma. Se o parágrafo não começar com as palavras "Invocando o poder do Deus do Fogo", ou se não tiver seis cristais do fogo, vá para 214.

246

A caverna se abre em outra menor, mas o que vê aqui te causa calafrios. Se havia qualquer dúvida que esse local era o covil de alguma besta monstruosa ou coisa do tipo, não há mais. No centro da caverna está um ninho construído dos ossos embranquecidos de animais mortos, e alguns pertencem a humanos. O abrigo é tão grande quanto uma carroça, e se arrastando dele, piscando desconfortavelmente sob a luz de sua lanterna, há quatro criaturas reptilianas horríveis. Seus corpos são cobertos de escamas negras e rastejam sobre patas com garras. Também possuem esporões de asas crescendo dos ombros, enquanto suas cabeças sauroides estão cheias de presas afiadíssimas. Os filhotes grasnam assim que te percebem, sentindo que uma nova refeição acabou de chegar. Movendo-se mais rapidamente do que parecem, os pequenos dragonetes disparam através da caverna e atacam. Sylas e seu cão de caça enfrentam dois dos filhotes, e para você sobra um par.

	Habilidade	Energia
Primeiro DRAGONETE	7	7
Segundo DRAGONETE	6	7

Se matar os pequenos dragões, vá para 32.

247

Passando pela larga passagem de pedra, você emerge em um grande aposento circular que forma todo o térreo da torre. O espaço não possui qualquer forma de decoração, mas está cheio de entulho e outros tipos de escombros de todo tipo, desde pedaços de metal retorcido a vigas do que parecem ser os restos de algum maquinário anão movido a vapor. Do lado oposto da sala, há um arco que leva a uma escadaria de pedra espiral. Se a torre der alguma resposta sobre a origem da tempestade devastadora e da bizarra máquina voadora, você não as encontrará aqui. Com a determinação de explorar outro lugar, você começa a travessia da câmara cheia de detritos.

Com a cacofonia de batidas e tinidos, a pilha do que não parecia ser nada mais do que sucata metálica começa a se juntar e tomar uma outra forma, mais óbvia dessa vez. Soprando vapor, com um chiado alto dos pistões e o tilintar dos membros feitos de vigas, a amálgama incrível dessas partes se levanta do meio do entulho. Você prefere esperar e encarar a coisa que está se formando (vá para **67**) ou prefere tentar correr até o arco e a escadaria espiral antes que a transformação esteja completa (vá para **197**)?

248

As aves estúpidas pensam que você está atrás da refeição delas e não vão deixar seu banquete sem uma briga. Batendo suas asas furiosamente enquanto grasnam com rancor, os abutres avançam em sua direção, tentando bicar com agressividade ou atacar com suas garras cruéis. Lute contra duas das aves por vez.

	HABILIDADE	ENERGIA
Primeiro ABUTRE	7	6
Segundo ABUTRE	6	6
Terceiro ABUTRE	6	5

Assim que tiver matado dois pássaros, o último fugirá voando, preferindo sobreviver do que se sacrificar. Vá para **228**.

249

O túnel continua indo para a esquerda em seu caminho para o interior do vulcão até que finalmente chega ao fim em uma pequena caverna. As paredes são iluminadas com um brilho vermelho. No chão do lado mais extremo da câmara há o esqueleto enegrecido de algum tipo de grande criatura reptiliana, mas se pertence a um basilisco, uma salamandra ou outra coisa, não é possível saber. Dentro da jaula formada pelas costelas desses ossos está um cristal de quartzo em formato de prisma, que brilha com a mesma coloração que ilumina as paredes da caverna. Se quiser adentrar a câmara para pegar o cristal, vá para **269**. Se preferir voltar por onde veio até a última junção, vá para **319**.

250

O sopé da Serra do Dente-da-Bruxa vai ficando cada vez mais próximo. A cordilheira que separa Femphrey do reino de Gallantaria ao norte é um paredão impiedoso de rochas escuras. Nuvens pesadas vão se juntando sobre os picos irregulares, alguns dos quais estão constantemente cobertos de neve. Sua impressão é ter visto uma figura negra e com asas voar sobre um ponto a mais ou menos cinco quilômetros a oeste. Será necessário redobrar a atenção nessa terra selvagem. É de tarde quando você chega à vila de Clasto.

Durante suas viagens, boatos e rumores mencionavam esse local várias vezes. O rumor é que o lugar foi dizimado por uma série de terríveis terremotos. O boato é que foram causados por um elemental da terra de temperamento agressivo aprisionado debaixo das montanhas. Mas, independente da verdade sobre o assunto, não há qualquer dúvida de que uma tragédia ou coisa do tipo se abateu sobre a vila.

Por onde quer que olhe é possível ver dano estrutural às construções, tetos colapsados, paredes derrubadas, vigas de madeira partidas. Um ou dois casebres desabaram um sobre o outro, enquanto outros parecem estar a ponto de desmoronar a qualquer momento. Os aldeões te lançam um olhar tristonho, cheios de preocupação, enquanto continuam reparando o dano causado da melhor forma que podem.

Conforme vaga por Clasto, uma pequena multidão começa a te acompanhar. Talvez seja a espada magnífica embainhada na sua cintura que os tenha atraído, mas também é bem possível que alguns deles tenham simplesmente te reconhecido. Afinal, o herói de Tannapólis é conhecido por todo o reino de Femphrey e além.

Não demora muito para que sua presença atraia a atenção de uma liderança local. É um indivíduo com um peito largo, uma barba ruiva muito forte e braços musculosos que mais parecem toras de madeira. O avental de couro que usa, com marcas de queimadura e manchas de fuligem, indicam que também é o ferreiro local.

"Ora, ora, ora. Mas que honra nós temos hoje!", ele diz, te fitando com os olhos espremidos. "Ter o herói de Tannapólis entre nós! Eu sou Arturo, o ferreiro, e você se encontra na vila de Clasto. O que podemos fazer por você?", pergunta de forma suspeita.

Não há nenhum motivo para esconder qualquer coisa desse homem, visto que ele pode ajudá-lo, então você conta tudo.

"Bem, me parece que a solução para o seu problema poderia ser a salvação de Clasto também" e finalmente ele se abre. "Mais acima nas colinas fica a entrada para uma mina anã. É dito que encontraram algo enterrado lá no fundo, em uma escuridão muito abaixo da terra. Alguns dizem que foi um elemental da terra, outros que foi um dragão, e alguns, ainda, que era um portal tenebroso para o reino dos demônios. Mas, seja o que for, fecharam as minas tão rápido quanto puderam e foram embora. Ninguém daqui ousou entrar na mina para tentar descobrir o que tem lá embaixo, mas os tremores e terremotos vem pioraram, e logo alguém vai ter que descer lá.

"Mas, se você já está planejando uma expedição própria para a escuridão das profundezas, recomendo que leve um guia contigo. Um dos anões que costumava trabalhar na mina mora por essas bandas. O nome dele é Brokk e passa a maior parte do tempo fazendo cervejas agora. Talvez você consiga convencê-lo a te guiar pela mina, se tiver moedas para isso".

Você agradece a Arturo pela ajuda. E agora, seguirá diretamente para a mina anã sozinho (vá para **190**) ou irá procurar esse tal de Brokk, o cervejeiro (vá para **57**)?

251

Conforme os restos derretidos do monstro de lava afundam novamente dentro do fluxo escaldante, você pula da última pedra para uma margem distante do rio infernal. Entre o monte de pedras é possível ver um cristal que brilha com um fogo interior. Olhando mais perto, é possível ver a letra L no interior das chamas (se quiser pegar o cristal de fogo, adicione-o a sua *ficha de aventura*, assim como sua letra).

Então você decide não enrolar mais, para evitar mais bestas de magma emerjam do rio de lava e entra na bocarra de um túnel maior. Mal entrando nele e chega a mais uma bifurcação. Uma nova passagem mais estreita sai em um ângulo reto do túnel anterior. Se quiser seguir essa nova rota para adentrar mais no vulcão, vá para **344**. Mas, se quiser continuar no túnel mais largo, vá para **274**.

252

Encaminhando-se para as impressionantes docas de Chalannaburgo, é perceptível que há algo de errado quando você vê o que parece uma floresta de mastros acima do nível dos telhados dos prédios que cercam o grandioso porto da cidade. O ancoradouro está lotado com todos os tipos imagináveis de embarcações, tudo desde grupos de traficantes escravagistas a galeões piratas. Há um fluxo constante de navios partindo em viagem daqui para os continentes distantes de Allansia e Khul, com uma quantidade parecida viajando para Chalannaburgo de outros lugares do mundo... mas hoje não. Todos esses barcos estão no porto e não dá para ver nem mesmo uma pequena escuna no mar aberto, além das muralhas deste atracadouro.

Logo você descobre o porquê, quando cruza o caminho de um velho e mal-humorado lobo do mar, sentado no cais e palitando os dentes com uma farpa de sua perna de madeira. "São as tempestades, sabe? Tem cada vez mais, e tão ficando piores, ameaçando as rotas marítimas. Tem gente falando que as grandes enguias estão atacando mais também. Se você estava pensando em se lançar ao mar hoje, é melhor esquecer!"

O dia se arrasta, enquanto você implora a todos capitães que encontra para levarem você ao mar. Quando suas esperanças de encontrar alguém que esteja disposto a ajudar começam a desaparecer, você fica sabendo da temível capitã Katarina. A reputação dela é quase tão conhecida quanto a sua, entretanto ela é conhecida particularmente por sua imprudência. Sua aparência é exatamente o que alguém imaginaria de uma mestra bucaneira, vestindo calças de couro largas e práticas e um colete finamente bordado. Uma cimitarra está embainhada a seu lado, e seus exuberantes longos cabelos negros estão amarrados com uma fita de seda khuliana em um rabo de cavalo, enquanto um tapa-olho cobre a órbita de seu olho esquerdo, perdido em uma luta contra um caranguejo gigante.

Não há nada a perder em contá-la sobre a sua missão, na esperança vã de que ela concorde em te ajudar por conta da bondade no coração dela. "Sei bem onde é esse lugar que procura, e posso te levar até lá", diz a capitã. "Tudo que peço em retorno é metade de qualquer coisa que traga das profundezas". Sendo a melhor proposta que imagina conseguir, você concorda; a nau da capitã Katarina, o Tempestade, parte assim que possível.

Menos de um dia no mar e uma densa névoa surge como se vinda de lugar nenhum. Ela se move em direção ao barco como se possuísse algum propósito sinistro, até que sua massa de gases amarelentos ameaça engolfar o Tempestade por completo.

A capitã Katarina parece preocupada. "Eu nunca vi algo assim antes", ela diz. "Isso não é um nevoeiro marinho comum. Há algum tipo de bruxaria envolvida, posso jurar". Você sabe que ela está certa, é possível sentir a Ceifadora de Wyrms vibrando em sua bainha, mas o que vai fazer sobre isso? Se tiver Próspero Encantamar com você, vá para **272**. Se tiver o Chifre de Caça e quiser assoprá-lo, vá para **292**. Se nenhuma dessas condições for aplicável, não há outra opção exceto encarar a neblina sobrenatural com sua espada em riste (vá para **332**).

Enquanto está levantando a cúpula de vidro, você finalmente percebe padrões em forma de raios adornando as irregulares asas das borboletas, porém, quando nota isso, é tarde demais. Quando os insetos aparentemente inocentes batem suas asas, um vendaval começa a soprar pela abertura arqueada nesta sala. Em poucos segundos, ventos bravios estão circulando pelo aposento, levantando a cúpula, o pedestal e até mesmo você, circulando tudo nos ares como se estivessem no coração de um ciclone. Em seu estado indefeso, você é jogado contra as paredes, o piso e o teto. Role um dado, some 1 ao resultado, e perca essa quantidade de pontos de Energia (se hoje for Dia do Vento ou Dia da Tempestade, também sofre 1 ponto adicional de dano de Energia). As borboletas escapam da sala pelo arco e apenas então os ventos começam a se acalmar novamente, permitindo que você se levante e cambaleie para o resto da torre. Vá para **281**.

254

Esse novo túnel vai fazendo curvas até que você para de sobressalto na beira de um terrível precipício. Os restos da ponte de pedra estão quebrando das laterais do abismo e caindo lá embaixo no rio de lava, cujo nível está muito mais alto do que da última vez que esteve aqui. Suas esperanças de escapar por esse caminho acabam em um instante. Não há outra escolha exceto voltar e seguir por outro caminho, rezando aos deuses que uma rota alternativa de fuga vai se apresentar. Adicione 1 a seu *marcador de tempo* e vá para 304.

255

Com um guincho horrendo, a forma alada monstruosa ascende do abismo abaixo da plataforma. Com quase dez metros de comprimento, ela possui duas pernas que terminam em garras poderosas e um par enorme de asas de dragão. As escamas negras que cobrem seu corpo fornecem uma iridescência sombria. Então você vê que a corrente termina em uma argola metálica presa em uma das patas da criatura. O wyvern não está feliz de vê-lo nesta plataforma, em vez de seu mestre, e, soltando mais um grasnido, avança contra você com seu focinho repleto de dentes. Mais uma vez, será necessário lutar.

WYVERN NEGRO   HABILIDADE 9   ENERGIA 10

Como os movimentos da fera estão restringidos pela corrente, após ter lutado 3 rodadas de combate, você pode fugir subindo novamente a escadaria. Vá para **285**.

256

Você chega ao topo da pilha sem nenhum incidente. Porém, não é o topo ainda. Na verdade, você se encontra na frente de um arco natural para dentro da construção. Cuidadosamente adentrando, você se encontra em um espaço como um domo dentro da própria rocha. O vento sopra por entre outras ranhuras na pedra e um conjunto de degraus, que parecem ter sido escavados na rocha em si, levam a um dossel de arenito vermelho. De pé neste local está uma figura encoberta por um manto, se agitando e batendo com o vento. O capuz esconde o rosto da figura completamente.

Uma voz feminina é transportada pelo vento até você, não mais do que um suspiro baixo. "O que deseja com a Guardiã dos Quatro Ventos?", a voz indaga. Você responderá que está buscando por auxílio (vá para **108**), ou irá sacar sua espada e avançar contra a figura encoberta (vá para **90**)?

257

Você se aproxima cuidadosamente do esqueleto do capitão, e isso é tão desafiador em morte quanto deve ter sido em vida. Seu coração começa a bater tanto que parece que vai sair pela boca, enquanto você levanta cuidadosamente a chave do pescoço do capitão. Mas não há nenhum motivo para se preocupar, pois os ossos não se animam para tentar executar sua vingança ou qualquer outra coisa (adicione a chave dourada a sua *ficha de aventura*, anotando que esta possui 17 "dentes"). Agora é possível deixar a cabine do capitão, mas você irá explorar o resto do casco do navio (vá para **217**) ou abandonar o galeão afundado e seguir para a fissura (vá para **6**)?

258

Duas portas levam para fora do pequeno convés superior da nave, uma para a popa da embarcação marcado com o símbolo de um floco de neve, e a outra porta para a proa possui uma versão simplificada de um sol encravada nela. Escolhendo um lugar que ainda não tenha estado, você vai:

Abrir a porta com o floco de neve?	Vá para **236**
Abrir a porta do sol?	Vá para **213**
Deixar o convés superior e explorar outro lugar?	Vá para **391**

259

Você entra uma câmara aberta na parte traseira da nave. Uma armação de madeira ocupa o espaço e parece estar presa a diversas polias e um enorme molinete. Tudo está interconectado às partes que formam por um complicado sistema de cordas. O ranger de madeira e o barulho da tensão das cordas preenche o ambiente. Até onde consegue compreender, isso deve ser parte do mecanismo de pilotagem do Olho do Furacão. Mas qual seria a melhor maneira de causar o máximo de dano possível aqui? Você vai procurar algo que possa ser usado para emperrar o molinete de alguma forma (vá para **275**), ou vai cortar as cordas interconectadas com sua espada (vá para **288**)?

260

"Eu lembro desse lugar", Brokk se intromete. "Nós acabamos encontrando uma infestação de devoradores de ferro aqui embaixo. Havia o boato de algo ainda maior; uma coisa muito pior. Minha sugestão é que a gente saia daqui o mais rápido possível", diz o anão, apontando para o caminho à esquerda no cruzamento. Agora volte para **310** e decida que caminho vai seguir adiante.

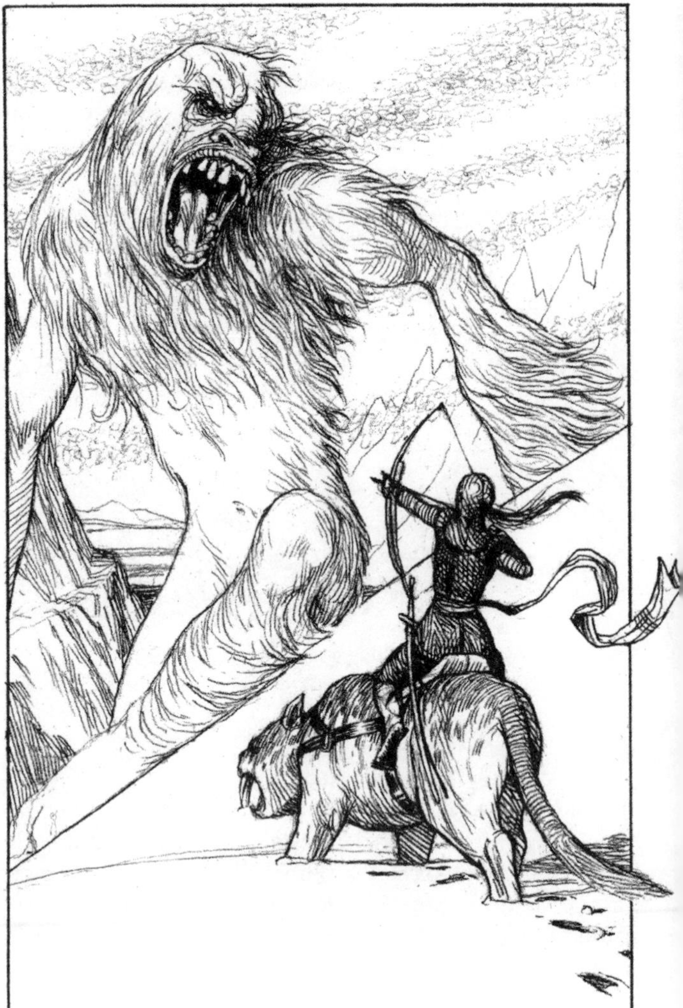

261

Em um segundo, a Ceifadora de Wyrms está nas suas mãos novamente. Com um grito bestial, o Iéti se mostra. Suas presas a mostra, a criatura se move como um gorila em sua direção através da nevasca. Conforme se aproxima da caçadora e de você, ele se apoia sobre as pernas traseiras, para sua altura máxima de quatro metros, e então bate em seu peito em uma tentativa de intimidação bruta... que funciona muito bem!

Rosnando, Presa se arremessa sobre a besta enorme, mas, em sua frente, o Iéti pega o felino em suas garras e arremessa o tigre dente-de-sabre para trás. Larni cai da cela com um grito, caindo de mal jeito sobre a neve, enquanto sangue verte de uma ferida terrível na lateral do animal. Então o monstro vira sua atenção para você!

| IÉTI | HABILIDADE 10 | ENERGIA 12 |

A não ser que esteja usando o Talismã Solar, é necessário reduzir sua força de ataque em 1 ponto pela duração desse combate. Se o Iéti ferir você, role um dado. Se não estiver usando o talismã solar, numa rolagem de 4-6, as garras frígidas causam 1 ponto de dano adicional à ENERGIA, e em um resultado de 6 irá drenar 1 ponto de HABILIDADE também. Se vencer a fera selvagem, vá para **374**.

262

Os olhos de lanterna têm um brilho escaldante, uma máquina imparável vem em sua direção como algum tipo terrível de engenho de guerra bípede. Mais uma vez você está lutando pela sua vida!

| IMPARÁVEL | HABILIDADE 11 | ENERGIA 16 |

Se souber uma maneira de desativar o Imparável e vencer duas rodadas de combate em sucessão, vá para **241**.

Se não, ou nunca conseguir vencer duas rodadas de combate em sequência, mas ainda estiver vivo, vá para **156**.

263

Você viaja ao sul por mais um dia (avance o dia da semana em 1), sem ver nenhum outro sinal de vida exceto pelas aves carniceiras voando ao longe. Tendo passado a noite sob as estrelas, não muito após o amanhecer, você chega a uma característica marcante da paisagem: uma colossal fratura que se estende até onde os olhos alcançam coberta por terra ressecada, o Cânion dos Gritos — que possui um nome bem merecido, pois os ventos que sopram das Planícies Uivantes são canalizados para dentro das fendas labirínticas da fissura, produzindo uivos e gritos sinistros, como se demônios rodassem pelo local. Algo te faz sentir que o auxílio que busca está em algum lugar dentro desse labirinto de gargantas e ravinas ramificadas. Você corajosamente ruma para o interior do cânion. Sem ter avançado muito, você chega a uma bifurcação por entre os penhascos imensos. Você vai seguir pelo caminho da esquerda (vá para **303**) ou para a roda da direita (vá para **283**)?

264

Esporando suas montarias adiante em um galope, os dois cavaleiros avançam sobre você, com os sabres em mãos. Lute contra ambos guerreiros ao mesmo tempo.

	HABILIDADE	ENERGIA
Primeiro CAVALEIRO	8	7
Segundo CAVALEIRO	7	7

Se vencer a batalha e tiver durado por 12 rodadas de combate ou menos, vá para **277**. Se o combate durar mais de 12 rodadas de combate, conforme a luta se estende, outra patrulha aparece. Vá para **205**.

265

Cuidadosamente, você pisa na ponte estreita. Mal seus primeiros passos foram dados quando se ouve algo quebrando e você sente as rochas se movendo abaixo dos seus pés. Sem pensar duas vezes, você dispara em corrida, não ousando desviar os olhos do arco à frente. Ainda faltam muitos metros para chegar ao final da ponte e à segurança quando tudo desmorona de uma vez. Com um esforço hercúleo, você se arremessa para frente. Role três dados. Se o total dos resultados for menor ou igual a seu valor de ENERGIA, o salto foi bem-sucedido, caindo do lado extremo da ponte (vá para **185**). Se o total for maior que o valor de ENERGIA, vá para **225**.

266

Quando deixa a torre, encontra Inigo Crank já te aguardando do lado de fora. A mochila dele está lotada de projetos e um número de modelos de sua oficina de trabalho.

"Não há tempo a perder, Sturm está com uma vantagem de vários dias à sua frente", diz o engenheiro. "Ele conjurou quatro elementais maiores no interior do motor elemental da máquina voadora para fornecer uma fonte de energia e mantê-la no ar. Se quiser ter alguma esperança de pará-lo, assim como seu motor climático, terá de encontrar meios de sobrepujar esses elementais. Procure em lugares em que os quatro elementos, terra, ar, fogo e água, estão em sua maior concentração".

"E onde há lugarem assim?", você pergunta.

"Bem abaixo das montanhas da Serra do Dente-da-Bruxa, nas terras açoitadas pelos ventos das Planícies Uivantes, no coração do Monte Pira, o vulcão que fica na fronteira montanhosa com Mauristatia, e nas profundezas abaixo do Mar de Enguias. Agora, se apresse! Toda Femphrey está em perigo e você deve partir logo. Eu te acompanharia, mas minha presença apenas te atrasaria ainda mais".

Você concorda com o ancião que não há tempo a perder, então para onde irá começar sua busca por um meio de derrotar os elementais invocados por Sturm?

> Para o norte, em direção
> às montanhas que formam
> a Serra do Dente-da-Bruxa? Vá para **115**
>
> Para o Monte Pira,
> que fica ao leste do reino? Vá para **309**
>
> Para o sul de Femphrey,
> nas sempre ventosas Planícies Uivantes? Vá para **83**
>
> Para o fundo do Mar de Enguias,
> além da costa oeste de Femphrey? Vá para **13**

267

Sturm cambaleia para longe de você, pouco mais do que brasas carbonizadas agora, e então se transforma novamente. Enquanto começa a crescer, sua pele vai se endurecendo, até que está em sua frente um gigante de três metros de altura feito de terra e pedra. Com um rugido que mais parece um deslizamento de terra, o Colosso avança em sua direção. Mas como lutar contra algo feito de terra sólida? Se ao menos fosse possível lavá-la por completo da mesma forma que o mar faz com as pedras...

Se tiver a Concha dos Mares e souber o nome de um elemental da água que possa ajudá-lo, transforme esse nome em um número usando o código A=1, B=2, C=3... Z=26. Some todos os números e vá para o parágrafo com o mesmo número resultante. Se não, vá para **8**.

268

Você se preparou cuidadosamente para derrotar o elementalista ensandecido, e o sucesso pode estar muito perto do seu alcance (some 1 ponto de SORTE, mesmo que isso te leve a um valor de SORTE superior ao seu valor *inicial*). Entretanto, ainda é necessária uma forma de acessar a Máquina Climática de Sturm. Como pretende realizar tal feito?

Se quiser usar a poção de levitação, vá para **207**. Se souber o nome de um elemental do ar e quiser convocá-lo, transforme seu nome em um número (usando o código A=1, B=2, C=3... Z=26 e somando os números), dobre o número resultante e some 10, então vá para o parágrafo de mesmo número. Se tiver o código Susagep em sua *ficha de aventura*, vá para **128**. Se só tiver o código Noollab, vá para **149**. Se não tiver nada disso, vá para **107**.

269

Você entra lentamente na câmara, a rocha abaixo dos seus pés rachando um pouco a cada passo. Com cuidado, você estica a mão por entre as costelas do esqueleto carbonizado e recolhe o cristal. Seu coração quase para quando aquela ossada repentinamente desmorona sobre você, estes batendo e fazendo uma imensa barulheira contra as pedras. Seu corpo congela, esperando para ver se algo ouviu todo esse som. Quando nada entra na caverna para investigar o que causou todo aquele barulho, você solta a respiração que estava prendendo em um suspiro longo e analisa melhor o cristal. Em seu interior queima uma chama, que forma a letra F (adicione o cristal de fogo e a letra dele em sua *ficha de aventura*). Intrigado pelo que encontrou, você deixa a caverna e retorna à última junção. Vá para **319**.

270

Você coloca o último cilindro na posição, fecha a placa peitoral e dá mais um passo cuidadoso para longe do homem metálico. Um barulhinho vindo do interior do golem vai aumentando em tom e então, com uma grande quantidade de batidas e chiados dos pistões, o autômato fica de pé.

Muito mais alto que você, o topo da cabeça dele arranha o teto do porão da nave. E então para novamente, apesar da faísca de eletricidade presa nele continuar a acender os olhos cristalinos. Não importa o que fará a seguir, seja balançar suas mãos na frente do rosto dele, dar comandos verbais ou bater em sua placa peitoral, o golem continua parado como se estivesse esperando algo (coloque o código Notomutua à sua *ficha de aventura*). Louco para saber o que é necessário para fazer o construto voltar a se mover, você escala de volta pela escada enferrujada para a parte principal da estranha nave, tendo aceitado o fato de que terá e esperar para ver. Vá para 54.

271

Muldwych, o monge louco, olha para as palmas de suas mãos, para os seus olhos e até pede para que você bote a língua para fora e diga "Aaah!".

"Bem, isso não parece nada bom", ele diz finalmente, com um suspiro de tristeza. "Tudo que vejo é perdição no resto de sua missão. Nada além de perdição. Perdição, perdição, perdição!"

As palavras desse profeta da perdição te enchem de pavor e você começa a se questionar se irá em algum momento alcançar aquilo que partiu para realizar. Perca 1 ponto de Sorte. Muldwich não tem mais nada a oferecer, e então você e o monge louco se separam, continuando por caminhos diferentes.

Algum tempo depois você consegue atravessar o pântano. Achando o caminho bem mais fácil agora, você segue estradas de terra que passam por campos de macieiras e de tulipas cuidadosamente mantidos a caminho de Chalannaburgo. Avance o dia da semana em 3 e vá para 50.

272

De pé na proa do navio, o feiticeiro levanta suas mãos contra a neblina que vem se aproximando e começa a traçar um feitiço. Enquanto assiste, os traços de uma face maligna se formam no nevoeiro. Uma expressão de esforço contorce o rosto de Próspero enquanto enfrenta a bruxaria que controla o elemental de névoa. E então o combate místico acaba, e a neblina é dispersada, deixando a nau Tempestade livre para continuar sua jornada através do mar. *Teste sua Sorte*. Se for sortudo, vá para 359. Se for azarado, vá para 147.

273

Descendo mais uma passagem inclinada, você chega a uma caverna final. É circular e está lotada de vários pedregulhos imensos, que dão a impressão de terem sido trazidos até aqui pela ação de incontáveis terremotos. Veios cristalinos dentro das paredes brilham fosforescentes; os estranhos minerais emitem luz que banha todo o lugar com uma luz pálida branca. Porém, outra coisa chama a sua atenção: pousado sobre um pedestal de pedra, no meio desta câmara, está uma figura bruta de argila. Aproximando-se da base de rocha é possível ver melhor.

A estatueta é bem feia, com não mais de 30 centímetros de altura, presa com anéis de cobre verde. Encravadas em ambos estão as seguintes palavras: "quebre os elos que me prendem". Você sente que encontrou aquilo que vinha buscando, mas o que fará com a estatueta agora? Se quiser arrebentar os anéis de cobre, vá para **316**. Se quiser levar a estatueta com os elos intactos, vá para **293**.

274

A passagem continua se alargando até que se torna a entrada para uma vasta caverna. Muito acima de você, o teto rochoso desta câmara está coberto de fumaça densa, e a razão para isso logo fica clara quando você percebe uma enorme forma serpenteante com escamas carmesins se arrastando por entre uma elevação de basalto ígneo. Você estaca abruptamente e pega sua arma. O som das escamas roçando contra o pilar rochoso é repentinamente abafado por um terrível rugido. Vindo de trás de uma outra protuberância aparece a cabeça do monstro. É um grande wyrm. Conforme a criatura avança em sua direção, cuspindo chamas e fumaça, é possível ver o resto de seu corpanzil enorme e ofídico, com pelo menos quinze metros de comprimento. Asas negras se desdobram de suas costas, enquadrando uma cabeça chifruda. Se quiser tentar escapar do Wyrm do Fogo, vá para **294**; caso não queira, a única opção que sobra é lutar contra ele.

WYRM DO FOGO   Habilidade 9   Energia 11

Se o Wyrm do Fogo vencer em uma rodada de combate, role um dado; em uma rolagem de 5-6, ele cospe chamas, causando 4 pontos de dano de Energia. Se conseguir um jeito de derrotar o monstro, vá para **314**.

275

Quebrando um pedaço útil de madeira da parte interior do casco, você enfia a tábua firme entre os dentes de fixação do molinete. O mecanismo protesta conforme tenta continuar girando, até que simplesmente para. Você travou com sucesso o Olho do Furacão em sua rota atual (adicione 1 ponto ao seu *marcador de dano*). Seu trabalho aqui acabou, volte pela escadaria. Vá para **54**.

276

"Zéfiro!", você grita enquanto cai vertiginosamente através das nuvens de tempestade que cercam a agora condenada Máquina Climática. Acima do som do vento passando rápido, você ouve o rugido de um furacão, e então seu corpo começa a ser sustentado pelo que parece uma almofada feita de ar. Você está sendo carregado nos braços com a força de tufão do elemental do ar.

"Tu chamaste e aqui estou", a manifestação do vento do oeste fala grave. "Ordene e o obedecerei".

"Me leva de volta para o chão!", você grita com todas suas forças, contra os ventos que rugem ao seu redor, e rapidamente está novamente em terra firme. Vá para **400**.

277

Assim que seus donos morrerem, as montarias dos lendlerenses fogem, provavelmente voltando ao acampamento. Uma inspeção rápida dos corpos dos cavaleiros revela 2 Provisões em suas mochilas, 5 moedas de ouro ao todo e uma grande Presa de Dente-de-Sabre, amarrada em um cordão de couro; um tipo de amuleto de caçadores (se quiser pegar a Presa de Dente-de-Sabre, adicione à sua *ficha de aventura*). Sem querer ficar mais tempo aqui, caso uma outra patrulha apareça investigando o que aconteceu à anterior, e tendo feito o melhor possível para esconder os corpos dos cavaleiros atrás de um arbusto nodoso, você segue seu caminho com pressa. Vá para **142**.

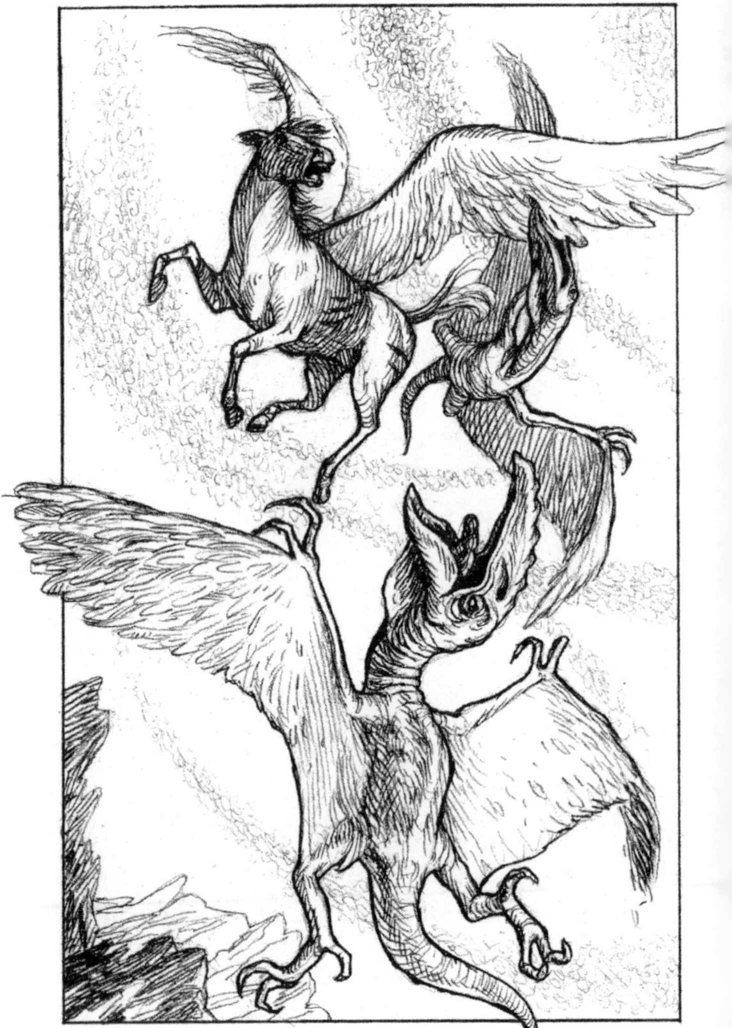

278

Um dia após deixar os barrancos do Monte Pira, a temperatura do ambiente vai caindo constantemente, e quanto mais ao norte você viaja, mais a paisagem começa a parecer que está em um clima similar ao inverno. Tempestades de neve irregulares, sem dúvida causadas pela nave de Balthazar Sturm, cobriram as colinas, vales e florestas com camadas de neve de vários metros de profundidade. Sua viagem passa por várias vilas revestidas de neve, rios gélidos e lagos congelados. Se não estiver usando o Talismã Solar, perca 2 pontos de ENERGIA devido aos efeitos do frio mortal.

Enquanto enfrenta esse tempo terrível, os ventos começam a ficar cada vez mais fortes, soprando flocos de gelo em seu rosto. É então que você ouve um relincho agudo. Olhando para os céus encobertos pela nevasca, é possível ver um impressionante cavalo branco, com enormes asas emplumadas, lutando para se manter no ar enquanto é atacado por duas criaturas monstruosas que são parte ave, parte réptil. Suas asas mirradas e corpo escamado estão cobertos de gelo. Eles estão tentando arranhar o Pégaso com suas patas terminadas em garras, ao mesmo tempo que usam seus bicos afiados para atacar também. O flanco alvo do cavalo alado está manchado de vermelho com o sangue da ferida já aberta pelos pássaros-répteis. Se quiser ajudar o Pégaso, vá para **340**. Se não, você enfrenta a nevasca, deixando a pobre criatura à seu própria sorte. Perca 1 ponto de SORTE, avance o dia da semana em 1, e vá para **250**.

279

Prendendo o gancho em um esporão de pedra, e deixando a corda cair pela borda do penhasco, você começa sua descida cuidadosamente. Quanto mais fundo vai, mais quente se torna; suor começa a escorrer por seu corpo. Mas esse é o menor dos seus problemas. Repentinamente, você sente a corda cedendo e olha para cima. Ela começou a pegar fogo acima de você e uma por uma, as tiras estão queimando. Você tenta subir novamente tão rápido quanto consegue, mas não dá tempo. A corda se parte completamente antes que ficar em segurança, jogando você no meio do rio borbulhante de lava abaixo. Em segundos não há mais nada de você, nem mesmo um esqueleto, já que o Monte Pira te consome. Sua aventura acaba aqui!

280

Ouvindo algo quebrando atrás de você, você arrisca um olhar por cima de seu ombro, e vê a forma imensa do Encouraçado arrancar a porta da câmara de duas dobradiças e forçar para entrar. A figura metálica marcha passando por você e, com o rugir de suas engrenagens, se lança contra o Imparável.

Role o combate entre o Encouraçado e o Imparável, como faria em qualquer outra luta, mas antes faça qualquer alteração necessária nas características do último autômato. Essa com certeza vai ser uma batalha de colossos!

	Habilidade	Energia
IMPARÁVEL	11	16
ENCOURAÇADO	10	12

Se o Encouraçado derrotar o Imparável, as faíscas azuladas nos olhos dele se apagam, a faísca se exaure completamente. O colosso de ferro não lutará por você novamente (recupere 1 ponto de Sorte e vá para **156**). Se o Imparável transformar o Encouraçado em sucata e derrotá-lo, vá para **262**.

281

A escadaria termina na entrada de outro aposento da torre, novamente uma circunferência menor do que a inferior. Esta sala não possui janelas, mas é possível enxergar perfeitamente graças a um brilho azulado vindo de um pequeno frasco feito de vidro e latão que está em uma bancada entre um emaranhado de fios de cobre. Esses cabos conectam-se a um interruptor enorme e faiscante parafusado à parede oposta e, atualmente, está na posição de ligado. Há ao fundo o som de estalos e o ronronar de eletricidade, além disso a sala está com o cheiro pungente de ozônio. Tudo indica que alguém conseguiu uma maneira de capturar eletricidade em um contêiner.

Iluminado pelo relâmpago contido é possível ver uma passagem do outro lado da sala que leva a uma escadaria de pedra em espiral. Então você percebe algo se movendo. Um monte de pequenas formas acocoradas emerge das sobras sob a bancada e por trás das peças de maquinário. Conforme se movem dentro da esfera iluminada pelo incandescente e estranho frasco, você vê que não são maiores do que anões, e parecem estar totalmente cobertas por um macacão de couro e elmos de latão. Por detrás dos vidros tingidos dos olhos do capacete é possível ver o brilho de mais raios presos no interior.

Parece que, se realmente quiser adentrar essa sala e examinar o frasco ou se quiser seguir pela escada do outro lado, terá de lutar com essas criaturinhas estranhas. Se estiver preparado para fazer isso logo, vá para **311**. Se achar que já viu o suficiente, pode simplesmente deixar a torre de uma vez (vá para **398**) ou descer os degraus para os níveis inferiores, se ainda não o tiver feito (vá para **160**).

282

Lançando-se através da água com braçadas poderosas, você chega ao templo. Se tiver o código Retsnom anotado em sua *ficha de aventura*, vá para **200**. Se não tiver, o horror das profundezas desdobra um tentáculo, te agarra firme ao redor dos seus tornozelos e rapidamente começa a te puxar em direção à sua bocarra em forma de bico. Você não tem outra opção exceto lutar. Vá para **242** e, na primeira rodada de combate deve reduzir a sua força de ataque em 1 ponto, enquanto tenta se desvencilhar da besta.

283

O vento murmura enquanto assopra em sua direção pelo desfiladeiro que está seguindo. As rajadas de ar vão ficando cada vez mais fortes até que você dá a volta em um enorme pedregulho para confrontar algo que te deixa surpreso. À sua frente, está uma massa concentrada e rodopiante de poeira e areia, não muito maior do que você. Sem aviso algum, o demônio do pó dançarino avança em sua direção e é o momento de encarar esse espírito do ar territorial.

DEMÔNIO DO PÓ   HABILIDADE 7   ENERGIA 6

Se hoje for Dia do Vento, aumente o valor de HABILIDADE do monstro em 1 ponto e ENERGIA em 2. Por sua forma mutável e insubstancial, é muito difícil causar dano real contra o elemental do ar; qualquer ataque bem-sucedido causará apenas 1 ponto de dano à ENERGIA. Se derrotar a criatura, é possível seguir em seu caminho. Não demora muito até que você chegue a mais um ponto onde os caminhos se separam. Você irá para a esquerda dessa vez (vá para **208**) ou para a direita (vá para **333**)?

284

"Agora, morra!", Sturm berra, sua voz como os ventos bravios de tempestade. Você deve agora lutar contra o furioso Turbilhão!

TURBILHÃO   HABILIDADE 12   ENERGIA 10

Se reduzir a ENERGIA do Turbilhão para 3 pontos ou menos, acontece uma nova explosão de luzes acompanhadas por um trovão. Você é arremessado para trás pelo raio, em direção a um monte de máquinas. Perca 3 pontos de ENERGIA, e, se ainda estiver vivo, vá para 397.

285

Aproximando-se da porta de ferro trancada é possível ouvir o som de movimento e de alguém resmungando. O barulho é como se houvesse alguém preso na sala do outro lado. Você vai:

Pegar a chave presa no gancho na parede para destrancar esta porta?	Vá para 335
Continuar descendo as escadas (caso não tenha feito isso ainda)?	Vá para 188
Se dirigir para cima e explorar o resto da torre (caso ainda não o tenha feito)?	Vá para 220
Subir a escadaria e abandonar a torre de uma vez?	Vá para 398

286

Dois dias de caminhada árdua te levam à vista das muralhas: Chalannaburgo (avance o dia da semana em 2)! Mesmo já tendo estado aqui diversas vezes, a visão das avenidas amplas e arborizadas, dos parques magníficos e dos prédios públicos monumentais nunca cansa de te impressionar. Porém, você não está aqui para fazer turismo dessa vez, há um trabalho para ser feito. Sem perder tempo algum, você ruma para o antigo e impressionante Colégio dos Magos, um prédio com diversos pináculos, domos de cristal cintilantes e uma miríade de passagens labirínticas que mantém os segredos arcanos do local seguros. Já sendo conhecido dos magos, por ter completado um grande número de missões para eles no passado, logo você consegue uma audiência com o Conselho Superior de Feiticeiros, Conjuradores e Sábios...

E menos de meia hora mais tarde, você deixa a Câmara do Conselho se sentindo furioso e frustrado.

É como se o Conselho não quisesse saber sobre essa ameaça em potencial a Femphrey, deixando bem claro que eles achavam que você estava no melhor dos casos exagerando, e no pior, inventando toda a história. Mas por que estão resistindo tanto à ideia de alguém manipulando o clima para avançar ambições malignas? Bem, deixe que pensem o que quiserem; isso não vai impedir que você continue investigando essa ameaça ao reino.

Conforme sai batendo os pés da Câmara do Conselho, uma porta que dá para o aposento se abre e um mago jovem, com uma barbicha cuidadosamente aparada e usando chamativos mantos escarlates bordados com cometas dourados espirais, sai para o corredor indo atrás de você. E é então que você o reconhece. É Matteus

Encantamar, um mago com quem trabalhou no passado — a última vez foi lutando contra os xamãs ogros do sul da Terra de Lendle.

"Mil perdões, meu caro", diz ele se desculpando. "Não consigo crer que o Conselho te trataria dessa forma, ainda mais considerando todo auxílio prestado ao Colégio em tempos passados. Porém, o real motivo é que estão envergonhados. Veja bem, todos sabem quem é a mente por trás do ataque à Vastarin, entretanto, não tem a menor ideia de como pará-lo".

"Mas quem é então?", você pergunta.

"Seu nome é Balthazar Sturm, e ele era um membro do Colégio dos Magos", Matteus explica. Era um praticante da tradição elementalista, focando particularmente em magia meteorológica, até ser expulso por realizar experimentos arcanos irresponsáveis, em uma tentativa de combinar feitiçaria com tecnologia. Pode-se dizer que deixou o lugar com uma nuvem negra na cabeça, jurando vingança não apenas contra o Colégio, mas também contra Chalannaburgo e todo o reino. Em verdade, pelo que disse lá dentro e os próprios métodos de adivinhação deles, o Conselho suspeita que Sturm está por trás do ataque a Vastarin, o que significa que ele está de volta e começou a botar sua vingança em curso".

"Mas então, como ele pode ser impedido?", você insiste.

"Me acompanhe, por favor", ele diz, de forma misteriosa.

O mago te leva para seus aposentos privados dentro do Colégio, onde há uma bacia de pedra contendo água, sua superfície tranquila e reflexiva como um espelho. Matteus entoa um feitiço e encara, sem piscar, para o espelho d'água. Sua impressão é de ver imagens passando e se transformando dentro da água, mas não é possível ver claramente o que são. Após algum tempo, o líquido fica límpido novamente e Matteus olha para você.

"Não há tempo a perder", diz o mago, com uma clareza fria na voz. "Sturm criou uma máquina voadora capaz de alterar o clima, e prendeu quatro elementais maiores em seu interior para prover a energia mágica necessária. É este o objeto que você viu no olho da tempestade. Se quiser ter alguma esperança de encarar Sturm e parar sua Máquina Climática, terá de encontrar um meio de sobrepujar esses elementais. Será necessário buscar em lugares onde os quatro elementos, a terra, o ar, o fogo e a água estejam em sua maior concentração".

"E onde encontro esses lugares?"

"Muito abaixo das montanhas que formam a Serra do Dente-da-Bruxa, nos desertos varridos pelo vento das Planícies Uivantes, no coração do Monte Pira, o vulcão que fica na fronteira montanhosa de Mauristatia, e nas profundezas abaixo do Mar de Enguias. Eu posso oferecer algum apoio mágico em sua missão, mas lembre-se de que há pouco tempo e não devemos desperdiçá-lo. Toda Femphrey está em perigo e é necessário partir o quanto antes".

É possível pedir a ajuda de Matteus com um dos quatro elementos, mas qual será? Você vai escolher:

Terra?	Vá para 306
Ar?	Vá para 326
Fogo?	Vá para 356
Água?	Vá para 376

Ou, alternativamente, pode dizer a Matteus que, como não podem perder tempo, você partirá nesse momento sozinho (vá para 395).

287

Você abre a porta e nada para dentro do que um dia deve ter sido a cabine do capitão... que ainda está aqui! Um esqueleto, usando uma casaca carmesim e dourada arruinada pela água e um chapéu bicórnio, sentado atrás de uma escrivaninha pesada de carvalho, seu sabre em mão. E há mais um detalhe curioso sobre esse cadáver: há uma grande chave dourada pendurada sobre a caixa torácica descarnada, presa a uma corrente enferrujada. Tudo que já houve aqui de valor ou interesse já foi há muito levado pelo mar. Você quer se arriscar removendo a chave do pescoço do esqueleto (vá para **257**), prefere deixar a cabine do capitão e procurar no resto do casco (vá para **217**), ou deixar o naufrágio de uma vez por todas (vá para **6**)?

288

A lâmina afiada de sua espada parte as cordas sem muita dificuldade. Blocos de polias caem e o molinete roda livre agora que nada o restringe. A nave inteira parece inclinar para os lados, te jogando do outro lado da câmara. Controlar a embarcação com o leme ficou mais difícil (adicione 2 ao *marcador de dano* e recupere 1 ponto de Sorte). Seu trabalho aqui está feito, e você pode retornar ao patamar. Vá para **54**.

289

Apesar de parecer impossível, os planos aqui representam a mais incrível máquina voadora já imaginada. Seu exterior parece com um peixe enorme, mas o interior é uma mistura complexa de maquinário e magia, contendo dispositivos de nomes como Gerador de Relâmpagos, Lentes Incendiárias e Motor Elemental. Ao que tudo indica, estes diagramas de construção que estão abertos na escrivaninha são a versão mais recente para essa incrível embarcação (se quiser pegar os diagramas de construção, adicione-os à sua *ficha de aventura*, assim como o fato de serem a versão de número 13). Agora, você vai:

Descer até os níveis inferiores da torre e explorar o nível das masmorras (se ainda não o tiver feito)?	Vá para **160**
Abandonar a torre de uma vez?	Vá para **398**

290*

O túnel logo termina na beira de um precipício imenso dentro de uma enorme caverna natural. Os trilhos continuam, entretanto, sobre uma série de andaimes de madeira. Parado com suas rodas ainda nos trilhos está um carrinho de mina.

Não parece uma boa ideia tentar escalar os trilhos e os andaimes oscilantes para continuar e frente, porém talvez seja possível seguir para dentro da mina usando o carrinho. Com certeza seria mais rápido. Se quiser fazer isso, vá para 308. Se não, terá de voltar à bifurcação e pegar o túnel da direita, indo para 5.

291

Você se atraca com o gigante, cada músculo do seu corpo doendo devido ao esforço. E então, percebe uma abertura na defesa dele. Passando seu braço por trás de uma das pernas largas como um tronco de árvore, você gira e joga o peso do seu corpo. O gigante despenca no chão da clareira, o barulho ressoa por toda a mata circundante. Você se afasta, sem saber ainda como o adversário reagirá à derrota. Lentamente, ele se senta, com uma careta de desapontamento no rosto.

"Tô vendo agora o que tu fez com o velho Gog Magog", resmunga ele. "Você realmente é um herói!", um imenso sorriso se forma no rosto dele. "Se for para Cormoran perder para alguém, fico feliz que seja para tu", e, com isso, Cormoran, o gigante, e você apertam as mãos e seguem seus caminhos (adicione o código Naromroc à sua *ficha de aventura* e recupere 1 ponto de SORTE).

Mais dois dias de caminhada se passam (avance o dia da semana em 2), sempre mantendo o paredão cinzento da Serra do Dente-da-Bruxa à sua frente. Vá para **250**.

292

Indo até a proa do navio, você leva o chifre aos seus lábios e assopra. Uma nota grave soa através das ondas. No momento que parece chegar à massa de névoa que se aproxima, torna-se uma rajada ensurdecedora que destroça os feitiços que davam ao elemental da névoa uma consciência maligna. Quando o som cessa, você tira o chifre dos seus lábios, percebendo que o elemental foi dispersado. O Tempestade está livre para continuar sua jornada. *Teste sua Sorte*. Se for sortudo, vá para **359**. Se for azarado, vá para **147**.

293

Assim que pega a estatueta, com suas formas primitivas e brutas, é possível perceber uma palavra que foi encravada na base: Arkholith. E então você começa a sentir o primeiro tremor. Você dá as costas ao pedestal e corre para a saída. Mas, antes de alcançar a entrada do túnel, dois pedregulhos espalhados pela caverna começam a se rachar, e as pedras assumem uma forma humanoide rústica. Fendas na rocha se abrem como bocas onde se veem os dentes minerais da criatura, enquanto fragmentos de quartzo brilhante fazem os olhos. Se for escapar desse local abençoado pelos poderes da terra, terá de enfrentar ambas as Bestas Rochosas ao mesmo tempo.

	HABILIDADE	ENERGIA
Primeira BESTA ROCHOSA	8	11
Segunda BESTA ROCHOSA	8	10

Se hoje for Dia da Terra, some 1 ponto aos valores de ENERGIA de ambos os monstros. Mesmo que sua carapaça rochosa os proteja de qualquer espada natural, os encantamentos da Ceifadora de Wyrms fazem que consiga ferir eles normalmente. Entretanto, se estiver usando uma arma de impacto, como um martelo de guerra ou maça, cada golpe que acertar vai despedaçar seus corpos causando 3 pontos de dano à ENERGIA deles. Para trocar de armas, se tiver outras, será necessário abrir mão de uma rodada de combate, na qual ambas Bestas farão um ataque automático.

Se destruir os monstros elementais, os espíritos habitando os pedregulhos são enviados de volta ao plano elemental da terra, seus corpos se partem em um monte de pedaços (adicione a Estatueta de Argila à sua *ficha de aventura*, assim como seu nome, e recupere 1 ponto de SORTE). Com o caminho à frente livre, você cuidadosamente retorna por onde veio para fora das cavernas. E é então que os tremores voltam ainda piores do que antes. Vá para **10**.

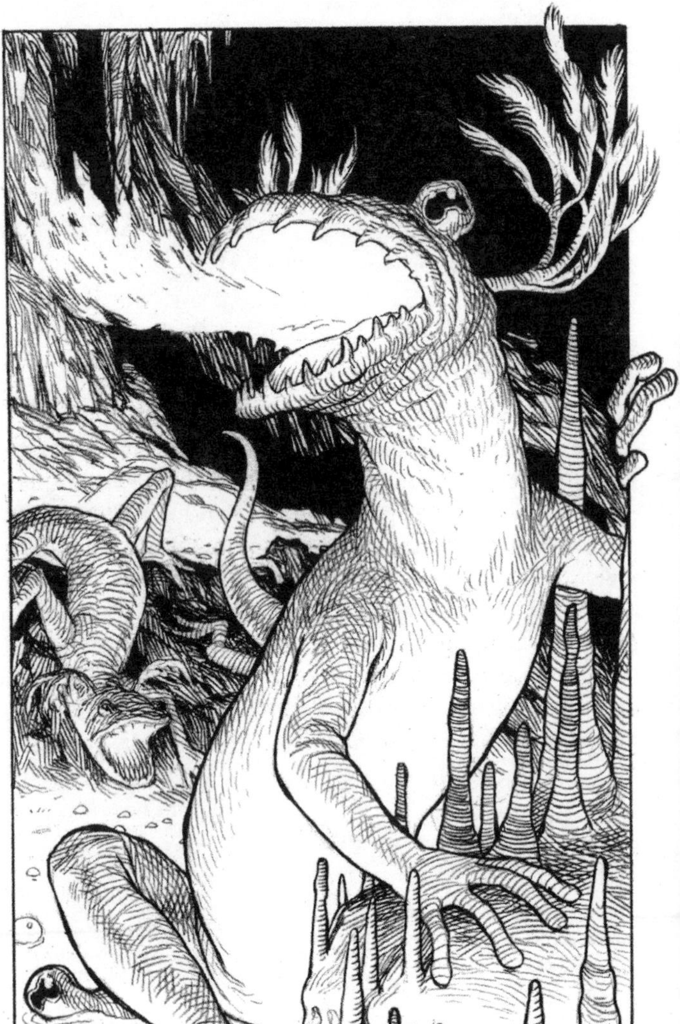

294

No momento que vira as costas para o Wyrm, ele te acerta com uma baforada superaquecida. Perca 6 pontos de ENERGIA (se tiver a Tatuagem de Dragão, estiver usando o Escudo Dracônico ou o Manto de Couro de Dragão, ou tiver bebido a poção de proteção contra o fogo antes de entrar nos túneis de fogo, pode reduzir esse dano em 2 pontos.) Se sobreviver a isso, você corre para achar proteção na passagem estreita. Vá para **344**.

295

O caminho que você vinha seguindo faz uma curva para a direita, e começa a subir conforme avança. Não demora muito para chegar a uma caverna de teto alto, mas sem outra saída. As rochas nessa câmara estão enegrecidas com fuligem e vapores sulfurosos sobem de poças de lama no chão desta sala, e logo dá para perceber que existe algo aqui. Chiando com raiva por ter invadido o território delas, uma porção de lagartos enormes de um amarelo vibrante se arrasta para fora de seus banhos térmicos de lama, determinados a expulsar você daqui. Essas criaturas são salamandras, não do tipo pequeno e anfíbio, mas grandes lagartos carnívoros, que apreciam carne assada, que fazem com suas presas e seu sopro de fogo! Lute contra as salamandras, duas de cada vez.

	HABILIDADE	ENERGIA
Primeira SALAMANDRA	6	6
Segunda SALAMANDRA	6	5
Terceira SALAMANDRA	5	6
Quarta SALAMANDRA	6	7

Se uma salamandra ganhar a rodada de combate, role 1 dado. Em um resultado de 6, a criatura solta uma baforada de chamas sobre você (perca 4 pontos de ENERGIA em vez dos costumeiros 2). Se hoje for Dia do Fogo, as salamandras causarão esse ataque em um resultado 5 ou 6. Se derrotá-las, você foge o quanto antes dessa caverna, sem dar chance de mais criaturas aparecerem. Vá para **339**.

296

Por mais que tenha descoberto várias pistas intrigantes durante sua exploração na Torre do Relâmpago, nenhuma delas realmente revela a identidade de quem estava por trás do ataque a Vastarin, então não há outra escolha exceto viajar para Chalannaburgo em busca de respostas. A caminhada de volta à fronteira e para dentro de Femphrey é tranquila, apesar de demorada. Avance o dia da semana em 2 e vá para **286**.

297

Algum tipo de sexto sentido faz seus pelos se eriçarem e, reagindo a um nível instintivo, você se abaixa, conseguindo evitar a garra que tenta te pegar, vinda do meio da neve. Então o caçador se torna a caça. Vá para **261**.

298

Mesmo tendo feito tudo da maneira mais rápida para completar sua missão e derrotar o insano elementalista, ainda há uma chance de triunfo. Entretanto, se quiser impedir Sturm, terá de encontrar um jeito de embarcar na Máquina Climática dele em primeiro lugar, e qual será seu plano para isso?

Se quiser beber a poção de levitação, vá para **207**. Se souber o nome de um elemental do ar e quiser chamá-lo agora, transforme o nome dele em um número (utilizando o código A=1, B=2, C=3... Z=26 e somando todos os números), multiplique o resultado por 2, some 10 para obter o número final, e então vá para o parágrafo numerado com o resultado final da conta. Se tiver o código Susagep escrito em sua *ficha de aventura*, vá para **128**. Se só tiver o código Noollab, vá para **149**. Caso não tenha nenhuma dessas coisas, vá para **107**.

299

Segurando parte da corda em uma mão, você gira a outra com o gancho e a arremessa. O arpéu de ferro bate contra o paredão rochoso do outro lado do penhasco e se prende na borda. Após testar a corda para ter certeza que o gancho está bem afixado, com um salto em direção ao desconhecido, seu corpo navega através do abismo e chega de forma segura ao outro lado. Depois de alguns puxões, a parte metálica desengancha da pedra e pode seguir o resto de seu caminho. Vá para **185**.

300

Conforme se aproxima da bocarra do outro lado, é possível ver que um de seus "dentes" é feito de um cristal que parece quartzo. A curiosidade causada por essa descoberta te obriga a arrancar o cristal das rochas. Olhando mais de perto, há um fogo ardendo em seu interior, e as chamas tem a forma da letra H (se quiser pegar o cristal de fogo, adicione-o, assim como a letra representada nele, à sua *ficha de aventura*). É apenas nesse momento que você percebe que as pedras que estavam escaldantes não liberam mais calor. Aproveitando o momento, você corre de volta e segue pelo túnel. Vá para **245**.

301

Nadando até a estátua, você tenta puxar o tridente, mas ele está preso na mão de pedra de Hydana. Para fazer mais força, você apoia suas pernas contra a imagem, quando algo parece ceder, mas não é o tridente. A enorme figura do deus dos mares começa a despencar em sua direção e todo o tempo que tem é para nadar antes dela cair no piso coberto de areia do interior do templo. Antes que possa reagir, tremores reverberam por todo o santuário, e partes da estrutura começam a se partir, caindo lentamente através da água ao seu redor. Você profanou esse altar à divindade marinha e atraiu sua ira (perca 2 pontos de SORTE)! Não há outra escolha exceto tentar escapar do prédio enquanto tudo desmorona à sua volta. Conforme nada em direção à superfície, vários pedaços de alvenaria te acertam no caminho. Role um dado e some 2 ao resultado; esse é o número de pontos de dano à ENERGIA que você sofre. Se sobreviver a isso, e tiver o código Retsnom em sua *ficha de aventura*, vá para 358. Se não, vá para 318.

Descendo os degraus de ferro até o porão, logo está de pé, com uma água fétida e da cor de ferrugem até os joelhos. O odor pútrido da água parada que escorreu pela nave para se acumular aqui é nauseante. Se hoje for Dia da Tempestade, vá para 320. Se não, vá para 336.

303

O sol continua batendo forte conforme segue pelo desfiladeiro. Sem nem ter caminhado por muito tempo, você chega a mais uma bifurcação na passagem. Dessa vez, irá seguir pela direita (vá para 208) ou pela esquerda (vá para 178)?

304

O túnel continua subido até chegar a uma caverna espetacular, cheia de cristais, brilhando em diversas cores. A caverna inteira está tremendo conforme o vulcão começa a entrar em erupção, enormes estruturas de cristal, do tamanho de menires, despencam do teto à sua frente. Vai ser difícil atravessar essa caverna em segurança, mas então a ficha cai: não há outra saída desta caverna (some 1 ao seu *marcador de tempo*)!

Nesse exato momento, justamente enquanto pensa que está perdido, um quartzo imenso se solta do teto e bate na parede da caverna. A luz do sol inunda a caverna dos cristais conforme uma abertura surge na lateral do vulcão. Sem esperar mais nem um momento, você corre em direção ao buraco.

Quanto tempo levou para chegar aqui? Se o seu *marcador de tempo* for 4, recupere 1 ponto de SORTE e vá para **388**. Caso seu *marcador* seja 5, vá para **323**. Se 6 for o valor do seu *marcador*, vá para **353**, e, finalmente, se for 7, vá para **373**.

305

Encarar o gigante desarmado foi um ato de coragem, mas só tinha jeito de isso terminar. A disputa mal começa quando tem seu corpo levantado no ar e arremessado do outro lado da clareira, apenas para cair de mau jeito vários metros à frente. Role um dado e perca aquela quantidade de pontos de ENERGIA, no mínimo 2, e perca também 1 ponto de SORTE. O gigante, após ter se provado, deixa você em paz onde caiu, seguindo pela floresta, resmungando algo sobre estar pronto para desafiar o novo chefe. Após recuperar o seu equipamento, você cambaleia através da floresta.

Sua caminhada continha por mais dois dias (avance o dia da semana em 2), sempre mantendo a grande muralha natural da Serra do Dente-da-Bruxa à sua frente. Vá para **250**.

306

Matteus pega uma garrafa de barro na prateleira e te entrega, dizendo: "Isso é uma poção de força de gigante. Elementais da terra são os mais combativos e fortes de todos os elementais. Se em algum momento encontrar com um, ficará contente de ter isso aqui com você, mas lembre-se de usar apenas nas circunstâncias mais extremas".

Se quiser, é possível beber a poção de força de gigante antes de uma luta. Se o fizer, aumente seu valor de HABILIDADE em 2 pontos para aquela batalha e o dano causado por você aumenta em 1 ponto. Adicione a poção de força de gigante à sua *ficha de aventura* e vá para **193**.

Mantendo-se abaixado e escondido atrás de qualquer cobertura que pode encontrar, você vagarosamente avança em direção ao acampamento dos cavaleiros. Em alguns momentos chega muito perto de esbarrar com uma das patrulhas montadas e em outro tem que retornar parte do caminho para evitar que te percebam. Mas toda essa furtividade acaba valendo a pena: ao final você está se esgueirando pelas tendas feitas de couro dentro do acampamento em si.

Com ainda mais cuidado agora, você ruma para o coração do acampamento, passando por currais de cavalos, ferreiros afiando armas ou então checando os equipamentos dos saqueadores. Ao dar a volta em uma das barracas, você congela. Vinte metros à frente, é possível ver uma tenda magnífica, muito maior que todas as outras. A parte da frente está aberta, protegida por dois guardas, e lá é possível ver, resplandecente em uma armadura de couro vermelho brilhante e vestindo um elmo de dragão, sentado em um trono de madeira escura, está o líder desse enorme exército e comandante dessa horda nômade: o Khan de Guerra. Sob seus joelhos repousa um sabre afiado e seus olhos fitam de forma imponente as preparações para guerra que estão acontecendo no acampamento.

O pouco que você sabe dos povos saqueadores das planícies da Terra de Lendle é que seus Khans de Guerra são figuras orgulhosas, cujas vidas são inspiradas por um rigoroso código de conduta. Se conseguisse enfrentar esse guerreiro em combate individual e derrotá-lo, o envergonhando no processo, talvez fosse possível colocar um fim aos planos de invasão antes mesmo deles começarem. Seria algo temeroso desafiar esse Khan de Guerra, mas pelo que viu com seus próprios olhos, a fronteira de Femphrey está correndo o sério risco de ser invadida por esses nômades belicosos.

Caso queira se revelar e desafiar o Khan de Guerra, vá para 348. Se preferir sair de forma discreta do acampamento dos saqueadores e continuar sua jornada para o sul, vá para 328.

308

Amarrando a sua lanterna na frente do carrinho, você pula para dentro e usa sua espada para dar o impulso inicial. Assim que o trilho passa da borda do precipício, há uma descida íngreme e o carro começa a pegar velocidade. De repente, aparece uma bifurcação à frente, com uma roda virando para a esquerda enquanto a outra vai para a direita. E logo você percebe que não há outra maneira de se direcionar a não ser jogar o peso do corpo para um lado ou para o outro.

Escolha em que direção quer que o carrinho vá, seja direita ou esquerda, e então role três dados para testar sua ENERGIA. Se rolar menor ou igual ao seu valor de ENERGIA, sua tentativa de direcionar o carrinho é bem-sucedida. Ele segue pelo caminho que você desejar. Já se o resultado for maior que seu valor de ENERGIA, role mais um dado; se o número for ímpar, seguirá pela esquerda, e se for par, o carrinho vira para a direita. Então, para que lado vai seguir?

Esquerda?	Vá para 122
Direita?	Vá para 138

309

Um dia após deixar o limite sul de Femphrey (avance o dia da semana em 1), o calor só vai ficando pior. O sol assola a terra em um céu sem nuvens. A paisagem por qual passa deveria ser de prados verdejantes e extensas fazendas, porém está mais para um deserto criado pela seca, e todo o solo está repleto de rachaduras. Leitos de rios estão vazios e o vento que assopra carrega nuvens de poeira.

Uma dessas nuvens se desfaz revelando uma caravana formada por várias carroças e charretes, puxadas por cavalos e bois. Uma multidão segue o comboio a pé, as pessoas desoladas e exaustas. A única pessoa que parece estar viajando para essa terra devastada é você, todos os outros estão a deixando!

Ao perguntar para um fazendeiro de cabeça baixa o que houve para forçá-los a abandonar suas terras, ele responde abruptamente: "Não é obvio? É a seca! Todas nossas plantações morreram. Não há nada para comer, e nada para nos manter aqui. A única esperança que temos é ir para outro lu..."

O homem é subitamente interrompido, pois o chão começa a chacoalhar. Um momento depois, o tremor passa. "O que foi isso?", pergunta o fazendeiro, lançando um olhar ansioso em sua direção. Um outro terremoto balança o solo árido embaixo dos seus pés e abre uma fenda no meio da estrada. *Teste sua Sorte*. Se for sortudo, vá para 346. Se for azarado, vá para 218.

310*

Você finalmente chega a um cruzamento de túneis. Daqui é possível seguir pela esquerda, em uma passagem úmida (vá para 399), pela direita, seguindo um corredor empoeirado (vá para 227) ou para frente, continuando por uma rota em que as paredes estão cobertas de um tipo de gosma (vá para 327).

311

Não é horrível estar certo? Assim que você pisa além do limite para a sala, as criaturinhas desengonçadas vão em sua direção. Quando saca a Ceifadora de Wyrms, você percebe que há a palavra "FULGURITE" gravada em placas de latão presas na parte da frente dos macacões que esses seres estranhos vestem, assim como um número. Os que estão vindo em sua direção são os Fulgurites Sete, Nove, e Dez. Dentro do espaço desordenado desse laboratório, você consegue se posicionar de forma a enfrentar um dos inimigos de cada vez.

	HABILIDADE	ENERGIA
Primeiro FULGURITE	6	4
Segundo FULGURITE	5	5
Terceiro FULGURITE	6	5

Se derrotar os três, anote seus números e então vá para 351.

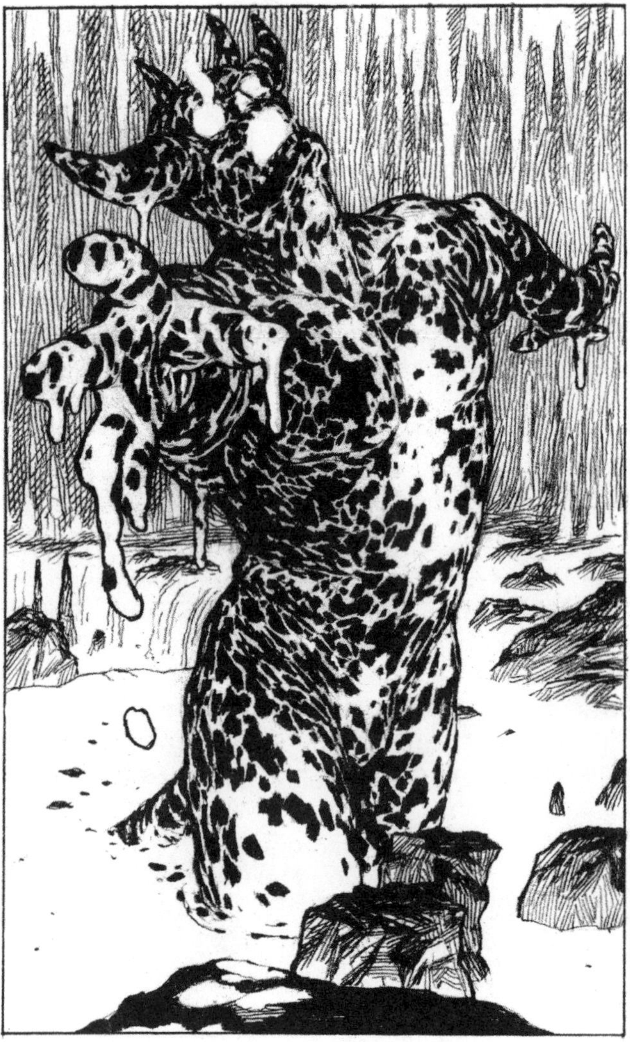

312

Você toma coragem e pula para a primeira pedra no caminho. Em seguida alcança a segunda também sem dificuldade. Conforme pula para a terceira sem problemas, percebe que está pegando o jeito. Mas, antes de conseguir saltar para a quarta, nota que o fluxo de lava começa a se agitar, e algo monstruoso emerge dali. Enquanto saca a Ceifadora de Wyrms, a criatura continua se levantando do rio borbulhante, com três metros de altura, magma fervente até os joelhos. O monstro parece ter se formado da rocha derretida e agora que está exposto ao ar, começa a se solidificar, criando uma carapaça negra e rochosa. Você quer ficar e lutar contra a Besta de Magma que está endurecendo à sua frente (vá para 191), ou prefere tentar fugir pulando para a última das pedras (vá para 231)?

313

O caçador, que se apresenta como Silas, decide que é melhor partirem em sua caçada ao monstro de uma vez. Afinal, o primeiro a voltar com prova de ter derrotado a criatura receberá a recompensa. Todo tipo de fera conhecida tem covis nos desfiladeiros ao norte de Lugubridade, nos brejos ao leste e mesmo dentro do próprio lago Lúgubre. Porém, onde estaria caçando o Dragão da Tempestade, se realmente existir?

Ao entrar nos ermos, bem longe da vila, você usa suas habilidades como rastreador. *Teste sua Habilidade*, subtraindo 2 do resultado do dado se possuir uma Presa de Dente-de-Sabre. Se tiver sucesso, vá para 357. Se falhar, vá para 195.

314

Essa vitória com certeza ficará marcada em sua memória. Recupere 1 ponto de SORTE. Dentro da caverna do Wyrm de Fogo, é possível encontrar os restos carbonizados de suas vítimas anteriores, esqueletos enegrecidos de cabritos montanheses, salamandras e até mesmo humanos, que deve ter capturado na encosta vulcânica. Dentre essas relíquias queimadas estão algumas moedas de ouro (role dois dados e some 6 para saber a quantidade exata), um martelo de guerra, ainda sendo segurado pela mão de um anão morto, e dois cristais de aparência curiosa. Ambos possuem um estranho brilho interior e são quentes ao toque. Quando olha para dentro de um percebe que há uma chama lá, na forma de um A em um e um S no outro. Tento coletado tudo que havia nesse covil (e anotando em sua *ficha de aventura*), e essa caverna não tendo outra saída, você retorna ao último entroncamento por qual passou e segue outro túnel menor, que leva mais fundo para dentro do vulcão. Vá para 344.

315

Andando na prancha, você salta do final dela, caindo como uma pedra no mar, as ondas pouco acima de sua cabeça. O peso de sua armadura e espada te puxam para baixo em direção a um coral submerso. Seus pulmões começam a doer, e quando é incapaz de continuar segurando a respiração, você inspira profundamente. Mas o que é isso? É um milagre, mas é possível respirar, então há esperança. Um suspiro de alívio escapa de seus lábios, e, momentos depois, seus pés tocam o solo marinho.

Você observa o mundo submarino ao seu redor. A luz do sol penetrando na água vai desaparecendo, mas, assim que seus olhos se acostumam ao nível reduzido de claridade, não é difícil de ver mesmo nessas condições. Atrás de você, o coral se ergue em direção à superfície e é possível ver o casco do navio acima. Não muito à frente está o limite para um desfiladeiro, e além dele não há nada exceto a escuridão das profundezas oceânicas. A sua direita estão os destroços de um galeão naufragado, enquanto à sua esquerda dá para ver uma fissura enorme partindo o solo. Percebendo que é impossível encontrar o templo para além do desfiladeiro abissal, você vai investigar o naufrágio (vá para 337) ou a fissura (vá para 6)?

316

Assim que arrebenta os anéis de cobre com a ponta de sua espada, você sente imediatamente os tremores começando. As pedras embaixo de você começam a balançar, e, ao mesmo tempo, como se em sincronia, a estatueta começa a vibrar em suas mãos. Você deixa cair no chão a figura disforme de argila, e ela se parte e começa a se transformar. Crescendo, primeiro até a altura de um humano, mas logo supera essa altura, tornando-se um gigante enorme de pedra, com uma couraça formada de placas de granito.

Você libertou um elemental da terra no mundo (perca 2 pontos de Sorte)! A força do terremoto aumenta e rochas no teto começam a quebrar e cair ao seu redor. Você vai se afastando do pedestal de pedra enquanto o elemental continua se manifestando à sua frente, e então vira nos calcanhares e corre. Não há maneira de enfrentar um elemental da terra aqui, com a caverna chacoalhando ao seu redor.

Você corre pelas cavernas o mais rápido que consegue, até que se joga pela fenda que leva à câmara enorme em que as cavernas se conectam com as minas. O chão continua tremendo com a aproximação do elemental. Criaturas como essa são conhecidas por serem mal-humoradas e terem uma natureza maligna, e, por ter ficado tanto tempo preso nas profundezas da terra, só Throff sabe o quão sedento por vingança o monstro está. Duas manzorras, com dedos afiados que lembram estalactites, se esticam pela bocarra da caverna e arrebentam a fissura, permitindo a entrada do elemental da terra nessa câmara. Levantando os braços e soltando um urro furioso contra o mundo, todo o corpo dele é formado de rocha e terra. O rugido, que soa como um deslizamento de terra, ecoa pelas paredes naturais, e as ondas sônicas causadas fazem ainda mais pedras quebrarem e caírem do teto em direção ao lago.

Se tiver o código Enihcam escrito em sua *ficha de aventura*, vá para **244**. Se não, o que fará agora? Você vai:

Usar a Centelha da Vida, se a tiver?	Vá para **92**
Beber a poção de força de gigante, se tiver uma?	Vá para **81**
Preparar-se para enfrentar o elemental da terra?	Vá para **61**
Continuar correndo?	Vá para **42**

317

O convés do navio afundado está deserto... ou é ao menos o que parece à primeira vista. E é então que você percebe as sombras que passam circulando acima de você. As silhuetas assustadoras são facilmente reconhecíveis: são tubarões cabeça-de-martelo! E eles parecem ter te visto também. Usando as barbatanas e cauda, um deles começa a descer, e um segundo o segue. Entre o mastro e a alga, lute contra os tubarões, um de cada vez.

	HABILIDADE	ENERGIA
Primeiro CABEÇA-DE-MARTELO	7	8
Segundo CABEÇA-DE-MARTELO	7	7

Se matar ambos tubarões, o único lugar que sobra para explorar é a área além da porta para o porão na proa do navio (vá para **287**). Se preferir não continuar aqui no convés, tentando evitar que outra coisa te veja e considere você uma refeição em potencial, é possível nadar para dentro do casco (vá para **217**), ou deixe os restos do naufrágio de uma vez, seguindo para a fenda (vá para **6**).

318

Sua mão rompe a superfície da água e finalmente é possível respirar normalmente. Logo, você está a bordo do Tempestade novamente. Se estiver com a concha, vá para o parágrafo com o mesmo número dos espinhos que ela possui.

"Achou o que estava procurando?", a Capitã Katarina questiona, mas, antes que possa responder, a bucaneira durona quer resolver o quanto antes a questão de seu pagamento. "Então, o que conseguiu recuperar das profundezas? O mar cedeu seus tesouros?"

Você recuperou algum tesouro nos corais ou na fenda? Se sim, vá para **69**. Caso não, vá para **88**.

319

Depois de poucos metros o novo corredor chega a mais uma bifurcação. O ar seco dos túneis de fogo parece estar ficando cada vez mais quente. Enquanto estiver dentro do vulcão, reduza sua HABILIDADE em 1 ponto devido ao calor intenso. Entretanto, se bebeu a poção de proteção contra fogo antes de entrar, se estiver vestindo o manto de couro de dragão ou tiver a tatuagem de dragão, ignore essa penalidade. Para que lado vai agora? Esquerda (vá para **339**) ou direita (vá para **295**)?

320

A água começa a se agitar à sua frente, e um monte de lixo, pedaços de madeira, panos sujos, pedaços rasgados, tecido e aparas metálicas se erguem da água fétida. Toda essa porcaria assume uma forma vagamente humana e parecida com uma boca cheia. A energia mágica residual que permeia a nave também se concentrou aqui embaixo nos porões e animou uma pilha de detrito, concedendo-a uma consciência bruta e malévola.

DETRITO   HABILIDADE 8   ENERGIA 8

Se reduzir a ENERGIA da pilha mágica de entulho a 0, as forças arcanas que o mantinham unido se dissipam e seus restos afundam novamente no líquido grosso que enche os porões. Vá para 336.

321

No momento que levanta a concha de seu altar, você sente a água se agitando ao seu redor e três figuras surgem na frente da estátua do deus dos mares. Parecem figuras femininas, mesmo sendo bem claro que são formadas da própria água. Elas te observam atentamente com olhos que brilham como madrepérola, e suas vozes podem ser ouvidas diretamente em sua mente.

"Por que profanas este local sagrado?", a primeira questiona.

"Quem ousa violar o templo do próprio mar divino?", diz a segunda.

"Fale agora ou sua vida será oferecida em tributo a Hydana!", exige a terceira.

Você quer tentar explicar seus motivos para estar buscando o auxílio do Deus dos Mares (vá para 341) ou prefere simplesmente sacar sua espada e enfrentá-las para que possa pegar aquilo que precisa (vá para 361)?

322

Você segue subindo a encosta em direção à formação rochosa acima e à torre estranha que ali está. Enquanto olha para a construção em busca de sinais de habitantes, consegue ver as formas de aves circulando o ápice lá no alto. Só que não são pássaros. Quando olha mais atentamente percebe que são, na verdade, cães, ou melhor, lobos — com asas.

Um arrepio sobe sua espinha quando reconhece essas criaturas. Aakor lembram lobos comuns, exceto pela habilidade de voo e apreço por sangue fresco e quente, e tudo indica que eles te perceberam com seus sentidos aguçados. Mudando a trajetória em sua direção usando os rabos peludos como um leme, e batendo as enormes asas emplumadas que saem do dorso dos animais, a alcateia logo está sobre você, garras e presas preparadas para o ataque. Mais uma vez, a Ceifadora de Wyrms está em suas mãos e, estando em um descampado sem ter onde se esconder, será necessário enfrentar todas as bestas de uma vez.

	Habilidade	Energia
Primeiro AAKOR	7	8
Segundo AAKOR	7	7
Terceiro AAKOR	6	7

Assim que matar um dos lobos alados, os outros fogem da luta, uivando enquanto voam pelos ventos em busca de uma presa mais fácil. Adicione o código Detnuh à sua *ficha de aventura* e volte para 51.

323

Você precisa voltar por onde veio, e fazer isso em meio à sua fuga pelos túneis de fogo vai custar tempo precioso. Quão rapidamente consegue correr é o que definirá se vai sair daqui com vida ou não. Role três dados. Se o resultado for menor ou igual a seu valor de Energia, vá para **388**, mas, se for maior, vá para **373**.

324

Caso tenha o código Knarc em sua *ficha de aventura*, vá para **266**. Se não, vá para **296**.

325

Pegando o frasco com seis lados de sua mochila, você o coloca cuidadosamente no interior vazio da cabeça do homem de metal, e então afixa a tampa novamente e dá alguns passos para trás. Quase imediatamente, faíscas azuladas começam a sair dos olhos cristalinos do autômato, e um som de ressonância ocupa o espaço dessa câmara... e nada mais. É obvio que falta fazer algo para o golem ser ativado completamente, algo envolvendo os cilindros numerados no peitoral dele. Se quiser colocá-los em um número em particular, vá para o parágrafo de mesma numeração. Caso não saiba nenhum número para tentar, você descobre que a tampa da cabeça do construto está trancada, e não é possível retirar a Centelha da Vida. Remova-a de sua *ficha de aventura* e vá para **54** deixando os porões profundamente desapontado.

326

"Então, te ofereço isso", diz Matteus, pegando na estante uma garrafa de vidro feita na forma do rosto de um homem com as bochechas inchadas. "Esta é uma poção de Levitação. Se terá de lidar com elementais do ar, é possível que tenha de lidar nas condições deles". Adicione uma poção de levitação à sua *ficha de aventura* e vá para **193**.

327

Enquanto prossegue por uma passagem, você repentinamente ouve o som de algo úmido caindo no chão atrás de você. Lá, no meio do solo do túnel, está uma estranha criatura que parece gelatina. Durante a sua distração fitando aquele ser, outro despenca do teto bem em cima da sua cabeça dessa vez. Os Devoradores de Ferro parecem amebas, mas não estão interessados em te causar mal, apenas consumir qualquer metal que carregue na sua pessoa. Se quiser proteger seu equipamento de ser consumido por essas monstruosidades, terá de lutar.

DEVORADOR
DE FERRO   Habilidade 4   Energia 5

Se o monstro vencer uma rodada de batalha, você não perde nenhum ponto de Energia; ao invés disso, ele come um pedaço da sua armadura (perca 1 ponto de Habilidade). Se não tiver nenhuma armadura ou item metálico para servir de alimento (como uma cota de malha, um escudo ou outra arma que não seja a Ceifadora de Wyrms, que é imune aos ataques do devorador de ferro), a ameaça vai embora, tendo satisfeito seu apetite por enquanto. Se vencer uma rodada de combate, você consegue pegar a criatura e bater com ela no chão, e isso ajuda a acabar facilmente com ela.

Assim que tiver terminado sua luta contra o Devorador, você segue até o ponto em que o túnel acaba em uma chaminé natural na rocha. Não há escada ou estribos na pedra que ajudem em sua descida. Ou terá de usar uma corda com gancho (vá para **383**), escalar apenas com suas mãos e pés procurando apoios na rocha (vá para **347**) ou voltar ao cruzamento de corredores (escolhendo uma rota que ainda não tenha pegado), virando para a esquerda, no corredor empoeirado (vá para **227**) ou direita, na passagem úmida (vá para **399**).

328

Você repentinamente se sente muito exposto enquanto tenta refazer seus passos dentro do acampamento. *Teste sua Habilidade*. Se for bem-sucedido, vá para **175**; Se falhar, uma patrulha de guardas te pega de surpresa (vá para **348**).

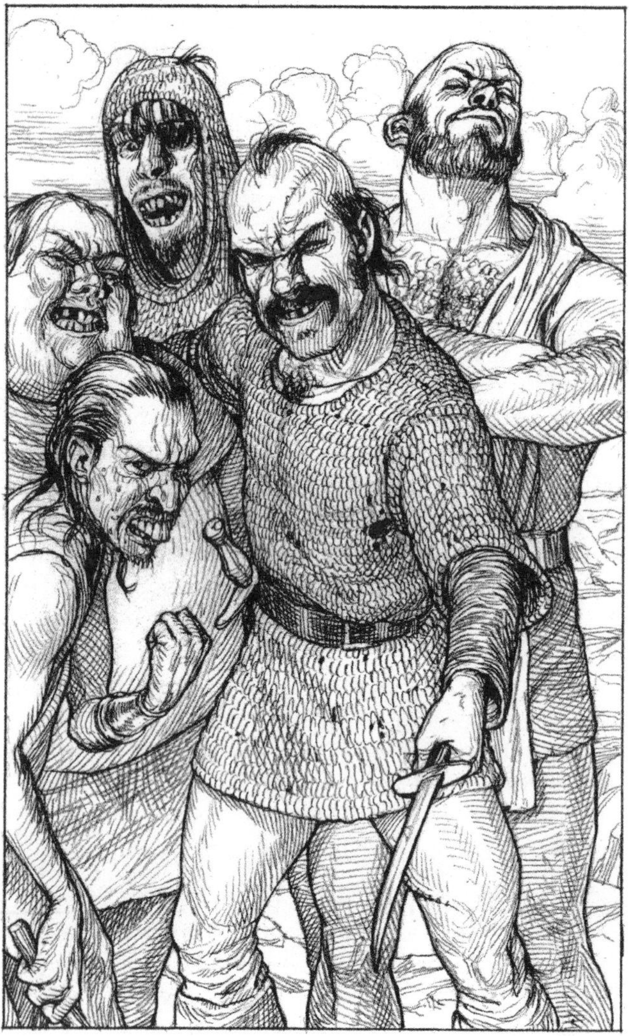

Sentindo perigo iminente, você salta para fora da estrada, usando uma árvore como escudo. Uma série de flechas se crava na casca dela, do lado oposto ao seu. Seu coração bate mais rápido enquanto saca a Ceifadora de Wyrms.

"E você se diz um herói, se escondendo atrás de uma árvore feito um goblin covarde?", uma voz áspera chama sua atenção de algum lugar na mata. É uma voz que você reconheceria em qualquer ocasião: trata-se de Varick Quebrador-de-Promessas. A rivalidade antiga entre vocês acabou se tornando agressividade direta.

De peito inflado, você sai de trás da árvore, com sua arma em punho. Seu rival avança em sua direção, junto de sua gangue de capangas. "E quem é o covarde agora?", é sua resposta, jogando o insulto de volta para o bandido. "Cinco contra um não é muito justo, concorda?"

"E daí?", o líder dos bandidos dá uma cusparada. "Do jeito que vejo, você fez o mesmo comigo uma porção de vezes. Quem liga para o que é justo?".

"Na verdade... é injusto para você", você rebate. "Eu acabo com esses cães sarnentos com uma mão nas costas".

Grunhindo de raiva, os bandoleiros atacam! Lute contra dois inimigos de cada vez. Entretanto, Varick será o último a entrar na briga.

	HABILIDADE	ENERGIA
RUFIÃO COM CICATRIZ	7	7
BANDIDO BRUTAL	6	6
CAPANGA CONTRATADO	7	6
BRUTO DESAJEITADO	6	7
VARICK QUEBRADOR-DE-PROMESSAS	8	10

Se derrotar seu rival e a gangue de bandidos dele, vá para 371.

330

Preparação detalhada foi algo que teve de ser sacrificado em sua pressa para impedir os planos do mago do clima ensandecido. É improvável que consiga completar sua missão, devido à falta de planejamento (perca 1 ponto de SORTE). E se quiser ter alguma chance de deter Sturm, terá de primeiro conseguir uma maneira de entrar em sua máquina climática. Como pretende fazer isso?

Se quiser usar uma poção de levitação, vá para 207. Caso saiba o nome de um elemental do ar e queira convocá-lo para te ajudar agora, transforme o nome dele em um número (usando o código A=1, B=2, C=3... Z=26 e somando todos os valores), multiplique por 2, some 10 ao resultado final, e então vá para o parágrafo com o mesmo número. Se tiver o código Susagep em sua *ficha de aventura*, vá para 128. Se só tiver o código Noollab, vá para 149. Agora, se não tiver nenhuma dessas coisas, vá para 107.

331

Você possui o código Notamotua escrito em sua *ficha de aventura*? Se sim, vá para **280**. Se não, vá para **262**.

332

Conforme o nevoeiro engolfa o navio, você golpeia usando sua espada mágica. Um rosto maligno se forma nas brumas, enquanto tentáculos de fumaça se condensam para permitir o contra-ataque do Elemental de Névoa.

| ELEMENTAL DE NÉVOA | Habilidade 7 | Energia 10 |

Se reduzir a ENERGIA da criatura a zero, os feitiços que animam a cerração são dissipados, fazendo que o Tempestade fique livre para continuar sua jornada marítima. *Teste sua Sorte. Se for sortudo*, vá para **359**. *Se for azarado*, vá para **147**.

333

O primeiro sinal de que pode haver algo de errado à frente é a quantidade de pássaros carniceiros no céu sobre a ravina que está seguindo no momento. E então você vê: jogado no chão, virado para baixo, está a carcaça de um guerreiro vestindo uma armadura. A mochila do falecido está jogada do lado dele. Duas flechas toscas estão perfurando as costas do homem. Não dá para saber quanto tempo ele está aqui, mas foi o suficiente para que os abutres tenham começado sua refeição. Três dessas aves horríveis estão devorando a carne exposta. Conforme se aproxima, os três se viram em sua direção e soltam grasnidos altos e desagradáveis, avisando para que não se aproxime da refeição. Você quer ir até o corpo com a intenção de pegar a mochila do cadáver (vá para **248**), ou prefere deixar que os abutres continuem seu festim e segue seu caminho sem incomodá-los (vá para **148**)?

334

Você é vaiado para fora da cidade, apenas por não ter conseguido fazer chover, coisa que nunca disse que poderia, quando obviamente ninguém conseguiria fazer tal coisa. Incomodado e enraivecido, você deixa Quartzo, mas o escárnio dos camponeses abalou sua confiança. Perca 1 ponto de SORTE. Sua caminhada para o sudoeste continua por mais dois dias (avance o dia da semana em 2), até que chega à fronteira desolada das Planícies Uivantes. Vá para **83**.

335

Preparando-se para encarar o que possa estar escondido atrás dessa porta, você coloca a chave na fechadura e gira. Com a mão em sua espada, caso algo aconteça, você abre a porta, e então se surpreende ao ver um velho raquítico, vestindo robes sujos com poucos cabelos acinzentados te observando por trás de um par de pequenos óculos arredondados. O idoso obviamente está preso contra sua vontade, mas parece ter sido trancado dentro de seu próprio escritório. O homem está sentado em uma escrivaninha, cercado de desenhos técnicos e planos manchados de tinta, assim como uma grande quantidade de miniaturas de madeira e modelos em arame de todo tipo de máquina voadora e arma de cerco. Inclusive, tendo ouvido você destrancando a porta, ele se armou com a miniatura de uma balista. Por um segundo, vocês se entreolham suspeitando de qualquer movimento, até você dizer ao homem que não fará mal nenhum a ele, o que o faz abrir um sorriso imenso de alívio.

"Pelos deuses, faz ideia do quão feliz estou de ver alguém?", o idoso declara, saltando da cadeira.

"Mas, quem é você?, E por que está trancado aqui?", você pergunta de volta.

"Ah, mil perdões", ele desembesta em falar. "Estava tão contente de que não era ele que esqueci totalmente meus bons modos. Meu nome é Inigo Crank", e estende uma mão suja de óleo, que você aperta e então se apresenta.

"Ah, sim, já ouvi falar de você. Não foi você que acabou com aquela torre de guerra dos senhores da guerra bricianos?"

Ao assentir que sim, ele continua: "Mandou bem com aquela chave de fenda, hein? De qualquer forma, aonde eu estava? Ah, sim! O porquê de eu estar trancado aqui. Bem, é tudo culpa daquele sacripanta traidor do Balthazar Sturm".

Você explica que nunca ouviu esse nome antes.

"Não, claro que não, um jovenzinho arrogante, isso que ele é. Estudava no Colégio de Magos em Chalannaburgo, sob a tutela do grande elementalista Nimbus Buscanuvens, até que foi expulso por seus experimentos mágicos irresponsáveis. Claro que não sabia de nada disso quando o conheci, não é? Ele me enganou de jeito. Me convenceu que era um benfeitor generoso, ia patrocinar meu trabalho, mas no final era só para roubar minhas criações e usar para seu plano insano de conquista e vingança! Só me manteve vivo para caso algo desse errado com sua preciosa máquina climática, não foi? Ele chama aquilo de Olho do Furacão".

Ainda tentando entender do que o homem está falando, você o interrompe para perguntar: "Que planos de conquista e vingança?"

"Sturm que se vingar do Colégio dos Magos e de toda Femphrey. De alguma forma, conseguiu combinar sua magia elemental com minhas máquinas para criar um veículo que é capaz de alterar o tempo de forma catastrófica, causando de tudo, desde alagamentos, a nevascas, passando por secas que destroem plantações. Mesmo um exército que o enfrente não tem condições de vencer, afinal, quem pode fazer algo contra o próprio clima?"

Então você conta a Inigo que jurou caçar a fonte da tormenta que devastou a vila de Vastarin e, agora que sabe quem está por trás dela, fará de sua missão pessoal rastrear a embarcação de Sturm e acabar com seus planos malignos. Ouvindo isso, o velho abre um sorriso ainda maior.

"Excelentes notícias! Mas, se quer ter uma chance de ser bem-sucedido onde nem mesmo um exército conseguiria, vai precisar de ajuda. Porém, não há tempo de discutir isso agora. Vamos dar o fora daqui, a não ser que haja algo você precise de ajuda imediatamente".

Durante sua exploração da torre é possível que tenha coletado alguns itens estranhos. Cada um possui um número associado a eles. Para perguntar a Inigo sobre um desses objetos, multiplique seu número por 10 e vá para aquele parágrafo. Também é possível que tenha lutado contra alguns dos guardiões da construção, que também possuíam números. Para perguntar sobre eles, some os três números e vá para o parágrafo de mesmo número. Assim que tiver terminado suas indagações, vá para 365.

336

Repentinamente, você percebe algo aqui, jogado no meio de todo o lixo que se acumulou nessa área. Removendo os tecidos de vela úmidos, o que você revela é um homem artificial metálico. Talvez algum tipo de golem. Saltando para trás, você reage esperando que talvez a criatura se anime, mas ela continua imóvel, sendo banhada pelas águas do porão. Se quiser inspecionar o autômato mais cuidadosamente, vá para **385**. Se não, não há mais nada aqui, e então você escala de volta para a parte principal da nave (vá para **54**).

337
O naufrágio se projeta das águas turvas à frente, algas imitando velas nos mastros quebrados, balançadas pelas correntes submarinas. O navio está levemente inclinado para a direita, a proa apontando para fora da escuridão. É possível ver um buraco enorme em seu casco, possivelmente o motivo pelo qual ele afundou, e então passa pela sua mente a pergunta: "O que poderia ter aberto uma fenda enorme como aquela?" Você quer entrar nos destroços através do buraco no casco (vá para **217**) ou prefere nadar até o convés (vá para **317**)? Também é possível abandonar a nau e ir para a fissura no solo oceânico (vá para **6**).

338
Conforme avança nessa imensidão gélida, a nevasca assopra com ainda mais força, como se essa tempestade quisesse impedir que o Iéti fosse encontrado. *Teste sua Sorte*. Se for sortudo, vá para **297**. Se for azarado, vá para **183**.

339
O túnel começa a se curvar para a esquerda, e a cada passo dado dá para sentir o ar ficando ainda mais quente. Não demora muito tempo para descobrir o porquê. O corredor termina em uma ponte natural de pedra muitos

metros acima de um fluxo de lava. O calor aqui beira o insuportável. Do outro lado dessa passagem existe a entrada de mais um túnel. Se quiser seguir adiante, terá de cruzar o rio flamejante, mas como fará isso?

Usando uma corda com gancho, se tiver uma?	Vá para 299
Bebendo uma poção de levitação, caso possua?	Vá para 367
Seguir cuidadosamente pela ponte?	Vá para 265

340

O Pégaso está lutando desesperadamente para se defender de seus atacantes, mas a batalha ocorre nos céus acima. O único jeito de ajudá-lo é se tiver um arco, uma besta, um bacamarte ou uma poção de levitação. Caso tenha algum desses e queira usá-lo, vá para **89**. Se não, não há outra opção exceto enfrentar a nevasca, deixando o pobre cavalo alado à própria sorte. Avance o dia da semana em 1 e vá para **250**.

341

Você pacientemente conta as mulheres feitas de água sobre os elementais invocados e sua missão para derrotar Balthazar Sturm e sua máquina climática. As náiades são também criaturas elementais, filhas do próprio oceano, porém não têm qualquer interesse nos problemas do mundo seco. Você tenta convencê-las de que as maquinações de Sturm com o tempo afetarão também os mares, mas será que seus argumentos são suficientemente sólidos? Se estiver usando a Coroa de Coral, vá para **381**. Se não, *teste sua Sorte*. Sendo sortudo, vá para **381**; caso seja azarado, vá para **361**.

342

Colocando o Chifre de Caça em seus lábios, você assopra com toda força. Uma nota poderosa sai da outra ponta do instrumento, ficando cada vez mais forte conforme vai vibrando. Essa dissonância vai se tornando ainda mais intensa e o monstro começa a balançar a cabeça em agonia. Percebendo a dor do Dragão da Tempestade, você respira fundo e assopra novamente. As ondas sonoras estrondosas se chocam contra o monstro, que solta um guincho enquanto é arremessado para trás. E então a criatura começa a despencar do firmamento, sem conseguir combater os poderes do Chifre. As nuvens de tempestade começam a se partir ao redor do enorme peixe voador, e é nesse momento que você decide aproveitar da melhor forma possível essa oportunidade, e com o coração quase escapando pela boca, você dá um salto de fé... vá para 14.

343

Deixando a mina para trás, você segue por colinas enquanto a Serra do Dente-da-Bruxa se curva em direção sudeste. No primeiro dia desta nova parte da sua jornada colossal (avance o dia da semana em 1), a temperatura rapidamente vai diminuindo, e logo você se vê viajando por um território que aparenta estar em pleno inverno.

Os ventos frios e cortantes se intensificam, e logo você está no meio de uma nevasca feroz, que continua enfrentando sem esmorecer. Essa intempérie te faz caminhar mais lentamente, já que a neve limita sua visibilidade a poucos metros à sua frente. Com o sol escondido nos céus, e sem nenhum ponto reconhecível na paisagem, você não tem a menor ideia se está viajando na direção correta (se não estiver usando o Talismã Solar, perca 2 pontos de ENERGIA devido as queimaduras de frio).

⚄ ⚄

Viajando desta forma por mais ou menos uma hora, você vê um vulto através da neve à frente, e ouve uma voz feminina, tão afiada quanto os ventos, dizendo: "Quem vem lá?"

Você quer responder o questionamento dizendo seu nome (vá para 352), ou sacando sua arma, se preparando para se defender (vá para 389)?

344
Você cambaleia pelo íngreme túnel em declive, para ainda mais perto do coração do vulcão. O ar está tão quente no momento que sua garganta arde a cada respiração. Enquanto estiver nos Túneis de Fogo, reduza sua HABILIDADE em mais 1 ponto devido à exaustão causada pelo calor. Entretanto, se bebeu a poção de proteção contra o fogo antes de entrar, ou tiver a tatuagem de dragão, ignore essa penalidade. O manto de couro de dragão, por outro lado, não oferece a proteção necessária aqui. Uma abertura no final desse túnel leva a um cruzamento de passagens. Nessa bifurcação, você seguirá pela esquerda (vá para 245) ou pela direita (vá para 364)?

345
Chapinhando por diversos córregos lodosos em busca de um novo caminho, sua mudança de rota vai te levando para fora do curso esperado. Quando percebe, está em meio a um lamaçal fétido, e não está sozinho. Role um dado e consulte a tabela abaixo para ver o que está te perseguindo pelos pântanos.

RESULTADO DO DADO	ENCONTRO
1	Um bando de ratões do charco sentiu seu cheiro. O apetite voraz das criaturas as faz atacar. Enfrente-as como se fossem uma única criatura.

RATÕES DO CHARCO   HABILIDADE 5   ENERGIA 10

2	Uma dupla de goblins do pântano encontrou seus rastros. Eles tentam usar uma armadilha de rede para te prender. *Teste sua Habilidade* e, se falhar, reduza sua força de ataque em 2 durante as duas primeiras rodadas de combate enquanto tenta se libertar. Os goblins atacam com suas lanças.

	HABILIDADE	ENERGIA
Primeiro GOBLIN DO PÂNTANO	6	5
Segundo GOBLIN DO PÂNTANO	5	5

3	Conforme caminha pelas poças malcheirosas, você se vê preso em um enxame de moscas varejeiras. Não é possível lutar contra elas, e as pestes te mordem diversas vezes. Role um dado e perca

esta quantidade de ENERGIA. Se rolar 6, perca também 1 de HABILIDADE, pois está com a Febre do Sangue.

4

Você passa por um brejo que serve de morada para um Sapo Cuspidor. O anfíbio do tamanho de uma pessoa aguarda e expele um jato ácido. *Teste sua Habilidade* e, se falhar, perca 2 de ENERGIA, devido ao cuspe cáustico. Lute conta o imenso batráquio.

SAPO CUSPIDOR   HABILIDADE 5   ENERGIA 6

5

Você passa por um tronco coberto de fungos de estipe grosso e um chapéu com traços vermelhos que lembram veias, quase tão altos quanto anões. Mas é surpreendido quando os enormes cogumelos saem de cima do tronco, e partem em sua direção, faces monstruosas se revelando de seu caule. Os fungoides atacam lançando esporos tóxicos em sua direção, que entopem suas vias respiratórias e fazem suas feridas arderem. Enfrente os estranhos cogumelos carnívoros como se fossem uma única criatura.

| FUNGOIDES | HABILIDADE 6 | ENERGIA 9 |

Se perder mais de 6 pontos de ENERGIA durante sua luta contra os fungos, também perca 1 ponto de HABILIDADE, pois os esporos venenosos prejudicam sua respiração.

6 — Alarme falso! Não há nada te perseguindo.

Se sobreviver aos desafios do pântano, você consegue atravessar este terreno. Viajar agora é bem mais fácil, e o caminho segue por estradas que passam por pomares de maçãs e plantações de nabos, a caminho de Chalannaburgo. Três dias depois, você vê os prédios brilhantes da cidade. Avance o dia da semana em 3 e vá para **50**.

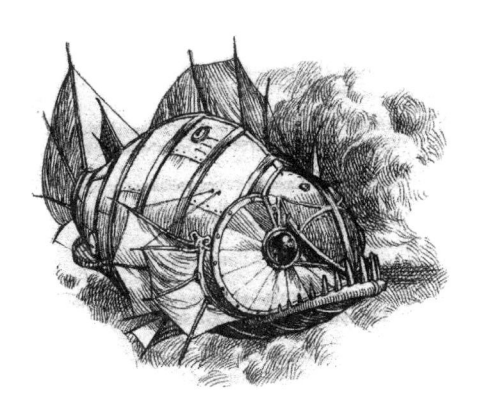

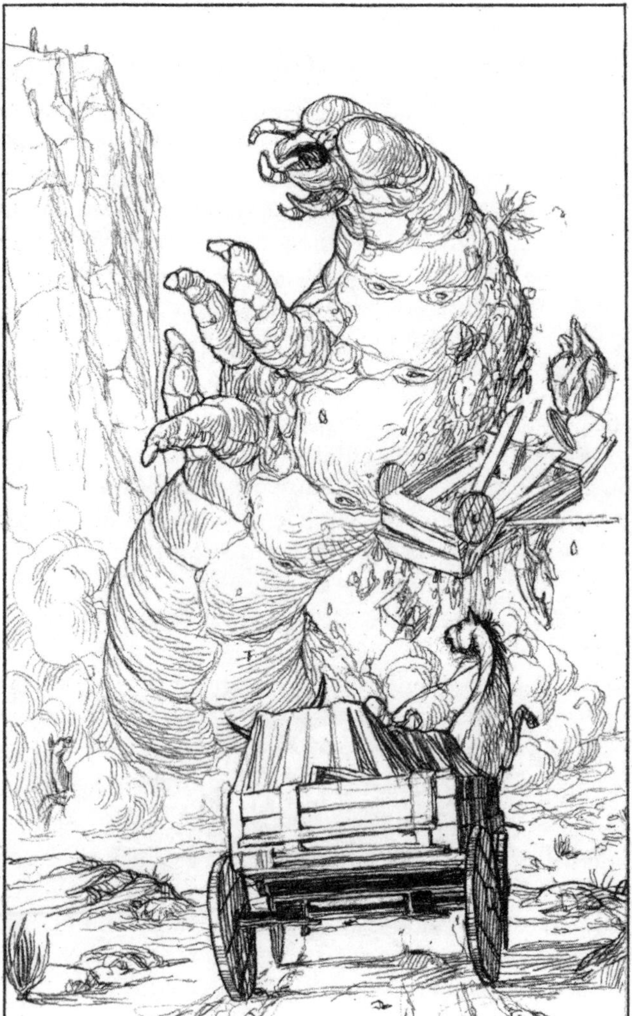

346

O chão começa a tremer novamente, e, dessa vez, parece que é um terremoto verdadeiro! Grandes fissuras se abrem no chão seco e um monte de criaturas monstruosas que parecem vermes saem do solo desidratado. Cada uma tem o tamanho de uma carroça, e parecem a mistura entre uma lagarta e uma larva. Enquanto os fazendeiros fazem seu melhor para lutar contra os Vermes-Terremoto famintos, você se defende do ataque de um deles que se lança em sua direção, balançando uma cabeça sem olhos, mas dotada de mandíbulas fortes o suficiente para perfurar uma armadura de placas.

VERME-TERREMOTO   HABILIDADE 7   ENERGIA 9

Se matar a criatura, vá para **11**.

347

Tentar encontrar os apoios apenas com a sua lanterna, que balança presa em sua mochila, já é difícil, mas para piorar a situação a pedra está úmida e escorregadia. Seu coração está batendo disparado, mas você continua sua descida em direção às trevas. *Teste sua Habilidade*. Se for bem-sucedido, vá para **383**. Se falhar, vá para **366**.

348

No momento que os guardas te percebem, entram em ação. Cercando você, não perdem tempo em te capturar como prisioneiro. Vá para **19**.

349

Você salvou Femphrey, e possivelmente todo o Velho Mundo, dos insanos sonhos de conquista de Balthazar Sturm, mas teve de fazer o sacrifício máximo para isso. Enquanto o Olho do Furacão se desintegra no céu acima, e a tempestade mágica vai se desfazendo, você despenca em direção à sua morte. É o fim de sua aventura!

350

Você se sente pronto para desafiar Balthazar Sturm no coração da tempestade, mas o quanto se preparou para esse momento? Dos quatro lugares de importância elemental (a Serra do Dente-da-Bruxa, as Planícies Uivantes, o Monte Pira e o Mar de Enguias), quantos você visitou?

Um?	Vá para **330**
Dois?	Vá para **298**
Três?	Vá para **268**
Quatro?	Vá para **237**

351

Assim que acerta o golpe final contra o último dos fulguritos, a luz em seus visores apaga, e o traje de couro esvazia como se nunca houvesse nada dentro dele. Agora que liquidou os guardiões desta sala, você vai:

Investigar o frasco mais de perto?	Vá para 377
Continuar subindo a torre?	Vá para 392
Descer as escadarias para as profundezas da torre (se ainda não o tiver feito)?	Vá para 160
Deixar a torre de vez?	Vá para 398

352

Gritando seu nome no meio do vendaval, é possível ouvir a voz feminina perguntar: "O herói de Tannapólis, matador da Bruxa Carmesim?"

"O próprio", você espera para ver qual a reação que sua resposta terá.

Momentos depois, um imenso tigre dentes-de-sabre caminha, como se saído da própria neve, em sua direção. O pelo do animal é quase indistinguível da brancura do mundo ao redor, exceto pelas listras cinzentas. Porém, mais impressionante que a criatura em si é que, sentada em uma sela no dorso do animal está uma mulher, usando a armadura de couro prática que se esperaria de uma caçadora. E os seus instrumentos de trabalho estão à mostra: um arco e uma aljava cheia pendurados em suas costas, enquanto uma lâmina serrilhada está presa em uma bainha afixada no cinto.

O olhar dela está cheio de admiração. "Nunca imaginaria que encontraria um aventureiro como você, ainda mais no meio de uma tempestade", ela diz. "Deve ser o destino, juntando-nos para caçar a fera".

Você pergunta qual o nome dela e de que fera está falando.

"Meu nome é Larni", ela responde, "e tenho viajado em busca de um predador monstruoso e perigoso: o Iéti. Esse clima bizarro tirou a criatura de seu lar nos picos glaciais das Montanhas Enuviadas. Me contrataram para caçar e eliminar a besta antes que massacre mais um rebanho ou aterrorize outra fazenda. Estava no encalço dele até essa nevasca cair, e o Presas aqui", diz, fazendo um afago carinhoso no pescoço do dentes-de-sabre, "perdeu o cheiro do monstro. Mas tenho certeza que com a sua ajuda, nós três conseguiremos pôr um fim nessa caçada. Você vai nos ajudar, certo?".

Se concordar em auxiliar Larni e Presas na caçada ao Iéti, vá para **382**. Se não, você conta à caçadora que já está em uma missão para acabar com o caos climático que trouxe a abominável criatura das neves de onde vivia nas montanhas para esse local, e segue seu caminho solitário. Depois de mais um dia de viagem, a neve vai ficando apenas na memória. Avance o dia da semana em 1, e vá para **189**.

353

Você errou o caminho muitas vezes durante a sua fuga do vulcão, mas será que isso significará sua morte? Apenas a sorte pode te salvar agora! *Teste sua Sorte*. Se for sortudo, vá para **388**. Se for azarado, vá para **373**.

354

Há apenas mais um obstáculo antes de poder deixar a torre. De pé, no centro da oficina lotada de sucata, está uma enorme figura metálica. Seu corpo é movido por um barulhento motor a vapor, e dá para ver o brilho incandescente de relâmpagos através da placa de vidro no meio do peitoral dele. A mesma luz é visível nos olhos vítreos desse gigante, enquanto chaminés saindo dos ombros enchem o aposento com fumaça e vapor. Dedos que acabam em lâminas afiadas se esticam em sua direção enquanto o Golem a Vapor dá seus primeiros passos desajeitados para frente. Não é a primeira e nem será a última vez que você agradece aos deuses que a Ceifadora de Wyrms é uma espada mágica capaz de cortar metal tão facilmente quanto carne.

GOLEM A VAPOR   HABILIDADE 8   ENERGIA 10

Se conseguir destruir o colossal autômato mágico, vá para 324.

355

Talvez tenha algo que possa fazer para ajudar. Pegando emprestado o mais rápido cavalo na vila, você galopa de Queda de Açude em direção ao norte. Não muito longe você teve um encontro com Cormoran, o gigante. Enquanto cavalga pelos penhascos, avista a silhueta imensa dele caminhando pelos morros à procura de ovelhas. É hora de cobrar o favor.

Depois de falar com ele, você dá meia volta e galopa de volta à vila tão rápido quando sua montaria consegue, Cormoran acompanha graças a seus passos imensos. Quando veem o lago, a vila, e a represa que separa ambas prestes a se partir, você não precisa dizer mais nada ao gigante exceto apontar.

Cormoran fica de pé ao leste, do lado da barragem. A população fica atônita e maravilhada enquanto o colosso ergue sua clava de tronco de árvore acima da cabeça e golpeia o topo do morro na lateral da represa, que desmorona, toneladas de pedra e lama criando um segundo paredão em frente ao original, reforçando-o.

Queda de Açude foi salva! O desmoronamento vai manter as águas do lago represadas em segurança até que se encontre alguém capaz de resolver o problema das comportas de maneira satisfatória (recupere 1 ponto de SORTE).

Dois dias depois (avance o dia da semana em 2), a chuva parou, e você chega à fronteira do território conhecido como Planícies Uivantes. Vá para **83**.

356

"Leve isso", diz o mago, entregando um frasco de vidro vermelho na forma de chamas. "É uma poção de proteção contra o fogo, feita através da utilização das secreções das salamandras de fogo gigantes e escamas dracônicas maceradas. Com certeza será de valor inigualável enquanto desbravar os Túneis de Fogo no Monte Pira". Adicione a poção de proteção contra o fogo em sua *ficha de aventura* e vá para **193**.

357

Sua caçada pelo Dragão da Tempestade leva para o terreno acidentado ao norte de Lugubridade, até chegarem em um morro alto do que se eleva muito acima da agora distante cidade. Perto do topo dessa elevação existe uma caverna sinistra, que mais parece uma bocarra cheia de presas. Está muito tarde para tentar escalar até o ápice, então vocês acendem uma fogueira e montam acampamento para a noite, o cão de caça vigiando enquanto descansam.

Ao amanhecer (avance o dia da semana em 1), vocês começam a escalada ao cume. Usando trilhas de cabritos montanheses e as raízes de arbustos para auxiliar sua subida, todos conseguem chegar sãos e salvos ao topo. E estão agora encarando a entrada da caverna assustadora. A passagem é tão enorme que com certeza permitiria a passagem de algo do tamanho de um dragão. Com os nervos à flor da pele, de armas sacadas e lanternas acesas, Silas, seu cachorro e você adentram a escuridão à frente.

A bocarra da caverna leva a um túnel largo que desce o morro. Ao chegar no final, vocês se encontram em uma enorme câmara, todos os sons que fazem ecoando pelas paredes. Existem outras duas passagens imensas saindo daqui, como se a caverna se abrisse para a direita e para a esquerda. No ar é possível sentir o fedor de carne putrefata. Você vai explorar o caminho à esquerda (vá para 378) ou o da direita (vá para 246)?

358

Conforme bate as pernas para a superfície, uma sombra longa e sinuosa se ergue do coral abaixo, tão enorme que poderia afundar um navio! O Leviatã tem um apetite voraz e está determinado a não te deixar escapar mais uma vez. As presas similares as de um peixe-pescador estão escancaradas, e a besta marinha vai se aproximando a cada batida de sua cauda.

LEVIATÃ   Habilidade 10   Energia 20

Se conseguir derrotar essa monstruosidade das profundezas, recupere 1 ponto de Sorte e vá para **318**.

359

Após uma noite tranquila no mar, o dia seguinte amanhece nublado (avance o dia da semana em 1). Não há terra à vista, porém o Tempestade está ancorado. "Esse é o lugar?", é sua pergunta para Katarina, em meio a um bocejo e o esfregar de seus olhos para acordar. Só agora você percebe o quanto essa missão tem cansado você.

"Não é exatamente um X marcando o lugar, concordo", ela zomba, "mas é o lugar. Estamos ancorados no limite da Barreira de Corais Negros. O rumor é que lá embaixo, no limite da Fenda do Peixe-Diabo, está o templo submerso de Hydana, o deus dos mares. Alguns dizem que havia uma ilha aqui no passado, até que foi engolida por um maremoto, mas outros dizem que o templo sempre foi submarino. Muitos vêm aqui buscando pelo lugar, e alguns até o encontraram. Porém, menos ainda voltaram para contar a história. Se tiver algo que vai te ajudar a sobrepujar um elemental da água maior, vai ser lá embaixo".

Sem temer, você se posiciona na amurada para fazer suas preparações finais. Será necessário deixar sua mochila aqui, mesmo sendo impermeável, ela não foi feita para uma jornada ao fundo do mar. Entretanto, ainda pode levar consigo sua espada, a Ceifadora de Wyrms, e mais dois itens, mas nenhuma comida.

Seu último ato antes de entrar no oceano é fazer a preparação necessária para que possa respirar embaixo d'água. Você vai beber a poção de respirar embaixo d'água, se tiver uma (vá para **315**), botar o Elmo de Respiração, se o tiver (vá para **379**), ou pedir a ajuda de Próspero Encantamar, se ele estiver com você (vá para **393**)?

360

Por dois dias você cruza os terrenos variados de Femphrey, passando pelas escarpas rochosas que formam o sopé da Serra do Dente-da-Bruxa, através de antigas florestas, vales tranquilos e planícies sem graça (avance o dia da semana em 2). E então chega aos Pântanos de Lugubridade.

Esses brejos fétidos se alastram a partir da margem leste do lago Lúgubre. Foi nas profundezas desse corpo de água terrível em que encontrou sua espada matadora de dragões, a Ceifadora de Wyrms. Os pântanos em si são um dos poucos lugares sem lei no reino. Criminosos procurados têm seus esconderijos aqui, enquanto, nos pontos mais profundos, criaturas malignas vivem entre lamaçais e sumidouros mortais. Ainda assim, o caminho mais rápido entre as montanhas e a costa, e as docas de Chalannaburgo, é por aqui. Além disso, como pode um herói de sua estirpe temer um bando de moradores covardes do pântano?

Seguindo o caminho mais viajado pelos charcos cobertos de névoa, você avista uma figura se aproximando. O viajante veste uma batina feita de tecido bruto negro, e se apoia em um cajado comprido. O homem está balbuciando algo enquanto aves carniceiras voam acima. Se quiser continuar nesse caminho, vá para **211**. Caso prefira pegar outra rota, para evitar um encontro, vá para **345**.

361

O que importa para as Náiades é que você profanou o Templo de Hydana, e tal crime deve ser punido. Berrando, as três elementais avançam em sua direção, com o objetivo de te afogar. Mesmo que sejam feitas de água, elas formam garras de gelo na ponta de seus dedos. Lute contra as três ao mesmo tempo.

	HABILIDADE	ENERGIA
Primeira NÁIADE	8	7
Segunda NÁIADE	7	7
Terceira NÁIADE	6	6

Se hoje for Dia do Mar, some 1 ponto aos valores de HABILIDADE e ENERGIA das Náiades. Se conseguir derrotar as guardiãs, pode pegar a Concha dos Mares (adicione à sua *ficha de aventura*, anotando também que ela possui 12 espinhos) e, após terminar essa parte da missão, você nada de volta à superfície e ao Tempestade. Se tiver o código Retsnom anotado em sua *ficha de aventura*, vá para **358**. Se não, vá para **318**.

362

As forças que animam o autômato estão diretamente ligadas à matriz elemental que fornece energia ao Olho do Furacão. Por causa disso, o dano que causou à nave também enfraquece o Imparável. Se tiver que enfrentá-lo diretamente, reduza suas características conforme a tabela abaixo.

DANO	EFEITO NO IMPARÁVEL
6-7	Reduza a ENERGIA em 2.
8-9	Reduza a ENERGIA em 4 e a HABILIDADE em 1 ponto.
10-11	Reduza a ENERGIA em 6 e a HABILIDADE em 2 pontos.

Agora vá para **331**.

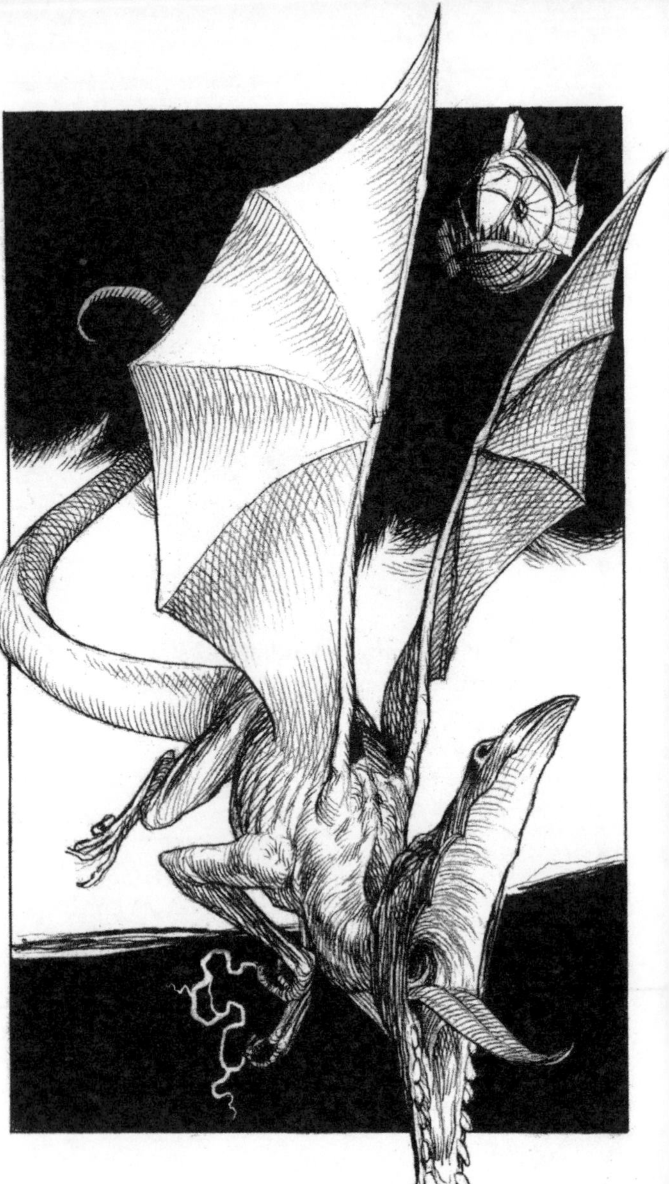

363

Um guincho alto e reptiliano soa através do firmamento, como se fosse um trovão, enquanto raios cruzam o céu. Voando para fora do turbilhão está uma criatura lendária: o Dragão da Tempestade. É dito que quando voa, temporais apocalípticos atingem a terra, deixando para trás apenas devastação por onde passa. O monstro se move em sua direção usando enormes asas negras de couro, trovões arrebentando a cada batida. Ele é aterrador de ver, com seu corpo coberto de escamas, tão grande quanto a nave, e sua imensa cabeça sauroide. Abrindo sua bocarra imensa, a fera solta mais um berro que parece que vai fazer seus tímpanos explodirem (se tiver o Chifre de Caça, vá imediatamente para 342). O poder das tormentas brilha no fundo dos olhos sombrios, e relâmpagos correm por suas garras lustrosas. E então você entende o que terá de fazer para chegar até o Olho do Furacão. A Ceifadora de Wyrms, sua espada matadora de dragões, parece cantar enquanto é sacada.

DRAGÃO
DA TEMPESTADE   HABILIDADE 11   ENERGIA 14

Se hoje for Dia da Tempestade, aumente o valor de HABILIDADE do dragão em 1 ponto, e a ENERGIA dele em 2. Como não está sozinho aqui, pode fazer dois ataques contra o arauto da tormenta em cada rodada de combate. Além de gerar forças de ataque para si mesmo e o Dragão da Tempestade, também deve fazer isso para seu companheiro, que terá HABILIDADE 10. Isso significa que, independentemente de quem seja, seu companheiro também causará dano à criatura. Entretanto, se o dragão vencer uma rodada de combate, focará toda sua atenção em você, que carrega uma arma capaz de feri-

-lo seriamente; role um dado e em um resultado de 5-6, o monstro te acerta com um raio vindo de suas garras, que causa 4 pontos de dano à sua ENERGIA em vez dos 2 tradicionais. Se derrotar a fera, estará exatamente sobre o peixe de latão, e terá de fazer um pulo em direção ao desconhecido... Vá para **14**.

364

As formações rochosas no teto e piso dão ao túnel a aparência de uma bocarra entreaberta. De repente, uma língua de fogo se forma entre as mandíbulas de pedra, devido ao gás e as chamas que vazam do interior do vulcão. Você para e observa as labaredas surgindo por alguns minutos, tentando encontrar algum padrão para que possa passar por elas em segurança. Infelizmente, por mais que olhe, não há qualquer sequência aparente. Se quiser prosseguir, terá que passar pelas presas rochosas e arriscar se queimar. Se quiser correr o risco, vá para **384**. Se não quiser arriscar sua sorte, terá de voltar por onde veio (vá para **245**).

365

"Vamos, a gente já deveria estar longe daqui", o velho engenheiro sussurra de forma conspiratória, "antes que aqueles malditos fulgurites nos encontrem. Só vão levar alguns minutos para eu pegar as minhas coisas, e então vou dar o fora daqui. Se fosse você, faria o mesmo". Adicione o código Knarc à sua *ficha de aventura* e então decida o que deseja fazer a seguir. Se quiser fugir da torre do louco mago do clima também, vá para **398**. Se preferir explorar os níveis superiores da torre, caso ainda não tenha, vá para **220**.

366

Era praticamente inevitável, dadas as condições. Sua mão escorrega da beirada em que estava se segurando e você despenca o resto do caminho, chaminé abaixo. Seu corpo cai em um monte de areia dura de um túnel que passa pelas fundações da montanha (role um dado e perca aquela quantidade de pontos de ENERGIA; se o resultado for 1, ainda assim irá sofrer 2 pontos de dano à ENERGIA).

E então, várias criaturas se lançam sobre você. Pequenas, com oito patas, dentes afiados e uma carapaça óssea que os ajuda a esconder-se entre as rochas de seu lar subterrâneo. Role um dado e veja quantos grannits te atacam. Se o resultado for 1-3, a luta é contra quatro criaturas; se o resultado for 4-6, lute contra seis! Entretanto, pelos túneis serem estreitos, você lutará com um de cada vez. Cada grannit tem as mesmas características abaixo.

GRANNIT   HABILIDADE 4   ENERGIA 3

Se derrotar esses rastejantes nojentos, você corre para seguir seu caminho antes que mais apareçam. Vá para **80**.

367

Você bebe a poção e imediatamente começa a sentir seus efeitos. Seu corpo começa a flutuar em direção ao teto, só parando quando sua cabeça bate no teto acima (perca 2 pontos de ENERGIA). De lá, consegue se impulsionar pelo teto da câmara, usando as estalactites afiadas como apoio, muito acima do rio de lava. Não demora muito para que a poção perca seu efeito, e você retorna ao chão, já do outro lado da ponte de pedra. Remova a poção de levitação de sua *ficha de aventura* e vá para **185**.

368

Ao passar pela porta, você está na ponte de comando do Olho do Furacão. Do lado oposto à entrada, a câmara toma a forma curvada da proa dessa embarcação, dois enormes domos de observação feitos de cristal ocupam a maior parte da parede, fornecendo visão do reino abaixo de forma inimaginável. Diversas máquinas cobrem as paredes, são operadas por um time de criaturas bizarras. Do tamanho de anões, estão completamente selados em macacões de couro com um elmo de latão. Faíscas de um azul incrível piscam atrás dos visores dos capacetes. Estes fulgurites te ignoram por estarem muito ocupados com suas próprias funções.

Uma rede de canos saindo do maquinário converge para um painel central de controle na ponta de um pedestal de metal que sai do piso desta sala. Em pé, de frente para o painel, está um homem alto, careca, vestindo um manto que vai alterando de coloração. Primeiro um azul celeste com nuvens de tempestade na parte das costas, e no próximo momento um belíssimo sol laranja, seus raios se espalhando pelo tecido. Não há dúvida alguma de quem essa pessoa é.

Balthazar Sturm se vira e fixa um olhar mortífero em você. "Então, finalmente chegou!", ele grita. "Aquele que vem me causando tantos problemas!"

"Em pessoa!", você responde, sua voz cheia de confiança. "E agora vou colocar um fim em seus sonhos de domínio, de uma vez por todas!"

"Você pode tentar", rosna Sturm, "mas eu sou um mestre dos elementos!"

"E eu já lidei com outros da sua laia", e então saca Ceifadora de Wyrms, ficando em prontidão. "Fui eu que bani os xamãs ósseos de Bathoria e derrotei a Bruxa Carmesim. Não acho que um mago do clima vai ser um problema para mim".

"Ora, ora, acho que teremos de esperar para ver quanto a isso, não é mesmo?" Seu manto se torna de um vermelho intenso e seus olhos se acendem. "Não é mesmo?"

E então ele estala os dedos... e imediatamente explode em chamas! Todo o corpo dele é coberto por fogo, sua carne e ossos tornando-se labaredas vivas. "Sinta o calor da minha fúria!", Sturm ruge. Sem se distrair nem mesmo um minuto após sua dramática transformação, ele anda em sua direção. Se ao menos tivesse uma maneira de apagar as chamas, da mesma forma que se assopra uma vela...

⚁ ⚄

Se souber o nome de um elemental do ar que possa chamar para te auxiliar contra a tocha humana, e quiser invocar agora, transforme o nome desse em um número usando o código A=1, B=2, C=3... Z=26. Some os números, multiplique por três e subtraia sete, e então vá para esse novo parágrafo. Se não, vá para **112**.

369

Muldwych está muito agradecido por você ter salvo a vida dele. "Te devo muito," diz o monge "não acho que poderei nunca te pagar o quanto merece, mas me permita fazer o que posso: deixe-me ler seu futuro". Se quiser ouvir seu futuro, vá para **271**. Se não, o monge louco e você se despedem e seguem caminhos diferentes.

Após continuar a viagem por algum tempo, o pântano acaba. O caminho está muito mais fácil agora, seguindo por estradas de terra batida que passam por entre pomares de maçãs e campos cheios de nabos bem cuidados, na rota que leva a Chalannaburgo. Avance o dia da semana em 3 e vá para **50**.

370

Tendo colocado os cilindros em posição, você fecha com uma batida a placa peitoral do Imparável, e se joga para trás, esperando que o autômato logo pare de funcionar. Mas há algo errado: o gigante de ferro acelera ao invés de desligar, e então, em meio a uma rajada de golpes pesados como marretas, o construto parece entrar em fúria. O código que colocou estava errado, e agora não há como parar a monstruosidade de metal (perca 1 ponto de SORTE). Volte a **262** para terminar a luta, somando 2 pontos ao valor de HABILIDADE dele!

371

Após lidar com Varick e sua gangue, a reputação de todos os aventureiros no reino vai melhorar (recupere 1 ponto de SORTE). Não é à toa que esses criminosos te atacaram, apenas seu rival possuía algo de valor: 8 moedas de ouro, um rubi grande (que vale 4 moedas de ouro) e um elixir curativo (que se bebido recupera 4 pontos de ENERGIA e 1 ponto de HABILIDADE).

Mais dois dias passam até sair das terras selvagens que ocupam o coração do reino, chegando à região costeira e da capital. Avance o dia da semana em 2 e vá para **50**.

Você diz a Giles para tirar todos da vila e levar para o lugar mais alto possível. A represa dá todos os sinais que está prestes a se romper. Enquanto está ajudando as últimas mães, crianças e idosos a subirem o morro ao oeste da barragem, a construção cede. Primeiro, é apenas uma tábua de madeira que se solta, um jato de água saindo da frente do paredão, e então uma parte do encanamento... e aí toda o resto vem abaixo.

O peso colossal das águas é liberado, a força da enchente varre toda a vila em uma torrente incontrolável. Conforme o nível das águas sobe, atingindo seus calcanhares, você se esforça para subir a encosta que agora está enlameada, mas o chão parece estar se desfazendo abaixo dos seus pés. É quase como se o fluxo não quisesse te deixar escapar... e realmente é isso!

A forma de uma serpente, feita das águas revoltas, emerge do alagamento e se lança em sua direção, e mais uma vez será necessário lutar por sua vida!

TORRENTE   Habilidade 8   Energia 10

Se hoje for Dia do Mar, adicione 1 ponto ao valor de Habilidade da Torrente, e mais 2 ao valor de Energia do elemental, e se ele te ferir em um resultado do dado de 4-6, o dano causado à Energia é 3 (ao invés dos tradicionais 2). Se derrotar a criatura, sua essência retorna à inundação.

Mesmo tendo salvado os camponeses, Queda de Açude foi completamente destruída (perca 2 pontos de Sorte). Você parte sob nuvens escuras, porém, um dia depois, ao menos a chuva para. E em mais um dia sua viagem chega ao território conhecido como as Planícies Uivantes. Avance o dia da semana em 2 e vá para **83**.

373

Infelizmente, você passou tempo demais cruzando os traiçoeiros túneis de fogo do Monte Pira. O magma se derrama na caverna vindo por trás de você, e pouco depois explode pela lateral da montanha com uma potência catastrófica. Nada é capaz de sobreviver a uma rajada de um vulcão em erupção... nem mesmo você! Sua aventura acaba aqui.

374

Com o Iéti morto, você cuida dos ferimentos de Larni e do dentes-de-sabre, oferecendo uma prece aos deuses, já que ambos sobreviveram. A caçadora se preocupa mais com a condição de seu companheiro animal. Mexendo nos alforjes do felino, você remove um jarro de bálsamo, que aplica nas feridas de Presas. Ela te oferece o pote dizendo: "É um bálsamo restaurador, de Pedra de Ruddle. Por favor, use em seus machucados também. É o mínimo que posso fazer depois de tudo que fez por nós" (usar o bálsamo restaurador recupera um número de pontos de ENERGIA igual à metade do seu valor *inicial* de ENERGIA).

Enquanto a caçadora começa a esfolar o monstro, você parte novamente através das paisagens nevadas. Com a fera das neves morta, a nevasca vai diminuindo. Depois de mais um dia se passar, o gelo começa a derreter. Avance o dia da semana em 1 em vá para **189**.

375

Após um dia inteiro arrastando os pés sob um sol inclemente que mais parece uma bola de fogo presa em um firmamento da cor de areia, você chega a um povoado formado de casas simples (avance o dia da semana em 1). Primeiro, a impressão é de uma miragem, pois sua vista está tremulando devido ao calor. Por centenas de acres, onde deveria haver campos verdejantes e plantações imensas de milho, não há nada além da terra empoeirada. Não parece chover aqui há semanas, e essas suspeitas se confirmam quando você segue a estrada para Quartzo.

No meio da vila, na parte de trás de uma carroça aberta, está uma geringonça bizarra. Toda feita de canos de latão, vários moinhos de vento girando e esferas rodopiantes metálicas. A máquina faz muito barulho, pistões batendo e engrenagens girando. No centro, o que parece uma fornalha que se conecta a um pára-raios apontando para o céu sem nuvem alguma. Uma pequena multidão curiosa cerca o equipamento, observando cada movimento com apreensão, como se esperasse que algo impressionante acontecesse. Também olhando a máquina com a mesma apreensão, está um homem vestindo mantos multicoloridos de mau gosto e uma cartola de veludo vermelho.

"E agora", é possível ouvir o apresentador proclamando, "o momento que todos estavam esperando!" O homem lança um olhar nervoso para os céus de azul anil e sem nenhuma nuvem. "O momento em que minha máquina milagrosa trará a chuva de volta!"

O que deu para perceber até agora é que o homem é um charlatão, e não há nem mesmo uma nuvem no firmamento. A impressão é que ele pegou o dinheiro dos aldeões prometendo invocar as águas tão esperadas, mas é mais fácil começar a chover sapos do que cair uma gota do céu, considerando que Balthazar Sturm tomou controle do clima no reino.

O herói que existe dentro de você não aguenta ver alguém tirando vantagem de pessoas desse jeito, mas quanto antes parar Sturm, mais rápido a situação do clima em toda parte irá voltar ao normal. Se quiser intervir em favor da população e expor o farsante, vá para **396**. Se não, você deixa Quartzo para trás e continua ao sudoeste entrando nas fronteiras escaldantes das Planícies Uivantes. Avance o dia da semana em 2 e vá para **83**.

376
"Te ofereço essa poção de respiração embaixo d'água", diz Matteus, pegando em uma prateleira lotada uma garrafa de vidro verde da cor do mar, na forma de um peixe. "Se for buscar por apoio contra um elemental da água no fundo do mar, irá precisar disso". Adicione a poção de respiração embaixo d'água à sua *ficha de aventura* e vá para **193**.

377
Quando está prestes a pegar o frasco, um pensamento cruza sua mente. Você primeiro puxa a alavanca na parede para baixo, na posição de "desligado". O zumbido elétrico para, mas o brilho do frasco continua. Pegando ele, é possível sentir seu peso na sua mão, e é impossível não ficar ma-

ravilhado com a esfera de eletricidade ofuscante que está presa no interior. Em um rótulo quase descascado, escrito com letras alongadas, está a inscrição "Centelha da Vida". Se quiser pegar o invólucro, anote a Centelha da Vida em sua *ficha de aventura*, assim como o fato desse frasco ter seis lados. Com o item dentro de sua bolsa, você irá:

Subir as escadas para o próximo andar?	Vá para 392
Descer as escadarias para os níveis inferiores da torre (se ainda não tiver o feito)?	Vá para 160
Deixar a torre de uma vez por todas?	Vá para 398

378

O fedor de carne apodrecida se intensifica conforme avançam pela caverna, até que entram em uma alcova menor, cheia de ossos. Pela pouca luz que suas lanternas lançam, é possível ver esqueletos de todos os tipos de criaturas, vacas, humanos, goblins e até mesmo grifos, toda carne removida de seus ossos. Qualquer coisa que viva aqui com certeza é um carnívoro voraz.

Sempre de prontidão caso a fera faminta retorne, Silas e você fazem uma busca rápida pela caverna. Como suspeitaram, o que devorou essas criaturas não tinha interesse algum em tesouros. Entre as ossadas vocês encontram...

Uma bolsa com gemas (vale 8 moedas de ouro);

Um martelo de guerra;

Uma corda com gancho;

Um arco e aljava com 6 flechas;

Um bracelete dourado (vale 5 moedas de ouro);

Uma garrafa rotulada "poção de levitação".

Silas sugere que dividam o que encontraram na metade, da mesma forma que fariam com a recompensa por matar o Dragão da Tempestade. Escolha três itens da lista (notando que só pode pegar um dos itens que valem moedas de ouro) e adicione-os à sua *ficha de aventura*; o caçador fica com o resto.

O martelo de guerra não é uma arma mágica, mas causa dano de impacto; se atingir um oponente com ele, role um dado e se o resultado for 5-6, causa 1 ponto extra de dano à ENERGIA. O arco pode ser usado uma vez por luta, antes de entrar em combate corpo-a-corpo (desde que tenha flechas para disparar); *teste sua Habilidade* e se for bem-sucedido, cause 2 pontos de dano à ENERGIA de seu oponente.

Com suas novas posses guardadas em sua mochila, vocês retornam à câmara principal para ir mais fundo nesse covil cavernoso em busca do Dragão da Tempestade. Vá para **246**.

379

Tentando lembrar as instruções de Mar Salgado, você coloca o elmo e conecta os tanques em suas costas, que servem para fornecer o ar necessário. Logo dá para perceber o quanto sua visão vai ser restringida pelo capacete. O aparato também é bastante pesado, e mesmo que isso não vá fazer tanta diferença embaixo da água, ainda vai dificultar seus movimentos. Enquanto estiver submerso, reduza sua HABILIDADE em 1 ponto. Além disso, os tanques têm uma quantidade limitada de ar neles. Conte quantos parágrafos você vai ler enquanto estiver explorando o fundo do mar. Assim que passar de 16 parágrafos, você é forçado a voltar a superfície (indo imediatamente para **318**); mas agora, vá para **315**.

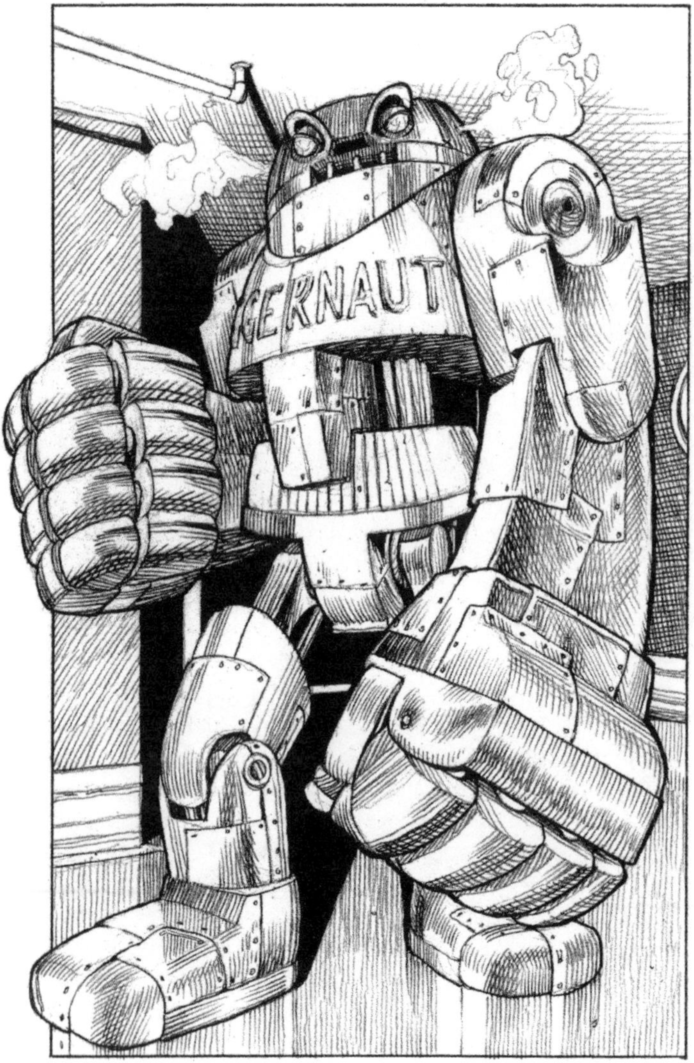
ERNAUT

380

Ao abrir a porta, o que vê é um imenso gigante mecânico, construído com placas de metal. Seus olhos são feitos de cristais brilhantes e na placa peitoral está inscrito seu nome: IMPARÁVEL. A porta se fecha atrás de você e o colosso metálico caminha em sua direção, pistões de suas pernas batendo e vapor saindo pelas laterais da cabeça. O construto está guardando uma outra porta, no outro extremo da sala. Se o seu *marcador de dano* for 6 ou mais, vá para 362. Se não, vá para 331.

381

"Nós respeitamos sua busca", diz a primeira náiade.

"E, como veio a nós de forma humilde, em busca do auxílio de nosso pai", a segunda continua.

"Lhe entregamos a Concha dos Mares", a terceira conclui.

Com isso, as três mulheres elementais se dissolvem no mar, deixando apenas uma despedida em sua mente. "Que Hydana abençoe sua jornada!" (recupere 1 ponto de Sorte e adicione a Concha dos Mares à sua *ficha de aventura*, anotando que ela possui 12 espinhos).

Com o artefato em sua posse, você sai de volta à superfície e ao Tempestade. Se tiver o código Retsnom em sua *ficha de aventura*, vá para 358. Se não, vá para 318.

382

Larni fica animada com sua resposta. "Então devemos partir agora mesmo", ela diz. "Essa tempestade não vai atrapalhar o Iéti, então o melhor a fazer é avançar o quanto antes". Você acompanha o passo do dentes-de-sabre, enquanto a mestra dele procura por sinais da fera, com olhos atentos, assim como os seus. Se tiver uma Presa de Dente-de-Sabre, vá para **297**. Se não, vá para **338**.

383

Você chega em segurança ao fim da chaminé, pisando no chão arenoso do que parece ser um túnel natural dessa vez, e não um cavado por anões. Ouvindo o som de patas, você levanta sua lanterna e na sua frente vê o que parecem várias pedras se movendo. Mas quando uma chega mais perto, dá para ver que não são rochas, mas crustáceos com uma casca de cor de granito. E então vêm mais criaturas saídas das trevas em sua direção, chiando, planejando fazer de você sua próxima refeição! Role um dado para saber quantos grannits te atacam. Se rolar 1, adicione mais uma criatura, para combater no mínimo 2. Cada uma das criaturas rastejantes têm os seguintes atributos.

GRANNIT   Habilidade 4   Energia 3

Se derrotar os monstrinhos famintos, logo pode seguir seu caminho. Vá para **80**.

384

Corajosamente, você pula através das mandíbulas de pedra e das chamas. *Teste sua Sorte*. Se for sortudo, passa sem sofrer nenhum problema. Se for azarado, é pego em cheio por uma explosão flamejante. Perca 4 pontos de ENERGIA (caso tenha a tatuagem de dragão, reduza o dano em 1 ponto, se tiver tomado a poção de proteção contra o fogo antes de entrar nos túneis ou tiver o escudo dracônico, reduza em mais 1 ponto, e se estiver vestindo o manto de couro de dragão, reduza em mais 2 pontos. Todas essas reduções são cumulativas, então caso tenha a tatuagem, tenha bebido a poção e esteja com o escudo, reduza o dano em 3 pontos).

Dentro da bocarra, o túnel vai se alargando até chegar a uma queda, no fundo da qual existe um lago de magma borbulhante. Ao olhar com cuidado pelo precipício, você consegue ver um espigão de pedra negra se projetando da lava, que se remexe com a atividade vulcânica. É possível ver o que parece um altar no final dessa plataforma. O calor é insuportável. Você não gosta da ideia de queimar suas mãos escalando a lateral da rocha escaldante, mas talvez seja possível usar uma corda com gancho. Se tiver uma, e quiser tentar descer o precipício, vá para **279**. Caso não possua uma ou não queira tentar essa escalada, terá de voltar por onde veio, escolhendo uma outra rota em direção ao coração da montanha (vá para **300**).

385

O homem de aço deve ter ao menos três metros de altura, mesmo que esteja caído dentro de uma poça de água cheia de ferrugem. Seus olhos são cristais opacos e em sua placa peitoral está seu nome: Encouraçado. Quando passa a mão pelo nome, a placa se abre, revelando três cilindros, cada um com todos os números de 0 a 9. Isso faz com que perceba que o topo da cabeça do androide possui dobradiças. Levantando a tampa da cabeça, percebe um espaço vazio que possui seis lados; sua mente mecânica está faltando. Se tiver algo que ache caber aqui, multiplique o número associado ao objeto por dez, subtraia do número deste parágrafo, e então vá para a nova referência. Caso não tenha nada que sirva para isso, ou não queira usar aqui, não há outra coisa a fazer exceto voltar à sessão principal do navio (vá para **54**).

386

Tendo falhado em encontrar o mítico Dragão da Tempestade, Silas e você voltam para Lugubridade. Mesmo o cão está em silêncio agora, andando cabisbaixo atrás de você, seu rabo entre as pernas. O humor das pessoas na cidade é o mesmo, já que nenhum dos caçadores encontrou qualquer sinal da besta também.

"E para onde vai agora?" Silas pergunta, você diz que precisa se apressar em direção às montanhas na Serra do Dente-da-Bruxa. Despedindo-se do caçador, seus caminhos se separam. Dois dias depois (avance o dia da semana em 2), você chega a seu destino. Vá para **250**.

387

O buraco de passagem se abre em uma caverna ampla, cujo teto parece ser mantido por alguns pedregulhos imensos. Uma enorme poça de água cristalina se acumulou aqui em uma bacia natural de rocha, o líquido brilhante como um arco-íris graças aos depósitos de minerais. Se quiser fazer uma pausa para beber do lago, vá para **132**. Se não, vá para **171**.

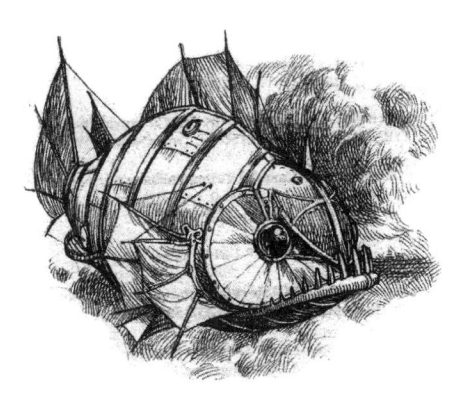

388

Você parte a toda a velocidade pela fenda na parede da caverna, tropeça e cai de cara na lateral do vulcão. Seu corpo vai rolando ladeira abaixo enquanto o Monte Pira entra em erupção com toda a fúria de um elemental da terra ensandecido. Seus joelhos e cotovelos ralam no chão rochoso, mas, ironicamente, o tombo foi o que te salvou de ser engolido pela nuvem superaquecida de cinzas e entulhos ou a lava que vem jorrando da ferida na lateral da montanha (perca 3 pontos de ENERGIA, mas recupere 1 ponto de SORTE). Em algum momento, o toco petrificado de uma árvore carbonizada interrompe sua queda. Tentando se recompor, você corre mesmo quando a exaustão parece que vai te derrubar, determinado a não deixar que o Monte Pira te pegue agora.

Se tiver um par de Botas de Velocidade e quiser usá-las, vá para **2**. Se não, levam dois dias para voltar as margens do Lago Caldeirão (avance o dia da semana em 2). O reino de Femphrey está à sua frente mais uma vez, ao oeste. Mantendo em mente que só pode visitar cada lugar uma vez, para onde irá viajar a seguir em sua missão?

O Mar de Enguias?	Vá para **143**
À Serra do Dente da Bruxa?	Vá para **278**
Às Planícies Uivantes?	Vá para **375**

389

Por vários segundos, não há som algum, até que, repentinamente, ouve-se um grito: "Presas, atacar!", e então uma sombra imensa salta do vendaval branco em sua direção. É um enorme Dentes-de-Sabre, sua pele tão alva quanto a neve ao redor, exceto por listras cinzentas. Na sela do predador está uma mulher, vestindo uma armadura de couro prática, típica de caçadores. Nas mãos dela está um arco, uma flecha pronta na corda retesada. No momento em que o dentes-de-sabre avança rosnando, a flecha é disparada. *Teste sua Sorte*. Se for sortudo, o projétil não te acerta, mas se for azarado, ela perfura seu braço (perca 2 pontos de ENERGIA). Jogando o arco sobre o ombro, ela saca uma espada de lâmina serrilhada, enquanto o felino gigante ataca com suas garras. Lute contra a caçadora e sua montaria ao mesmo tempo — até a morte.

	HABILIDADE	ENERGIA
TIGRE DENTES-DE-SABRE	11	9
CAÇADORA	10	8

Se não estiver usando o Talismã Solar, reduza sua força de ataque em 1 ponto durante esse combate. Se vencer, uma busca rápida revela um Chifre de Caça, uma algibeira contendo 7 moedas de ouro, um arco e uma aljava contendo 6 flechas. O arco pode ser usado uma vez por luta, antes de entrar em combate corpo-a-corpo (desde que tenha flechas para disparar); *teste sua Habilidade* e se for bem-sucedido cause 2 pontos de dano à ENERGIA de seu oponente. Pegando o que quiser, incluindo uma das presas do dentes-de-sabre como um troféu, você deixa os corpos para serem cobertos pela neve e segue sua viagem através da nevasca.

A tempestade de neve acaba depois de um tempo, e então sua jornada continua. Com o passar de mais um dia, a brancura se torna não mais que uma memória. Avance o dia da semana em 1, e então vá para **189**.

390

Abrindo os planos de construção do Olho do Furacão novamente, é possível encontrar os desenhos técnicos do Motor

Elemental. Há algo aqui sobre a parte física do aparato, mesmo que você não entenda muito os princípios por trás do mecanismo. Entretanto, há o suficiente para que possa girar algumas manivelas, puxar algumas alavancas, e fechar diversas válvulas parando a distribuição de energia para o resto da nave (some 1 ponto ao seu *marcador de dano*). Mas, se quiser fazer mais, terá de tentar outra coisa. Você vai:

Atacar o motor elemental usando sua espada?	Vá para 47
Bater com uma maça ou martelo de guerra, se tiver um desses?	Vá para 82
Usar uma chave de fenda, se tiver uma?	Vá para 63
Deixar a sala do motor e explorar o resto da nave?	Vá para 126

Escolha um lugar que não foi ainda, e decida para onde irá enquanto continua explorando o Olho do Furacão.

O convés superior?	Vá para 258
O convés do meio?	Vá para 126
O convés inferior?	Vá para 54
Os porões?	Vá para 302

392

A escadaria leva a uma porta de madeira que se abre para o teto da torre. Um para-raios se eleva na lateral do prédio e acima das ameias, enquanto degraus levam a uma plataforma de madeira que fica no limite da torre sobre o precipício. Qual poderia ser sua utilidade? Do lado oposto à porta um torreão se projeta da lateral da construção principal, uma porta comum em sua frente. Você quer:

Entrar no torreão?	Vá para **209**
Descer aos níveis inferiores da torre e explorar as masmorras (caso ainda não o tenha feito)?	Vá para **160**
Deixar a torre de vez?	Vá para **398**

393

"Tire suas botas", diz o feiticeiro. Confuso com esse pedido, mas confiando que o mago sabe o que está fazendo, você obedece a instrução. Esticando os braços em sua direção, Próspero começa a lançar seu feitiço. E de repente você não consegue respirar! Entrando em pânico, suas mãos vão ao pescoço e é então que as pontas dos seus dedos encontram guelras atrás de suas orelhas. E nesse momento você percebe algo de errado com seus membros: membranas se formaram entre os seus dedos das mãos e pés. Então foi por isso que o feiticeiro falou para tirar suas botas!

Enquanto estiver embaixo da água, explorando a Barreira de Corais Negros ou a Fenda do Peixe-Diabo, as guelras continuarão ativas, permitindo que respire sem problemas. Suas mãos e pés palmados também se mostram muito úteis para se deslocar a nado. Por causa disso enquanto estiver no mar, adicione 1 ponto ao seu valor de HABILIDADE, mesmo que a eleve acima do valor *inicial*. Mas, no momento, você está como um peixe fora da água. Tentando puxar ar para os pulmões, você corre para a lateral do navio, desejando o abraço frio e úmido dos mares. Vá para 315.

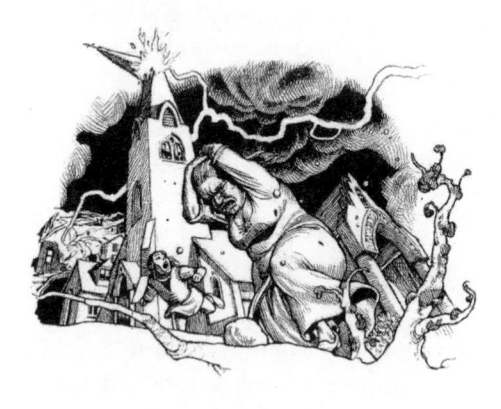

Se possuir as Botas de Velocidade e quiser usá-las agora, vá para 2. Se não, para onde quer viajar em seguida na sua busca por auxílio contra Sturm e seus elementais invocados? Mantendo em mente que apenas pode visitar cada local apenas uma vez, você vai para:

O Mar de Enguias?	Vá para 13
A Serra do Dente-da-Bruxa?	Vá para 115
O Monte Pira?	Vá para 309

Ou, sentindo que está pronto, deseja tentar alcançar a Máquina Climática de Sturm no olho da tempestade (vá para 350)?

395

"Muito bem", responde o mago. "Então há mais uma coisa que posso fazer para lhe prestar auxílio. Se for de sua vontade, posso colocar um encantamento temporário em suas botas, que permitirá realizar uma viagem a pé quase que instantaneamente. Entretanto, saiba que isso funcionará apenas uma vez. Gostaria que lançasse esse feitiço?" Se quiser, vá para 153. Se não, vá para 193.

396

"Não deem ouvido a esse charlatão!", você grita mais alto que os barulhos da geringonça. "O que quer que tenha prometido, ele não será capaz de realizar, e se vocês pagaram a ele por sua ajuda, então temo que tenham sido roubados também". O rosto do falsário fica tão vermelho quanto sua cartola — você acertou em cheio seu ponto fraco. Vários membros da multidão começam a cochichar e o burburinho vai se transformando em gritos irritados.

"Bem, quero então ver você fazer melhor!", o fazedor de chuva repentinamente grita em desafio. A população, quase como se fossem todos um só, viram para você com caretas raivosas. "E então, você consegue?"

De alguma forma, a frustração dos camponeses se virou contra você. Mas o que pode fazer para trazer as chuvas?

Se tiver a Concha dos Mares, haverá um nome associado a ela. Transforme o nome em número usando o código A=1, B=2, C=3... Z=26, some os números, multiplique por três, e então vá para o parágrafo de mesmo número que o total.

Se não tiver a concha, mas tiver a Centelha da Vida, também terá um número relacionado a esse item. Divida este parágrafo por esse número e vá para o novo parágrafo.

Se não tiver nenhum dos dois, vá para 334.

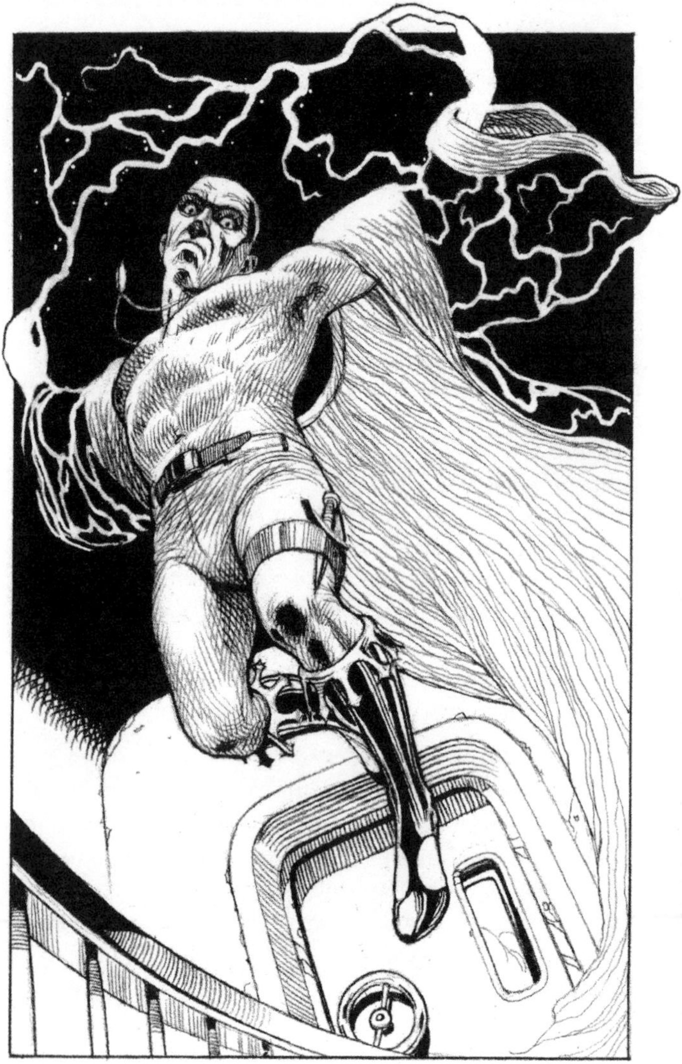

397

Olhando para o alto, você vê o Mago do Clima flutuando no ar acima da plataforma. Seus mantos se tornaram de um azul profundo, quase negros, e brilham com relâmpagos que se movem pelo tecido. Suas feições estão em uma careta cheia de arrogância, enquanto é possível ver o poder das tormentas no interior dos olhos dele. Seus braços se esticam pelas laterais e arcos voltaicos saem por seus dedos. "Agora sinta todo o poder das tempestades!", Sturm ruge, lançando um raio incandescente no convés metálico embaixo de seus pés. Enquanto ele vai descendo, você tem tempo para fazer uma ação (como beber uma poção, trocar sua arma ou disparar uma arma à distância).

E então, vocês estão frente a frente! Nesse combate, por Sturm poder voar, reduza sua força de ataque em 1 ponto. Entretanto, se tiver bebido a poção de levitação, ignore essa penalidade. Se estiver lutando com sua espada, cada acerto de Sturm com seus raios causará 3 pontos de dano à sua ENERGIA, já que a Ceifadora de Wyrms atrai a eletricidade e a transmite diretamente para seu corpo. Se tiver outra arma com a qual possa lutar contra o mago (como um martelo de guerra ou uma maça) não sofrerá o dano adicional, mas trocar de arma leva uma rodada de combate, durante a qual Sturm fará um ataque automático que causará 2 pontos de dano à sua ENERGIA. Por fim, se hoje for Dia da Tempestade, aumente a HABILIDADE de Sturm em 1 ponto, e o dano causado por seus raios em 1 ponto também. Agora lute contra seu inimigo!

BALTHAZAR STURM   HABILIDADE 10   ENERGIA 10

Se reduzir a ENERGIA do mago para 2 pontos ou menos, vá imediatamente para **56**.

398

Você chega ao térreo da torre sem qualquer incidente. Se tiver o código Rennaps em sua *ficha de aventura*, vá para 324. Se não, vá para 354.

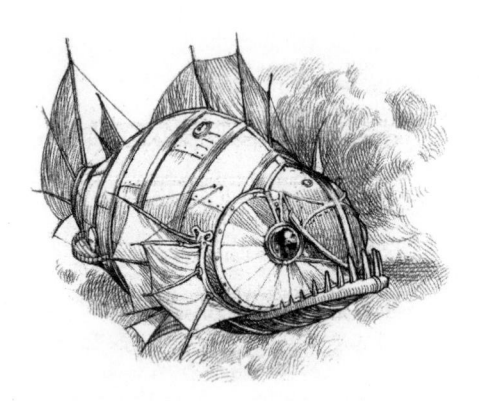

399

O som de água corrente vai ficando cada vez mais alto conforme avança na passagem feita pelos anões, até que emerge na margem de um rio subterrâneo. O único jeito de seguir em frente parece ser a borda de uma cachoeira um pouco mais à sua direita. Caso queira escalar a lateral da queda d'água e se deixar cair em direção à escuridão, vá para 9. Se preferir retornar à encruzilhada e seguir pela esquerda, seguindo o túnel coberto de gosma, vá para 327. E se quiser voltar e seguir em frente no entroncamento, pela passagem empoeirada, vá para 227.

400

Você conseguiu! O insano elementalista Balthazar Sturm está morto e sua Máquina Climática está destruída. Femphrey está salva novamente... ou será que não?

O som de um trovão na distância faz que olhe para o horizonte, e o que vê faz sentir calafrios. Uma enorme nuvem de poeira está cruzando a fronteira da Terra de Lendle ao sul — do tipo que é causada por uma imensa horda de cavaleiros nômades. Os saqueadores estão galopando em sua direção, o chão tremendo em sua investida poderosa. A tribo de lendlerenses, aliados ao mago do tempo ensandecido, está se aproveitando do caos criado pelo Olho do Furacão e está colocando em prática os planos de invasão de seu Khan de Guerra. Será que um mal foi derrotado, apenas para outro tomar seu lugar?

Uma sombra vasta se derrama sobre os ginetes em galope. Alguns olham para cima em pavor descrente. Cavalos relincham e derrubam seus cavaleiros. Outros se viram e fogem em direção à fronteira. Nesse momento, os destroços de um enorme peixe de latão caem dos céus sobre eles. O Olho do Furacão desaba sobre os lendlerenses, esmagando homens e cavalos sobre seu casco em chamas. O que sobra da Horda Trovejante dá meia volta, fugindo em pânico.

E mais uma vez você salvou o dia, e impediu a invasão da sua terra natal. Não é à toa que te chamam de Herói de Tannapólis, portador da Ceifadora de Wyrms, e agora, como salvador de Femphrey... o Algoz da Tempestade!

O MAIOR RPG DO BRASIL!

Tormenta20 leva você até Arton, um mundo de problemas — e de grandes aventuras! Embarque em jornadas fantásticas com seus amigos e vire o herói de sua própria história.

Saiba mais em **jamboeditora.com.br**